不器用専務は
ハニーラビットを捕らえたい

奏多

Kanata

EB
エタニティ文庫

目次

不器用専務は
ハニーラビットを捕らえたい

第一章　ウサギの足は、逃げるために速いんです

その昔、旧家の令嬢だったという祖母は、リンゴのウサギを作りながら孫娘に言った。

『おとぎ話のお姫様には、何かから逃げている子が多いでしょう？　幸せになるためには、逃げきらないと駄目よ。おばあちゃんもね、駆け落ちして逃げきったから、とても幸せなのよ』

それを聞いた孫娘は、幼心に思った。

幸せのためには、逃げきるだけの脚力をつけねばならないと。

祖母が大好きなウサギのように。

鷹宮（たかみや）トータルインテリアコーディネート――通称ＴＴＩＣのビルは、東京の一角にある。

日本屈指の巨大グループ鷹宮ホールディングスが母体の、インテリア業界大手の企業だ。

オリジナル家具の開発や販売だけではなく、インテリアのデザイン設計や提案ができる、経験豊かなデザイナーやプランナーが多数在籍している。

そういった最前線で活躍(かつやく)する社員たちが戦いに集中できるのは、総務部の後方支援があるからだ。中でも総務課は雑用係とも言われ、体力と忍耐力が要求される激務な部署であった。

上層部や他部課への連絡、書類を作成する事務補助、接客応対。消耗品や備品などの確認以外にも、トイレが詰まっただの、機械の調子がおかしいだのといったトラブル対応まで引き受ける。

総務課に所属する社員は現在六名。

その中のひとり、今年二十五歳になる宇佐木月海(うさなぎつぐみ)は、今日も元気に社内を駆け回っている。

彼女は大学四年だった三年前、総務での勤務を強く希望して、入社面接を受けた。

『五年前に他界した祖母が、御社の展示会で見つけた非売品のリクライニングチェアを大変気に入りまして。祖母を笑顔にさせた御社で、是非働きたいと就職を希望しました。わたしには家具を生み出せるような技術も知識もありませんが、代わりに学生時代、陸上部で鍛えた脚力と体力があります。これらを活用して、インテリア業界で活躍する皆さんの、縁の下の力持ちになりたいんです！』

とはいえ、面接当日はトラブルが発生し、五分ほど集合時刻に遅れてしまっていたのだ。面接は受けられたものの、遅刻などあるまじきこと。落とされるだろうと思っていたが、熱意が伝わったのか、見事内定を獲った。

そして、入社して二年目――

「大変お待たせしました。総務課の宇佐木です」

栗色の少し癖っ毛なミディアムヘアの月海は、企画二課のオフィスにいた。明るい笑顔と小柄な体型が、小動物を思わせる。

企画二課では、大至急が口癖の吉澤課長が、コピー機の前で待ち構えていた。月海は「大至急、動かなくなったコピー機をなんとかして欲しい」と内線で呼び出されてやって来たのだ。

月海が用紙収納トレイを引き出すと、案の定、紙がぱんぱんに詰められている。紙の量を減らし、奥に詰まっていた紙を取り除く。持参したエアクリーナーで細かなゴミを飛ばせば完了。

「ウサちゃんはいつも早くて助かるよ。他の皆は、そば屋の出前だからねぇ」

「お褒め頂き光栄です。用紙を少なめにセットすると、紙詰まりしにくくなりますよ」

にこにこと笑顔でアドバイスをする。

「ああ、そうか。いいことを聞いたよ」

毎回、月海は吉澤課長に同じことを言っているのだが、どうも覚えてくれない。

しかし総務の基本は笑顔第一だ。気持ちよく仕事をして貰えるよう、どんな時も笑顔でいなければいけないと、月海は思っている。

彼女が戻ろうとすると課長が引きとめた。

「ついでで悪いけれど、これ五百部ずつコピーをして、六枚ワンセットで郵送して欲しいんだ。これは宛名データ。タックシールに印刷して封筒に貼って。うちの課は皆が忙しくてさ、総務課なら時間がありあまっているだろうから、片手間にできるだろう？」

まだ返事もしていない月海の手に、書類とＵＳＢメモリが入ったクリアファイルが渡される。

「あの……。他部課のお手伝いや、お客様の個人情報が含まれるデータの受け渡しは、部長の承認がなければいけないので、上を通して頂けると……」

「いやあ、ウサちゃんはイノちゃんみたいに堅苦しいことを言わずに、困っている社員をにこにこと助けてくれるからいいねぇ。あ、大至急で頼むよ」

（……いつものことだけれど、まったく聞く耳を持ってくれない）

他部課でも上司命令には違いないが、個人の裁量で安易に受けるべきではないのではないか。そう思案していたところ、手からファイルがなくなった。

「勝手なことをしちゃ駄目でしょう、吉澤課長」

背の高いスーツ姿の男性が、片手にファイルを持っている。

垂れ目がちな、女性受けしそうな甘い顔立ち。彼は、総務部長の鷲塚千颯だ。

「社内ルールの意味がわからないのなら、総務課で勉強し直します？　人事に掛け合いますよ」

彼がにこりとして言うと、課長は真っ青な顔で震え上がり、首を横に振る。そしてファイルをひったくるようにして席に戻ってしまった。

企画二課を出て廊下を歩きながら、月海は鷲塚に頭を下げる。

「鷲塚部長、ありがとうございました」

「あの場に居合わせてよかったよ。きみは人が好すぎるから、ああいう強引な社員には気をつけて。上司相手でも総務部の一員として、社内ルールを徹底させてね」

鷲塚は優しいが、上司としてきちんと注意してくれる。

月海が尊敬する上司のひとりだ。

「はい……。以後、特に気をつけます」

鷲塚は、月海が入社した年に、営業一課の課長から総務部長に昇進した。

エリート街道を進んでいるだけあり、かなりやり手らしい。総務部……特に総務課が、ただの小間使いにならぬよう、社内改革を推し進めたのは彼だという。

「はは。頑張れよ、子ウサギちゃん」

鷲塚は月海のことを子ウサギと呼んでいる。

「はい、頑張ります。この不肖宇佐木、このまま総務課に骨を埋める所存です！」

拳に力を入れてそう言い切ると、鷲塚は声を上げて笑った。

「あはははは。そんなことはさせないだろうけれどね、あいつが」

「はい？」

「いやいやこちらの話。はは……しかし、目敏いな。ほら、鷹の王様の凱旋だ」

途端に月海は、突き刺さるような視線を肌に感じた。

それは玄関ホールに立つ、長身の男性から向けられている。

黒い前髪から覗く、鷹のそれに似た琥珀色の瞳。

鋭い眼光と共に、まとうオーラは覇者特有の圧を放つ。

（またわたし、睨まれている！）

月海を震え上がらせたのは、専務の鷹宮榊だった。

彼は、鷹宮グループ会長の孫であり、ＴＴＩＣ社長の次男だ。

鷲塚とは大学時代からの朋友で、ともに今年二十九歳の同期でもある。

鷲塚が優しげで甘い美貌ならば、鷹宮はクールで凛とした美貌で、ふたりは女性社員の視線を二分していた。

ＴＴＩＣでは、三十歳手前で課長になればその後も出世コース間違いなしと言われている。鷹宮も鷲塚も出世コースにあるが、鷹宮が鷲塚よりも早く出世したのは、なにもその血筋だけによるものではない。混迷期だったＴＴＩＣの海外進出を成功させ、利益を拡大させた功績が評価されてのことだ。

月海が入社した時から、肩書き・頭脳・美貌と三拍子揃った若き専務には、伝説級の逸話が色々あり、社員の憧れの的だった。しかし、当時の月海にとって鷹宮は、せいぜい月に一度、役員会議でお茶を出す程度の遠い存在。他人事のように噂を聞きながら、仕事を覚えることで精一杯だった。

そんなある日、突然鷹宮から呼びとめられたのだ。

一対一での対面は初めてで、鷹宮の迫力に背筋がざわついた。

特にあの琥珀色の瞳で見つめられると、襲われる直前の小動物めいた気分になって怖くなる。

何事かと思ってぎこちない愛想笑いをしたところ、彼は表情を崩すことなく言った。

『今日は何日だ？』

怯えつつ答えたが、鷹宮はなにか言いたげに目を細めるのみ。本題があるのかと、月海は辛抱強く鷹宮の言葉を待っていたものの、彼は不機嫌そうにため息をついて立ち去った。

それ以降、社員と立ち話をしている最中に鷹宮に遭遇すると、忌々(いまいま)しげに顔を歪(ゆが)められるようになった。そして、嫌悪を露(あらわ)にした攻撃的な眼差(まなざ)しを向けられるのだ。

公然と睨(にら)まれるのはさすがにへこむし、とにかく怖い。だが伝説級の重役に、自分を嫌う理由を直接聞けるほどの度胸もない。月海は、いかに自然に逃げることができるか、方法を模索(もさく)し始めた。

そんな中、鷹宮に関する非情な噂(うわさ)を聞いた。

仕事に厳しい鷹宮は、会社に貢献できない社員を嫌い、容赦なく切り捨てる。特に総務課は、能力的に底辺に見られる社員が多いため、鷹宮から攻撃対象(リストラ)にされているらしいと。

自分は落ちこぼれだから、彼に嫌われているのかもしれない。彼の行動は、俗に言う『肩たたき』というものではないのかと、月海は思ったのだ。

月海は震え上がり、退職に追い込まれてたまるかと、仕事に励み懸命にスキルを磨いた。

しかし入社して二年、『肩たたき』具合はヒートアップしている。月海の恐怖心を煽(あお)るような嗜虐的(しぎゃくてき)な笑みを向けられたことも、専務室に連れ込まれそうになったこともある。月海の苦手意識は日々募(つの)るばかりだが、鷹宮の手からも、退職からも逃げきれていた。今のところは、なんとか。

「凄く睨んでいるな。まったく、僕を睨んでどうするんだよ……」

苦笑交じりの鷲塚の声に、月海は慌てて言った。

「専務と仲がいい部長を睨むはずないじゃないですか。睨まれているのはわたしの方で……」

月海がそう言った瞬間、鷹宮が黒のトレンチコートの裾を翻しながら、こちらに闊歩してきた。

まるでランウェイを歩くモデルのように颯爽とした姿を見て、月海は竦み上がる。

(な、なんで来るの？　もしかしてとうとう……左遷かクビの勧告!?)

距離を詰めてくる猛禽類は、小動物にとっては脅威だ。生存危機に関わる。

月海が涙目で鷲塚に助けを求めると、彼はにっこりと笑った。

さすがは理解力があるエリート上司……と思ったのは数秒間のこと。彼は助けてくれるどころか、がしりと月海の腕を掴んで言ったのだ。

「すまないね。僕が賭けに勝ったら、奢ってあげるから。それで許してな」

女性を虜にするキラースマイルを浮かべる。彼は、掴んだ月海の手を持ち上げると、鷹宮に向けてぶんぶんと大きく振り、朗らかな声を上げた。

「いやあ、鷹宮専務。出張からお戻りですか？　お疲れ様です！」

(部長、わたしを生餌にして猛禽類を呼ばないでぇぇ！)

「ほら子ウサギちゃん。総務課の一員として専務にご挨拶を」

鷲塚に物申したい気持ちは多々あるものの、その間にも凶悪な目をした猛禽類は、月海との距離を縮めてくる。月海は怯えながらも深く息を吸い、一気に言葉を吐き出した。

「鷹宮専務、お疲れ様です。では部長、急ぎの仕事がありますので、わたしはこれで！」

鷹宮が警戒領域に踏み込んだ瞬間を見計らい――ダッシュ。

短距離で鍛えた月海の足は、ＴＴＩＣ一番の加速力を誇る。持続性にはいささか欠けるが、特にスタートダッシュはここ二年で飛躍的に向上した。そのフォームは見事なものだ。

鷹宮が到着した時には、鷲塚の手を振りきった月海の姿は見る影もない。

そう、脱兎の如き速さにて、月海は今度も、鷹宮からの逃走に成功したのだ。


月海が総務課に戻ると、課内にいたのは女性課長である猪狩結衣だけだった。

艶やかな長い黒髪を耳にかける結衣は、憂いを帯びた美しい顔をしている。

今年二十九歳になる彼女は、鷹宮と鷲塚の同期だ。三人はともに容姿に優れ、仕事ができてエリート街道を突き進んでいることから、『プラチナ同期』と呼ばれている。

月海が席に戻ると、隣に座っている結衣が電話を切り、ため息をついた。

「どこの部課も気軽にＤＭ発送依頼をしてくるわね。今、別室にいる総務課三人でとりかかっているのは、一課合計七千通分。それ以外の仕事の対応だって大変なのに」

「あ、課長。わたし企画二課の課長にも頼まれて、鷲塚部長に助けて貰いました」

「ふぅ、上を通せというルールがあっても、無視してくる社員ばかりよね。ページ順に揃えてくれるコレーターとか、紙折り機くらい入れてくれたら、たくさん引き受けられるかもしれないのに。専用機械は高価すぎると、常務から却下されるし」

初老の常務は、若齢で出世している鷲塚を妬ましく思っているとかで、なにかにつけて総務課の稟議に反対する。そんな私情のために総務課も、DMを出したい他の部課も迷惑を被っているのだ。

「大量のDM発送作業をこの人数でするには限界がある。せめてそれ以外の仕事を減らしてくれたら」

結衣が再び盛大にため息をついた時、げっそりとした顔つきの女性社員が戻ってきた。

彼女――月海の先輩社員が請け負ったトラブルは、かなり大変だったようだ。

月海が給湯室に向かい、先輩と結衣の分の珈琲を淹れていると、電話が鳴る。

受話器をとったのは、条件反射的に動いた先輩だったらしい。

月海が珈琲を持って戻った時には、彼女の姿は席になかった。結衣が苦笑交じりに言う。

「パソコンの実地指導に行ったわ。電話対応じゃ埒があかなくなったみたい」

「わたしが代わればよかったですね。戻ってきたばかりでお気の毒です」

冷めないうちに戻れることを願い、月海は先輩の机に珈琲を置いた。

結衣は月海が淹れた珈琲を飲みながら、パソコン作業を始める。電話が鳴らない限りは、月海には急ぎの仕事がない。

先輩たちのDM発送の手伝いをしたいが、総務課から離れれば、この先結衣ひとりに電話対応を任せてしまうことになる。それも忍びなく、月海は結衣の事務処理の手伝いを申し出た。

「ありがとう！　じゃ、この書類作成を頼むわ。宇佐木も、少し休憩入れなさいね」

「ご心配ありがとうございます。でもわたし、体力だけはありますので！」

カタカタとキーボードを軽やかに叩き始めた月海に、結衣は笑って答える。

「そんなこと言って、宇佐木も戻ってきた時、げっそりとしていたわよ？」

「それは……専務から逃げてきたもので」

「あれ、鷹の王様がイギリスから戻るのって、明後日のはずだったけど？」

「そうなんですか？　色々なところを飛び回ってお忙しいはずなのに、どうしていつもばったり会っちゃうんでしょう。ああやってあからさまに睨まれると、わたしもう本当に怖くて。おかげで短距離のタイムが、現役の頃より短くなった気がします」

「ふふふ。鷹に狙われた小動物も大変ね。でも、びくびくしている宇佐木をいまだ捕まえられない鷹もどうかと思うわ。いつもは狙った獲物は逃がさない、能がありすぎる鷹のくせに、いつまで爪を隠しておくんだか。本気を出せば、さっと捕獲できそうなものを」

月海は震え上がる。

「恐ろしいことを言わないでくださいよ。大好きだったおばあちゃんが、幸せになるためには逃げきれと言うから陸上部で足を鍛えたんです。わたしは幸せのために、逃げきります！」

「心から応援しているわ、私の幸せのためにもね！　私は宇佐木に大金を賭けているんだもの」

途端に月海は、鷲塚からも『賭け』という言葉を聞いたことを思い出す。

「賭けているって、もしかして部長とですか？」

「そうよ。鷹との友情をとる鷲とは違って、私は可愛い部下である宇佐木を信じているの。だから私のためにも是非、あの鷹から逃げきってね」

「承知しました。課長のためにも、頑張ります！」

賭けの内容はよくわからないながらも力強く月海が断言した時、内線が鳴る。

「はい、総務課の宇佐木です」

すると数秒の間を置いて、声が聞こえた。

『……ひとりで専務室に来い』

そして、ぷつりと切れてしまう。

深みのある透明な声音で、恐喝じみた言葉を吐いたのは――

「逃げきったと思ったら、また専務からお呼び出しがきました」

項垂れて疲れた声を出すと、結衣は気の毒そうな目を向けてくる。

「私も一緒に行こうか？」

「ひとりでと言われたので、お気持ちだけで結構です」

「そう？　いいこと、宇佐木。十分以内に総務に戻ってくるのよ」

月海の肩に手を置き、どこか必死に結衣は言う。

「……それも部長との賭けですか？」

「そう。私は、宇佐木の味方よ。とりあえずは……年末までは逃げきって。死に物狂いで」

「はい……」

（課長、わたしでいくつ、部長と賭けをしているんだろう……）

考えながら、月海は重い足を引き摺るようにして専務室に向かった。


専務室は総務課のふたつ上のフロア、ビルの六階にある。

エレベーターから出るとふかふかのワインレッドの絨毯が広がり、重役フロア独特の静謐で重々しい空気が漂う。

あるドアの前で立ち止まった月海は、ノックをして名乗った。

すぐ中に入るようにと返答があったため、息を整えてドアを開く。

「失礼します」

東京を一望できる大きな窓の前に、鷹宮が座っていた。

燦々(さんさん)とした日差しを後光のようにまとう、モデル顔負けの端整な顔。

月海を見据える目はいつもの如(ごと)く鋭い眼光を放ち、威厳に満ちている。

鷹宮の横にある応接ソファには鷲塚が座り、ちょうど女性秘書が珈琲(コーヒー)を出していた。

彼女は、志野原寧々(しのはらねね)といい、月海より二歳年上の専務専属秘書だ。

美貌の男たちにはにこやかに応対するが、月海に向ける視線には常に敵意が込められている。

今日も、月海が専務室を訪れたことを快(こころよ)く思っていないのか、キッと睨(にら)まれた。

(好きで来ているわけじゃないんだけどな……)

そう言いたいのをぐっと堪(こら)えて作り笑いをし、月海は鷹宮に尋ねる。

「ご用はなんでしょうか」

すると鷹宮は超然とした笑みを浮かべ、引き出しから取り出した書類とホチキスを机の上に並べた。

「これは今度の会議で使う資料だ。七部ある。上から五枚ずつホチキスでとめてくれ」

「……承知しました」

（順番通りに書類が揃っているのなら、あとは七回、ホチキスでパチンパチンとするだけなのに、なぜ自分でしないのかしら。電話で呼びつける方が、時間と手間がかかると思うけど）

御曹司の専務さまの考えることはよくわからない。しかし、どんな命令でも従わなければならないのが、宮仕えの辛いところだ。月海が書類を受け取ると、寧々が横に立って鷹宮に言った。

「専務。それくらい私が……」

「いや。きみの手を煩わせることもない。ここはいいから、きみの仕事に戻りなさい」

鷹宮に却下された寧々は渋々と承諾し、月海をひと睨みして、退室する。

（そうよね、こんなどうでもいい仕事は、秘書さんの手を煩わせることもないわよね）

そんな仕事を与えられたのは、自分がどうでもいい存在だからだろう。別に大切にされたいわけではないが、あからさまに差別されたようで面白くない。

立ったまま、黙々とホチキスで綴じていくと、鷹宮が妙に慌てた声を出した。

「そんなに急いでやらなくてもいい。そこのソファに座ってゆっくりとやってくれ。……鷲塚部長、見ての通り今は仕事中だ。また後で来て欲しい」

こんな仕事に、そこまで時間がかかると思えるのだろうか。

馬鹿にされたみたいに思い、月海はますます面白くない。ついホチキスを握る手に力が入る。

「専務。せっかく寧々ちゃんが熱い珈琲を淹れてくれたのに、それを口にしないで去るのは彼女に失礼でしょう。だから珈琲を飲んでからお暇させて頂きます。……ぶっ」

鷲塚は言葉の最後に噴き出すと、堪えきれないと言わんばかりに肩を揺らして笑う。

（なにがそんなにおかしいんだろう。笑える要素があったかしら）

だが鷹宮は、理由を鷲塚に問い質すこともなく、脅すような強い語調で退室を促した。

「鷲塚。お前はここで無駄な時間を過ごせる暇人じゃないだろう、帰れ」

（そうか、わたしはここで無駄な時間を過ごせる暇人だと思われているってことね）

鷹宮のひと言ひと言に、やけにカチンとしてしまう。月海は意地になって、ふたりが会話をしている間に仕事を終わらせた。

「専務、終わりました。部長とごゆっくり」

一礼した月海は迅速に動き、ドアの前で振り返る。すると、鷹宮がなぜか片手の拳を前に突き出した横向きポーズのまま、固まっていた。

（時々見るけれど、あれはなんなのかしら。ガッツポーズでもなさそうだし……。まあいいや）

「失礼しました」

月海がドアノブに手をかけようとした時、鷲塚が笑いを滲ませた声を上げた。

「ちょっと待て。専務がきみを呼び出したのは、別の用事があったからだ」

「え？」

「さあどうぞ専務。僕はお邪魔にならないよう、静かに珈琲を飲んでいますので」

鷹宮はため息をつくと、背広の内ポケットから小さな包みを取り出し、月海に渡す。

「これは、イギリスの土産だ。いつも世話になっているから」

『世話になっているから』――その言葉が月海の頭の中でリフレインする。

今まで彼から好意を向けられた覚えがないのに、どんな意図があってのことなのか。

「きみが喜びそうなものを選んできたつもりだ。開けてみてくれ」

いつにない優しげな声も、ただ恐怖を煽るもので、月海の警戒心は強まるばかりだった。

「し、仕事をしているだけなので、お気になさらずとも。それならば志野原さんに……」

やんわりと拒絶して速攻で退去したいのに、鷹宮はそれを許さない。

「これはきみのために買ってきたものだ。頼むからこの場で開けろ」

お願いなのか命令なのかよくわからぬ語調。どうしてもこの場で見て貰いたいらしい。

嫌な予感を覚えた月海は、鷺塚に目で助けを求める。だが彼はなぜか肩を震わせて笑っており、「鷹宮に従え」とジェスチャーをしてきた。月海は仕方がなく包みを開ける。

出てきたのは、掌サイズのキーホルダーだ。白くて長い、なにかの動物の尻尾らしきものがついている。

「これは……」

「ラビットフット」

鷹宮は高らかに言う。その単語に、月海は怪訝な顔をした。

(ラビットフット? 訳したら……ウサギの足だけど、まさか本物なんてこと……)

すると鷹宮は、月海の疑問を見透かしたかのように、得意顔で言う。

「本物のウサギの後ろ足だ。きみはウサギが好きなのだろう?」

それを聞いて、ラビットフットを載せた月海の掌がぷるぷると震えた。

(つまり、元は……生きていたウサギなの? なんて残酷な……)

なにより自分は、愛情を注ぐ動物の屍の一部を貰って喜ぶ死体愛好家に見えるのだろうか。

(それとも、お前の手足もこんな風に簡単にもげるとでも言いたいの? ただの嫌がらせで、わたしの反応を見て愉しんでいるとか?)

あまりに残酷なプレゼントだ。とてもじゃないが、ウサギ好きとしては受け取れない。

「……申し訳ないのですが、お気持ちだけで十分です」

「え?」

「わたし……、ウサギは好きですが、ウサギの死体を愛でる趣味はなくて……せっかくのプレゼントですが、すみません」

悪趣味だと詰りたい気分をぐっと堪え、やんわりと毒を含ませるので精一杯だ。

月海は包装紙ごと、ラビットフットを鷹宮の手に戻した。すると、色々な負の感情が交錯して、思わず悔し涙がこぼれてしまう。それを見た鷹宮が目を見開き、驚きの表情を向けてきた。

月海はハッとして慌てて目頭を拭い、ぺこりと頭を下げ、小走りで退室したのだった。

◆◆◆

月海が退室してからしばらくして、鷹宮がため息をつきながら専務室に戻ってきた。

先程、出ていった月海を追いかけたのだが、探しても見つからなかったのだ。

鷹宮は鷲塚の向かい側のソファに座ると、むすっとした顔をし、長い脚を組む。

「また逃げられたか。だが、榊。今日の子ウサギちゃんの専務室滞在時間は、なんと七分五十二秒。過去最長だぞ？　これなら十分間の専務室滞在も夢じゃない……ぷはっ」

鷲塚が堪えきれず笑い出す。しかし鷹宮はそれには無反応で、悩ましげな吐息を漏らした。

「……千颯、お前……俺にアドバイスをくれたよな。彼女はウサギ好きだから、ウサギに関するものでも土産に買ってくれれば、きっと態度が緩和するって」

「これ以上ないってくらいのウサギだったろう？　それがなぜ泣かれた？　あれは、嬉し涙じゃないよな……」

「そうだな」

解せないと腕を組んで考え込む鷹宮に、鷲塚は呆れ返ったように言った。

「お前、なぜあれを選んだ？　イギリス発祥の……なんだかラビットとかいう、絵本で有名なウサギとか、アリスに出てくるウサギとか、万人に愛されるものにしておけよ」

「別に他から愛されていなくてもいいんだよ。ラビットフットは幸運のお守りとして有名だろう？　模造品ではない本物だし、ベストなプレゼントだと思ったんだ」

「お守り？　そんなこと初めて聞いた。彼女も、あの様子なら知らないぞ？　意味がわからない奴にとっては、ウサギの死体の一部なんて気味悪いだけだ」

鷹宮は、鷲塚の言葉に大いに驚くと、悔しそうに舌打ちをした。

「くそ、俺の選定ミスか。早めに仕切り直しをしないと……」

だが、月海の泣き顔が思い浮かび、いい案が思いつかない。

「それと。総務課ホープの子ウサギちゃんを呼びつけて、あんな仕事はないだろうよ。もっと仕事らしい仕事はなかったのか？」

「今日は……あれしか仕事を作れなかったんだ。忙しく社内を駆け回っている彼女は疲れている。彼女の負担にならないよう、準備をきちんとしたつもりだったんだが……」

「その労りが彼女に伝わっていればいいけれどさ。せめてもう少し仕事をためてから呼べよ」

「それまで彼女に会わずにいろと？　無理だ。仕事を口実にして呼び出さないと、話すこともできないのだから。それでなくともウサギは警戒心が強い。俺は敵ではないのだと、辛抱強く教えてやらないと。そう、辛抱強く……」

「で、お前が辛抱した成果は出ているか？」

「……見ての通りだ」

鷹宮は憂い顔で、嘆息した。それを見て鷲塚は苦笑する。

「誰もが畏怖する冷徹な鷹の王様が、いつも捕まえ損ねている子ウサギに恋患いをしているなんてな。しかも入社面接時にひと目惚れとは、泣ける話だね」

「……言ってろ」

鷹宮は、昔からさほど苦労せず、なんでもこなしてきた。

女性に関しても、黙っていても傍に寄ってくるため、手に入れる努力をしたことがない。

その時の気分で肌を重ねることもあったが、あくまでそれは一夜限り。

のめり込めるほどの快楽や愛を味わったこともなく、煩わしい現実からの逃避手段として女を利用していたにすぎなかったのだ。社会人となってからは、仕事の方が面白くて、媚びてくる女への興味をさらに失った。

『今、商談より大切なのは、あなたの体です！』

ふと、初めて会った日の月海の言葉を思い出す。

彼女は忘れているだろう。なぜ入社面接に遅れてきたのか。

宇佐木月海には、最初から目を奪われた。

彼女は気弱そうでいて、勝ち気で頑固な面もある。

空気を読むことに長け、危険を察知すればひと跳ねでいなくなる……まさしくウサギ。

なにより彼女は俊足なのだ。捕まえようと伸ばした手は、いつも虚しく宙を切る。彼女が逃走のスタートを切ると、もうお手上げだ。

計算高くて情が薄いと言われやすい自分が、本命相手にはいかに不器用で、諦めの悪い男なのか、初めて知った。

なにせ初めてなのだ。欲しくてたまらないという愛おしさも、自分から攻めるということも。

四歳も年下相手に、まごつく自分に苛立って立ち去ることしかできなかった昔に比べれば、専務室に呼べるだけ、いくらかましになってはいる。だがいまだ、上司と部下の関係を崩せない。

頻繁に顔を合わせていれば、なにかしら親近感を持って貰えると考えていた。しかし現実は、少しでも長く一緒にいたいと思っているのは自分ばかり。彼女の警戒心は解けない。

　せめて彼女の興味を引けるほど気の利いた台詞が出てくればいいものの、早くしないと逃げられると焦るあまりに、口を開くたび裏目に出ている気がする。

　今回だって喜ばせたいとプレゼントを贈ったら、泣かれる始末。距離の詰め方がわからない。

「……千颯が羨ましいよ。怖がられず、笑顔のままで足を止めて貰えるんだから」

　きっと鷲塚からの贈り物なら、彼女は喜んで受け取っただろう。どんなものでも。

　そう思うと、ただでさえ切ない心が嫉妬に焦げついてくるようだ。

「僕を睨むな。お前の睨みは怖いんだよ。玄関ホールでも、睨まれているのは自分だと勘違いした子ウサギちゃんが、びびって逃げたじゃないか」

「お前がこれみよがしに、やたら彼女に笑いかけるからだ。それでなくとも、彼女にでれでれして近づく男が多い。そんな男どもを睨んで牽制しないと、もっていかれるじゃないか」

　彼女が皆から好かれるのは、いつも笑顔で気立てがいいからだけではないと鷹宮は思っている。庇護欲をそそる愛らしい顔立ちや、こちらの心もぽかぽかと温かくさせてくれるあの雰囲気。もし色香も出るようになったら、いつどこの略奪者が彼女に手を伸ばすかわからない。

「だったら、お前が睨んでいるのは彼女ではないことをわかって貰うために、彼女に笑顔を見せろよ。僕みたいに、にっこりと」

するとと鷹宮は遠い目をして、乾いた笑いをこぼす。

「……笑ってみせたら、真っ青になって震え上がり、速攻で逃げられた」

「どんな笑顔を見せたんだ？」

「こんな感じだが……」

鷹宮の作り笑いを見て、鷲塚は首を捻る。

「普通の笑みだよな。それがどうして逃げられる？」

「そんなの、俺が聞きたいよ」

「だったら物言いを優しくしてやれば？　口下手なりにも、誠意というものが伝われば……」

鷹宮は琥珀色の瞳を、鷲塚に向けた。

「話そうと思ってもいないんだよ、相手が」

「だったら電話！　直通の内線でフレンドリーに話しかけてみろ！」

「とうに試してみた。穏やかな口調を心がけ、少しでも警戒心を解くきっかけになるよう、世間話も織り交ぜて。そして思い切って食事に誘ったら……」

「誘ったら？」

「受話器から聞こえたのは猪狩の笑い声だった。どうやら俺が語りかけていた相手は、早々に凍りついてしまい、不審に思って電話を代わった猪狩が、ずっと聞いていたらしい。そしてひと言」

『キモ！』

「それが胸に突き刺さり、以来、宇佐木を呼び出す電話は、猪狩避けのために端的な言葉のみにするようにした。電話を使えばフレンドリーになれるなど、甘い夢だった」

「……ご愁傷(しゅうしょう)様」

「俺にはなにが足りないのかと考えていたら、後日、猪狩から専務室に本が郵送されてきた。『女心を掴むノウハウ』と『鷹匠が教える百中の鷹狩り』いうタイトルの。わざわざ下の階の総務課から、受取人払いで。本代の請求書も入っていてな。さすがは元秘書課の同期だ」

「……あいつは、お前に秘書課から総務課へ異動させられたことを根に持っているしな。猪狩くらいだよ、お前にそんなことができる、怖い物知らずの女は」

　鷲塚から同情の眼差(まなざ)しを受けながら、鷹宮は淡々と言葉を続けた。

「……せっかくだから読んでみた。だけどさっぱり理解できん。なぜ好きな女を相手に、引くテクニックとやらをとらねばいけないんだ。引いたら、これ幸いと逃げられるだろうが」

「お前は、引く引かない以前の問題だしな。鷹の本はどうだった？」

「あれは中々に興味深かった。鷹を飼ってみたくなったよ」

「お前が飼うのかよ。自分の狩猟スキルを上げろよ！」

鷲塚はツッコミを入れた後、努力が報われない友人に提案をする。

「なぁ。一流大学を卒業したわけでも、コネがあるわけでもない子ウサギちゃんが、体力と足の速さだけでＴＴＩＣに就職できるはずがない。御曹司（おんぞうし）が暗躍し、代償を差し出したっていう事実も知らずに、お前から逃げようとしているんだ。事情を告げれば、状況は変わると思うぞ」

代償――それは、月海を入社させる条件として、鷹宮が社長である父親から求められたものだ。

ＴＴＩＣの後継者として正式な名乗りを上げるため、専務に昇進できるだけの成果を短期間で出すこと。当時、営業促進課で課長をしていた鷹宮は、その約束を果たし、海外進出という大プロジェクトを成功させたのだった。

「……言わない。代償の結果がこの地位で、当初の予定通り、お前と猪狩を総務に据（す）えられたんだ。俺も恩恵を受けている。それに俺の私情で勝手にしたこと。そんなことで彼女を縛りたくもないし、彼女は総務課でよくやってくれている。彼女が入りたいと願った会社が、いい人材を公平な目で見抜くいい会社だったと思われたい」

　穏やかに笑う鷹宮に、鷲塚は苦笑いを浮かべた。

「生真面目というかストイックというか。鷹の王様は怖いだけじゃく、恋愛には不器用な健気で愛い奴だって、子ウサギちゃんに教えてやりたいよ」

「余計なことをするなよ。これは俺が自分でなんとかしないといけないんだから」

「はいはい。僕は今まで通り、傍観者でいさせて貰いますよ。だけど榊。年末までには勝負をつけろよ？　そうじゃなければ僕の財産は、がめついイノシシに根こそぎ持っていかれるんだ」

　切実な訴えに、鷹宮はため息をついた。

「今まで順調に人生を歩んできた俺が、同期に賭けの対象にされているとは……」

　しかしそんな鷹宮の呟きは鷲塚には届かず、彼は震えるスマホを取り出していた。

「……噂をすればなんとやら、猪狩からメッセージがきた。子ウサギちゃんが十分以内に総務課へ戻ったので、僕の負けだと。今晩も奢り決定だ」

「お前、俺を使って猪狩といくつ賭けをしているんだよ……」

「それは秘密。そうだ、とっておきの情報があったんだ。『ウサギの日』がいつかわかった。三月三日。ミミの日。来週の金曜日だ」

『ウサギの日』――月海の誕生日のことだ。鷹宮はそれがいつなのか探りつつ、今年こそ彼女と過ごすための計画を立てていたが、判明した日付は結衣のヒントから推測した誕生日より大分早かった。

「子ウサギちゃんの誕生日は、既に猪狩が予約している。猪狩を出し抜いて子ウサギちゃんを独占し、今度こそ彼女を喜ばせるんだ。そしてお持ち帰りして、骨まで美味(おい)しく頂いちまえ！　これはお前の、重大なミッションだ」

　すると鷹宮は微妙な顔をした。

「……その日、俺、横浜でパーティーがあるんだが。陵(みささぎ)建設の」

「そんなもん後回しにしろよ、僕の財産がかかっているんだぞ。お前の不器用さを、頭のよさでカバーしろ。彼女からお前に会いに来る策を考えろ、なんとしても！」

　鷲塚の言葉に呼応するように、鷹宮の目が鋭く光る。

　鷹宮も、もういい加減にこの状況から抜け出したかった。

　怖がらせたいわけではなく、自分の前で笑顔になって欲しいのだ。

「わかった。まずは猪狩をなんとかしよう。猪狩を暴れさせず味方にする方法は……」

　策を巡らせる鷹宮は、狩りをする鷹の如(ごと)く好戦的に笑った。

　月海がウサギ好きなのは、亡き父方の祖母がウサギ好きだったからだ。

大正時代に生まれた祖母は、華族の身分を捨て、平民だった祖父と駆け落ちしたらしい。祖母は物腰が上品であったが、平凡に生まれ育った月海の父も月海も、極々普通の一般人である。

祖母は駆け落ち後、ふたりの子供に恵まれたものの、子供たちは戦火の犠牲となった。悲嘆に暮れて過ごしていたところ、三十歳過ぎに奇跡のように父を身ごもったらしい。その父は結婚後、中々子宝に恵まれず、四十歳を過ぎたあたりでようやく月海が生まれたため、両親だけではなく、祖父に先立たれた祖母も大いに喜び、月海を可愛がった。

母は月海が幼い頃に病死し、彼女が七歳の頃、新たな母ができた。義母は月海よりひとつ年下の義妹を連れて来たが、この母子はプライドが高い支配者タイプで、月海は家に居づらくなり、しばしば祖母のもとに逃げ込んだ。

祖母は月海に優しく、よくリンゴのウサギを作り、泣きじゃくる孫を慰めてくれた。祖母は義母から邪魔者扱いをされても、文句を言わずに質素な暮らしをしていた。その祖母が、笑みをこぼしながら願いを口にしたのはたった一度きり。たまたま月海と見に行った、ＴＴＩＣの展示会にあったリクライニングチェアに座って、編み物をしてみたいということだった。

だがそのチェアは非売品で、生産予定もなかった。そこで月海がアルバイトをしながら、似たようなチェアを探している間に祖母が急逝。孝行できなかった月海の心残りは大きく、祖母と縁があったＴＴＩＣで働くことで、せめて思い出の中の祖母を大切にしようとしていた。……それなのに。

（ウサギの足なんて、おばあちゃんが見たら、絶対ショックで心臓発作起こすわ）

平然と、あんな残酷なものを渡そうとしてきた鷹宮。これはもう、嫌がらせの域だ。

しかしあの後、事情を聞いた結衣はひーひーと笑い転げながら、こう言った。

『鷹のセンスが悪いのは確かだけど、それ、有名な幸運のお守りよ？』

初耳だったが、業務後に慌ててネットで検索してみると、結衣の言う通りだった。

「え……本当にウサギの後ろ足を使った、幸運のお守りがあるの？」

古来よりウサギは、繁殖力が高いため神聖視されていたようだ。特にウサギの後ろ足は、走ると前足よりも前に出て地面を叩くという他の動物には見られない動きをすることから、不思議な力が宿るとされ、ラビットフットは幸運のお守りとなったのだとか。

（そんなものがあるなんて知らなかった……。もしやわたし、自分の無知さを棚に上げて、純粋な贈りものを拒んで、泣いちゃったの？）

醜態を曝したことを思い出すと、胃がキリキリする。最悪だったのは自分だ。

次に呼び出された時に、失礼な態度をとったことを謝ろう。そう考えていた月海だったが、なぜかあれ以降、鷹宮からの呼び出しがない。

体調不良なのかと思いながら、営業一課に不備の書類を返却した帰り、同じフロアの会議室から出てきたばかりの鷹宮を見かけた。いつも通り悠然としており、特に具合が悪そうな気配はない。

突如、彼の背後に常務が現れ、鷹宮に声をかけた。なにやら激高しているみたいだ。

月海はひっそりと柱の陰に身を隠した。

「鷹宮専務、勝手をされては困りますよ。総務……特に総務課は私が統括しているんです。会社のためを思ってしていることを、横から口出ししないでください」

「統括？　会社のため？　ほう、それが稟議書を却下している理由だと？」

鷹宮が目を細めて不敵に笑うと、常務は怯んだ様子を見せ、どもりながら答える。

「そ、そうです。楽をしたいために予算を使おうとする、我儘な社員たちを正しく導くのが、上の者の仕事。きちんと組織のルールをわからせねば」

（楽をしたいための我儘って……。総務課がどれだけ大変なのか、わかっていないのね）

すると鷹宮はくつくつと笑った。しかし、その目は笑っていない。

「確かに上に立つ者は、下の者を導く義務がある。ならば常務。あなたの上役として言いましょう。総務は奴隷養成機関ではない。社員の意見も尊重すべきだ。不当な圧力をかけるのはおやめ頂きたい」

聞いている月海の体が跳ねる。まさか鷹宮からそんな言葉が出るとは思わなかったからだ。

同時に感動もした。蔑ろにされがちな総務課社員を、鷹宮は認めてくれていたのだと。

「な、なにを根拠に……。そ、そうか、鷲塚部長ですね。彼はTTICの伝統を乱そうとしている。それは、TTICに長くいる私が窘めねばならないのです。専務が彼と仲がよろしいことは承知しておりますが、私情に目を曇らせるのはいかがなものかと……」

「これは社内全体に言えますが、総務を軽視する風潮が伝統だというのなら、それは優先的に改革すべき重要懸案事項。長く続いてきた悪しき因習は、これからのTTICに必要ない。TTICは総務によって支えられている事実を再認識すべきだ。鷲塚部長には公正な監督を命じています。たとえば総務課の予算を、個人で使おうとしている不届き者がいないように」

ぎらりと琥珀色の瞳が光る。すると常務は大仰なほど飛び跳ねた。

「まさか、会社の伝統をお守りくださろうとしている常務が、そんなことをしているとは思いませんがね。……納得がいかないようでしたら、いつでも専務室にいらしてください。では」

鷹宮は不敵に笑うと、泰然とした態度のまま去っていった。

「……こっちには副社長がいるんだ。すべてが思い通りにできると思うなよ、若造が！」

鷹宮がいなくなった途端に悪態をつく常務。それを眺めながら、月海は思った。

（専務は、総務を馬鹿にしているわけではないの？）

総務は出来損ない集団だから、鷹宮が排除したがっているという噂は、本当ではないのだろうか。会話を聞く限りにおいては、彼は誰よりも総務に理解を示してくれていた。

ここで耳にした彼の言葉が本心であるのなら、鷹宮は、信頼に値する公明正大で温情ある人物だったということになる。月海が今まで彼に抱いていたイメージとは真逆の。

自分は二年も勝手に彼を誤解して、苦手意識を強めてしまっていたのだろうか。そう思うと戸惑いを隠せないが、そう信じてきたのは、彼の一方的な冷たい態度が原因でもある。

どう考えてみても、あの不条理な態度が、公正さと思いやりに満ちたものとは思えない。

歩き始めた月海は、しかめっ面をしていたことに気づき、ハッとする。

「いけない。笑顔、笑顔。よくわからない専務のことではなく、金曜日のことを考えていよう」

四日後の金曜日は、月海の誕生日だ。その日は、仕事帰りに結衣が高級レストランに連れていってくれる。結衣が知る店はどこも洒落ていて、驚くほど美味しい料理ばかり出てくるのだ。

その下調べの犠牲になっているのが、鷲塚の財布だとは気づいてもいなかったが、月海にとって結衣は真似することのできない都会の華。ああいう大人の女性になりたいと憧れていた。

（まあ、素材からしてまったく違うけれどね）

自虐的に笑う月海は、昔のことまで思い出し、ずぅんと沈み込んだ。

高校時代、陸上部に青春を捧げてきた月海だが、つきあった彼氏はいた。ところがある日、彼に『あまりにも幼すぎて欲情できない』と陰で笑われていることを知ったのだ。そのショックで走行中のバイクに気づかずはねられ、靱帯を損傷。短距離人生に幕を下ろすことになってしまった。

結果、大学のスポーツ推薦が絶望的になったため、なんとか自力で二流大学に滑り込んだ。そこでやりたいことを探そうと思っていた矢先、バイト先の先輩に押し切られてつきあうことになった。

彼は月海に欲情してくれたため、トラウマが薄れかけていたのに、二股が発覚。自分は最初から彼の浮気相手だったと知った。

彼らはふたりとも素敵な容姿の持ち主だったが、所詮イケメンなんて二枚舌。己に釣り合う美女でなければ、本気にならない。よくて中の中あたりの、さして特徴もない童顔女は、もてあそばれ捨てられるのがオチだ。

そう思うからこそ、月海はイケメンという人種を敬遠している。

上司として尊敬する鷲塚だって、プライベートで関わりを持ちたいとは思わない。

特別は望まないから、平凡な男性と普通の恋愛をしてみたい……そう願うけれど、低身長と童顔が祟って、妹的なポジションにされやすいのが現実だ。

「まあ今のわたしは、恋愛より仕事だけど」

笑いながら総務課に戻ると、誰もいなかった。電話番もいないことを奇妙に感じ、怪訝な顔で席に戻ると、机の上に付箋が貼ってある。『戻ったらＤＭ作業部屋に来て』――結衣の文字だ。なにかあったのだろうかと、月海はその部屋に向かった。

部屋には総務課社員が集合し、感動に打ち震えていた。驚いた月海が声をかけると、皆が一斉にある方向を指さす。そこにあったのは、初めて見る大型機械だ。

一体なんの機械なのかわからず首を捻っているうちに、結衣と鷲塚がやって来て、興奮した声を響かせた。

「宇佐木、見てよ！　ようやく総務課念願の機械が入ったの。ＤＭ用の高性能の機械が！紙折り機能もコレーター機能もついて、名刺やタックシールも作れる優れものよ」

「えええ!?　じゃあ常務が、やっと許可してくれたんですか？」

「常務じゃないわ、鷹よ。鷹が強行してくれたの！　借りを作ってしまったわ」

「専務が……」

月海は盗み聞きした鷹宮と常務の会話を思い出す。もしかすると常務は機械納入の件で、鷹宮に噛みついていたのかもしれない。

結衣と同じく、上気した顔で鷲塚が言った。

「総務は旧体質の常務の統括だ。ここだけの話、僕も結構常務に噛みついてきたけれど、総務に新たな風を入れるのは、大変なことなんだよ。きっと常務が越権行為だとあいつを責めるだろうけど、あいつならきっと容易く制圧するだろう。どんなに不可能に思える案件でも、あいつは可能にする。有言実行のあいつには、友ながら感服するよ」

結衣も、珍しく素直に同意する。ふたりの目に宿っているのは純粋な敬意だった。このふたりをここまで魅了できるほど、鷹宮は有能でカリスマ性があるのだ。

月海は、いまだ歓喜に沸き続ける同僚の声を聞きつつ、機械を眺めた。総務課待望のこの機械によって、どれだけの時間が短縮され、どれだけ多くのDM発送ができることだろう。

総務の生産性などたかがしれているからと却下されていた現場の声を、鷹宮が取り入れてくれただけでも、ありがたいことだった。

『総務は奴隷養成機関ではない。社員の意見も尊重すべきだ』

彼はその言葉を、行動で示してくれた。鷲塚の言う通り、有言実行してくれたのだ。

（やはり、専務は総務課社員の味方になってくれようとしているとしか思えない）

同僚の喜びは、仕事が楽になる機械が入ったからだけではない。自分たちの存在を認めてもらえたことが嬉しいのだ。この会社で自分たちは見捨てられていたわけではない——そんな希望に満ち溢れていた。月海自身もそう感じている。

鷹宮のことを見直した……と言うのはおこがましい気もするが、末端にまで目を向けてくれる彼は、必ずＴＴＩＣのトップに立って貰いたい人物だ。彼ならば皆が従うだろう。

（わたし、専務に対して、偏見を持ちすぎていたのかもしれないわ）

彼の眼差（まなざ）しを思い出せば、やはり嫌われているという疑念は拭（ぬぐ）えないし、苦手意識は簡単に消えるものではない。それを抑えてでも今、感謝の気持ちを伝えたい――

礼を述べに、専務室に行こう。そしてラビットフットのことも、謝りたい。

「あれ、宇佐木、どこか行くの？　これから業者が来て、使い方を説明するんだけど」

「説明は途中参加します。わたし、鷹宮専務のところに行ってきます」

すると結衣も鷲塚も大仰（おおぎょう）なほど驚いたが、月海は気にせずその場を離れた。

「総務課の宇佐木です。少々お話があってお伺いしました。今、よろしいですか？」

ノックをした後にそう言うと、専務室の中からなにかが落ちる音が聞こえた。

まさか鷹宮が倒れたのでは……月海はそんな一抹（いちまつ）の不安を覚えたが、三秒後に中に入るようにと返事があった。

「ええと……どうした？　なにかあったのか？」

鷹宮は落ち着きのない声を響かせ、机から落ちた電話機を拾っている。

「お忙しいようでしたら、また改めますが……」

「いや、いいんだ。さあ、ソファにでも……」

「いえ、すぐにすみますので、立ったままで結構です」

「すぐにすまさなくてもいいだろう」

「いえいえ。本当にすぐ終わりますので。専務はどうぞお座りください」

「ちょうど立ちたいところだったから俺も立っていよう。で、話とは？」

机に片手をついて、鷹宮は斜め上から月海を見つめてくる。

その眼差しは穏やかで、突然の訪問を怒ってはいないようだ。月海はほっとして言った。

「まずは、先日のラビットフットの件です。わたし、ウサギの足を幸運のお守りにしたものがあるということを知らなくて、せっかくのお心遣いを邪推し、専務に失礼な態度をとってしまい、大変申し訳ありませんでした」

「いや。無粋で説明不足だった俺が悪かったんだ。きみを泣かせるなど」

鷹宮が謝ったことに、月海は驚愕すると同時に、申し訳なくなる。

泣かせたということに罪悪感を覚えているのだろう。だからきっと、いつもの怖さが影を潜めているのだ。彼も同じ人間なのだと思うと、警戒心が薄れてくる。

「ただ……他意はなかったことだけは、きみに信じて貰えると嬉しい」

その言葉を、今の月海はすんなりと受け止められた。たとえ自分を嫌っているにしても、彼は嫌がらせをするような陰湿で卑怯な男ではないと思うからだ。なぜ贈り物をしてきたのかは依然不明だが、プレゼントしたいと思ってくれたことに対しては拒絶する気はない。

「勿論です。わたしの誤解のせいで、せっかくのお気持ちを踏みにじってしまい、すみませんでした」

「いや、いいんだ。誤解が解けたのならそれで。伝えに来てくれてありがとう」

鷹宮の顔が嬉しそうに綻んだ。それは常の笑みではなく、初めて見る優しい笑みだった。どくりと心臓が跳ねた月海は、こそばゆい空気に居たたまれない心地になる。戸惑う彼女に気づかず、鷹宮は胸ポケットの中にあるウサギの足を取り出すと、月海に渡した。

「ちゃんと幸運の効果があるのは実証済だ。使ってくれ」

（いや、別に……欲しいわけではないんだけど）

月海にとっては、残酷な代物であることには変わりがない。だが、鷹宮はどうしてもプレゼントしたい様子だ。拒絶したことを謝罪している以上、断る理由が見つからない。

「あ、ありがとうございます……」

「そうだ。イギリスから持ち帰った紅茶があるから、飲んでいけ。貰った菓子もある」

小腹が空いていた月海にとって、魅力的な誘いであった。だが、鷹宮への認識を改めても苦手意識を克服したわけではない。また今の鷹宮は上機嫌らしく穏やかなものの、自分を嫌っている相手だ。それにただの社交辞令だろうと思い、月海は断る。

「仕事中なので、お気持ちだけ頂戴します。あの、実は……もうひとつお話がありまして。このたびは総務課へのDM用の機械導入をご指示頂き、本当にありがとうございました。わたしを含め総務課一同、専務にとても感謝しております。現場は狂喜乱舞の状態でした」

すると鷹宮は、小さく笑った。

「総務課社員に負担がかかりすぎるのを是とする今の体制は、おかしいと思っている。必ず正していく。きみたちに、もっと心にゆとりをもって、楽しんで仕事をして貰いたい」

総務課社員にそんな優しい言葉をかけてくれたのは、鷲塚以外では鷹宮だけだ。上滑りの言葉には聞こえない。末端にまで気遣ってくれる素晴らしい上司だと、感動した月海は目を潤ませる。

(上司としてはこんなにいいひとなのに、どうしていつも睨みつけてくるんだろう)

そんなことを思っていた月海に、コホンと咳払いをした鷹宮が言う。

「時間ができた分、よければ、もっとここに来てくれれば……」

(時間に余裕ができるのだから、もっとバリバリと仕事をしろということね。やはり仕事ができる専務には、わたしはのろのろしているように思えていたんだわ)

「はい、専務からのお仕事も、より一層励み、スピーディーに終えるように頑張ります」

熱意のこもった元気のいい返事に、僅かに鷹宮の顔が引き攣った。だが月海はそれに気づかず、笑顔のままで話を切り上げる。

「ではこれにて失礼します。本当にありがとうございました」

「ちょっと待て！」

鷹宮は慌てたような声を響かせた。既にドアの前に移動していた月海は足を止め、振り返る。

彼の手は、またもや不可解に宙へ伸ばされていた。

（本当にあの手はなんだろう。でも聞いちゃいけない気もするし……）

鷹宮からは一向に言葉が出てこない。呼びとめられたと思ったのは勘違いだったのかもしれないと、月海が再度頭を下げてドアノブを回したところ、どこか切実な声がした。

「待て。こちらからの話は終わっていない」

「なにかご用でもありましたか？」

「……きみには、仕事以外の話はないんだな」

自嘲気味な声が聞こえ、月海は首を捻る。

「ええと……？」

逆に鷹宮へ聞きたい。専務と総務課のヒラ社員が、仕事について以外になにを話すことがあるのかと。

そう思って彼を見た月海は、すぐに出ていかなかったことを後悔する。

「……だったら、仕事の話をしようか」

鷹宮がまとう空気が、なぜか鋭いものに変わっていたからだ。

いつも以上に研ぎ澄まされた捕食者の眼差しを向けられ、月海の本能が警鐘を鳴らす。

(え、なんで突然、捕食モードになるの？　どこにそんな要素があった？)

ドアを開けば逃げられるのに、琥珀色の瞳に射竦められて動けない。

鷹宮は腰に片手を当てながら近づいてくる。

(どうして動かないの、わたしの脚！)

月海は無意識に、手の中のラビットフットをぎゅうぎゅうと握り潰した。

「……総務課を代表してここを訪れたきみに尋ねよう。その感謝が口だけではないと、どう証明する？　きみの言動は、総務課の総意となるが」

「感謝の証明は、これからの仕事ぶりで……」

「だよな？」

にっこりと鷹宮は笑った。月海がぞっとするほど黒い笑みで。

「あ、あの……なにを……」

「実は、今週の金曜日の十八時より、陵建設の創立三十周年の記念パーティーが横浜で開かれる。そこに、総務代表として、俺と出席して貰いたい」

その日は月海の誕生日、特別な日だ。楽しみにしていた結衣との誕生会をキャンセルして、自分を嫌う鷹宮と過ごすなど、それだけは回避したい。

「わ、わたし、パーティーなんて行ったことがありませんし、お美しい秘書の方をお連れになってはいかがでしょう。その方が社のイメージ的にもよろしいかと……」

私情を悟られないように、遠回しに拒絶したが、鷹宮は譲らない。

「きみは仕事により一層励むと言っていたが、それは嘘だったのか？　総務として、仕事放棄はどう思う？」

切れ長の目が、威嚇(いかく)するみたいに剣呑(けんのん)に細められる。

「いや、その……。実はその日、大事な予定が入っていまして」

「それは俺の言葉より優先すべき、重大なものなのか？」

そう言われてしまえば、自分の誕生会だからという理由は、あまりにも説得力がない自己都合だ。

以前、結衣に自分の名を出していいから逃げ帰れと言われたのを思い出し、口にしてみた。

「じ、実は、猪狩課長と予定が……」

「では猪狩に直接事情を話し、俺から断っておく」

(なぜ引かぬ!)

「わ、わたし……パーティー用のドレスとか、持っていませんし」

「こちらで用意してやる。きみはなにも心配することはない。メイクも髪もプロが仕立ててくれる。なんといっても、TTICの総務代表なのだから」

「し、しかし……総務代表となるとわたしの一存では……。まずは直属の上司である猪狩課長にお伺いを立ててからでないと……」

「ではそれも、俺が直接猪狩に言う。それでいいな?」

「え……」

涙目の月海に、鷹宮はゆったりと笑い、冷たく言い放つ。

「それとも、TTICの社員として、専務からの命に従えないと?」

常務をものともしなかった圧倒的な力で、月海を押さえつけてくる。

(わたしの誕生日……。猪狩課長とのラブラブデートが……)

「どうなんだ?」

ただ、謝罪と感謝を伝えに来ただけだった。

素晴らしい上司だと感動していたはずだったのに、なぜこんなことになってしまったのだろう——月海は泣き出しそうになった。

第二章　ウサギの体は、抱きしめられるために小さいんです

東京都心の一角、総合ブランド『Cendrillon（サンドリオン）』分店。

ショーウインドウのマネキンが、斬新なデザインの萌黄色（もえぎいろ）のドレスを着ている。

帰宅途中の月海はそのウインドウの前で立ち竦（すく）み、失望感に満ちた顔つきになった。

「変わっちゃったんだ……」

つい最近まで、マネキンは妖艶（ようえん）な赤いドレスを身にまとっていた。通勤中にそれを眺めるのを楽しみにしていた月海にとって、あまりにもショックなことだ。

『Cendrillon』とはフランス語でシンデレラの意味で、二十代ＯＬからの圧倒的な支持を誇る日本の高級ブランド。月海は高級ブランドとは無縁に生きてきたが、ある日、たまたま近所にできたばかりの『Cendrillon』の店舗で、マネキンが着ていた赤いドレスにひと目惚れをしてしまったのだ。扇情的な赤色と妖艶（ようえん）なデザインの中に、ブランドイメージである桜があしらわれているバランスが絶妙で、見ているだけで幸せな気分になっていた。

とはいえ、自分に似合うとも思っていないし、気軽に手にできる値段でもない。今だっ

て店内に入って、ウインドウから消えた赤いドレスの在庫があるなら見せてくれと、店員に言う勇気もなかった。

所詮（しょせん）、憧れは泡沫（うたかた）の夢。いつかは消えるもの。

なんだか希望が潰（つい）えたようで、憂鬱（ゆううつ）な気分がますます強くなってしまう。

そんなもやもやとした一夜が明け、月海の誕生日となった。

祖母が亡くなってから、月海の誕生日を祝う家族はいない。そのくせ、義母も義妹も自分の誕生日には高価なプレゼントを要求してくる。して貰うことが当然の家族より、朝から「おめでとう」と声をかけ、ちょっとしたプレゼントをくれる会社の同僚の方が、よほど優しく感じられた。

鷹宮からパーティーへの同行を命じられて数日。月海は、結衣が鷹宮に噛（か）みついてパーティーの同行をやめさせてくれるのを密かに期待していたが、結衣はおとなしく引き下がってしまい、彼女との食事会は残念ながら延期となった。

（部長との賭けも一時休戦したというし、どうしたのかしら。念願のＤＭ用の機械導入で、専務への忠誠心を強めちゃったとか？）

時刻はあっという間に十六時となり、呼び出しの電話が鳴る。

重い腰を上げて専務室に向かうと、後ろから寧々に呼びとめられた。

「専属秘書でもないのに、どんな手を使って専務とパーティーに行けるようにしたの？」

鷹宮や鷲塚がここにはいないため、わかりやすく般若の如き形相である。

「専務からの業務命令です」

「仕事を利用したの？　なんて小賢しいのかしら」

「別にわたし、パーティーに行きたいわけではありません」

「懇願してもパーティーに連れていって貰えない私を嘲笑っているの？　底意地悪い女！」

ご立腹の専属秘書には、なにを言っても無駄だった。

「あんたには場違いのパーティーなの、専務に恥をかかせる気!?　二本足のウサギが服を着て出るようなものだわ！　人間なら人間らしく、辞退する謙虚さぐらい見せなさいよ。名実ともに専務のパートナーに相応しいのは、この私なの！　出直して……」

（志野原さんみたいにせかせかしたウサギが、二本足で服を着ていたら、不思議の国のアリスに出てくる白ウサギっぽくなるのかしら）

現実逃避している月海が思わず笑みをこぼすと、寧々はさらにいきり立つ。

「どこににやける要素があるの!?　そんなに余裕ぶって、あんた何様!?」

その時である。深みのある透明な声が背後よりかけられた。

「まだ続くのか？　もうそろそろ、宇佐木と出たいのだが」

鷹宮である。声は優しげではあったが苛立ちが明らかで、その目は険しい。

彼の機嫌を察した寧々は飛び上がり、姿勢を正すと頭を垂らした。

「も、申し訳ありません。これはその……」

「宇佐木を連れていくのは俺の指示。それに文句があるということは、俺に異議があるのだと、そう受け取っていいのだな?」

「そ、それは……」

「ならば仕方がない。専務決定に従えないのなら、従える者を専属秘書に……」

「し、失礼しました。出すぎた行為でした。お気をつけていってらっしゃいませ!」

……そして月海は、表面上は快く寧々に見送られたのだった。

並んで移動しつつ、鷹宮が言う。

「ホテルの控え室に専門家を呼んでいるから、そこで支度を」

「わかりました」

そこまでして貰って、まるで変化がないことだけは避けたいところだ。

「志野原は秘書としては優秀なのだが、どうも色々と勘違いしているフシがあるな。秘書課に猪狩がいれば、ちゃんと教育してくれたのだろうが」

月海も、結衣は秘書課でもかなり優秀な人材だったと、鷲塚から聞いている。

「あの……部長から、猪狩課長を総務に推挙したのは専務だと聞きました。総務でも課長は非常に有能ですが、そのまま専務の専属秘書になさってもよかったのでは?」

「それだと、色々不都合が出る。秘書の代わりはいても、猪狩の代わりはいないから」

釈然としない返答だったが、彼にとって結衣は、かけがえのない存在らしいことは月海にもわかった。

(だったら、パーティーの同伴は課長の方がよかったんじゃ……。なんだろう、もやもやする)

外には黒塗りの車が停まっている。運転手が後部座席のドアを開け、鷹宮を迎えた。月海は彼を見送ってから公共交通機関でホテルに向かうつもりだ。一緒に乗り込もうとしない月海を訝り、鷹宮が言った。

「どうした、きみも乗れ」

「え、わたしは電車で……」

「同じところに行くんだぞ？　早く乗れ」

腕を引っぱられて無理矢理隣に座らせられると、運転手がドアを閉めた。

そして車が走り出す。

「なんでそんなにドアに張りついている？　もっとこっちに来い」

ぎろりと睨まれ、月海は竦み上がった。

機械の件で鷹宮への評価を改めたといっても、こんな密閉空間で体を寄せ合うなどハイレベルすぎる。

「別に取って食わない。そんなに硬くなるな。俺のパートナーなのだから、俺と同じ車に乗るのは当然だと思って、気楽に座っていてくれ」

「……パートナーと仰いましても、わたしはただの総務代表でして……」

月海は少しずつ自然に体を近づける努力はしているものの、まるで怯えたウサギだ。

「それでも、同伴するということはパートナーだ。勿論、きみにとって俺も」

琥珀色の瞳が、微かに切なく揺れる。

「だから今夜はパートナーとして……ただの男性として、見て欲しい。俺もきみにただの女性として接したい。極力、怖がらせないように努める」

異性として見て欲しいと言われたからか、それとも鷹宮の顔が悲しげに見えたからなのか。


……とくり。


月海の心臓が音を立てて揺れた。

彼のパートナーに相応しいのは、もう目にすることができなくなった……『Cendrillon』のあの赤いドレスが似合う女性だ。

たとえば、寧々や結衣のような――

それもあって、自分をなだめるための言葉だとわかっている。だが、あまりに不釣り合いな相手に、しかも勝手に怯えている下っ端へここまで言ってくれたことに恐縮すると同時に、ありがたく思った。

鷹宮が譲歩しているのだ、腹をくくろう。鷹宮の顔を潰さぬよう、笑顔で頑張ろう。

月海は静かに息を吐くと、にこりと笑った。

「承知しました。過分なるお心遣い、ありがとうございます。数時間ですが、パートナー……全力で務めさせて頂きます。どうぞよろしくお願いします、専務」

すると鷹宮は、複雑そうに微笑んだ。

「こちらこそ、よろしく」

……こうして、一時的にしろ、平和協定が結ばれたのだった。


「では二十分後、きみの控え室へ迎えに行く」

鷹宮と別れて月海が入った部屋には、上品な女性の美容スタッフがいた。

最後にドレスを着用ということで、先にメイクと髪のセットをするようだ。

弾む会話と、手際のいい見事な技術。月海は鏡の中の自分に驚嘆の声を上げた。

「すごい。大人の女性になっています！　お化粧が濃いわけでもないのに」

まるで魔法みたいだ。コンプレックスだった童顔が垢抜けた印象に変わっている。

「ふふふ。鷹宮さんから『より自然に、大人っぽく』というオーダーだったんですよ。彼の見立て通り、宇佐木さんは目鼻立ちが整っているので、こちらの系統も似合いますね」

（似合うと思ってくれたの？　専務が？　わたし自身ですら、敬遠していたものを）

実際、プロが完璧な仕事をしているのだから、嫌味ではないのだろう。

（嫌いな相手に、専務はなぜそこまで？　……そうか、少しでも見栄えのいい相手をエスコートしたいんだわ。うん、そうとしか考えられない）

そう気づくと別人のように綺麗に見えるメイクに、喜んでいいのか嘆いていいのか、複雑だ。

その後スタッフは、髪には少しラメを散らせ、癖っ毛を生かしたお洒落なまとめ髪に仕上げてくれた。

「さあ、お待ちかねのドレスです。素晴らしいですよ？」

鏡越しに現れたドレス。それは――

「ひっ⁉」

月海は反射的に、椅子の上で飛び跳ね、振り返った。

（なぜここにあるの⁉）

そこにあるのは――月海が憧れていた、『Cendrillon』の赤いドレスだったのだ。

スタッフは嬉々として月海に言った。

「これは『Cendrillon』で人気の、限定ドレスです。きっとお似合いになりますよ」

どうして……似合うなどと思えるのだろう。いい笑いものになるだけだ。

（わたしひとりの問題じゃない。専務だって笑われてしまうのに！）

「無理……です。わたし、このドレスは着られません。似合いません」

月海は完全に臆していた。

大好きなドレスだし、再会できたのは嬉しい。しかし、これを着るとなると話は別なのだ。

こんなアダルトなデザインが似合うのは、肉食系の華やかな美人だろう。いくら大人メイクをして貰っていても、色気とは無縁な女には、ちぐはぐさが目立って滑稽なだけだ。

「宇佐木さんは華奢なのにDカップもあってスタイルがいいし、お似合いになりますよ」

さすがはプロ。胸の大きさを言い当ててきた。

「彼の見立ては素晴らしいと思いますわ。さすがは恋人さん」

最後に爆弾発言を投げられ、月海は悲鳴のような声を上げて訂正する。

「恋人じゃなくて、上司です！　わたしはただの付添いです」

「あら、私はてっきり……。でしたら、恋人でもないのにこんなにも宇佐木さんのことを考え、似合うものを選び、バッグも靴もすべて揃えてくれるなんて、とても素晴らしい上司ですわね」

（確かに、好きなものを用意してくれた、素晴らしい上司だけど）

月海はちらりとドレスを見た。

（好きと似合うは違うのよ……。わたしだけではなく、ドレスまで泣いちゃう……）

「さあ、お時間が迫っていますから、そろそろドレスを。鷹宮さんも、自分の目に狂いはなかったって絶対喜んでくれますよ。それに……上司命令には、逆らえませんものね？」

（このお姉さん……、鬼だ……）

強行しようとするスタッフは、どこか鷹宮にも似ていて、月海は涙目になった。


きっちり二十分後にノックの音が響き、鷹宮が入ってくる。

彼が身に着けているのは光沢あるグレイのスーツ。髪も整えており、目映いばかりの美貌だ。

スタッフが苦笑し、鏡に背を向けてひとり壁ドンをしている月海を促す。

鷹宮が首を傾げると、スタッフは会釈して出ていった。

「宇佐木、どうした？」

深呼吸をしていた月海は、できるだけ落ち着いた声で問う。

「……専務。着てきたスーツでパーティーに出席してもいいでしょうか」

「ドレスを着ているのだから、そのまま出ればいいじゃないか」

「申し訳ありませんが、この姿が人目につくと、専務にご迷惑をかけてしまうので……」

訝しげに目を細めた鷹宮は、強引に月海の肩を掴み、正面に立たせた。

そして――固まる。

屈辱にぷるぷると震えていた月海は、あまりの羞恥に耐えきれず、逃げ出そうとした。

だが、ミュールの高い踵に慣れておらず、よろけてしまう。そんな月海の体を咄嗟に支えたのは、反射的に手を伸ばした鷹宮だ。

「捕まえられた……。奇跡的に」

妙に感動している彼に気づかず、月海は訴えた。

「スーツでの出席を、許可してください」

「なぜだ」

「なぜって、専務だって似合わなすぎると、固まっていたじゃないですか！」

口に出すと、泣きそうになってくる。それを我慢している月海に、鷹宮は怪訝な顔を向けた。

「誰が似合わないと言った？　きみは鏡を見たのか？」

「怖すぎて見られません。ブタに真珠、ネコに小判、イヌに論語、ウサギにドレスです」

「……意味はわかるが、正しくはウサギに祭文だぞ」

それを聞き流して月海は言う。

「わたしだけではなく、専務だって笑われるんですよ？　専務の顔に泥を塗ってしまいます」

「きみは、自分を卑下しすぎる。悪いがきみに関しては、俺の方が見る目があるつもりだ」

鷹宮は得意げに言い放つと、そのまま月海の手を引いて鏡の前に立った。

「ちょっと、やめてください！」

「手で目を覆うな。ちゃんと見ろ！　見立てた俺を信じるんだ！」

無理矢理に手を引き剥がされ、閉じた目をこじ開けられ、目にした鏡の中には――

「……え？」

淫らになりすぎない程度に開いた胸元。そして左脚が際どいところまで見えているのに、決して卑猥ではない、左右非対称のスカート。

小柄な月海にあわせた補正がなされており、まるでオーダーメイドのようにぴったりだった。

円熟した妖艶さはないが、初々しい色香を感じさせるドレスは、月海が思っていたのとは違い、彼女に似合って見えた。

ドレスに映えるメイクと髪型に、桜の花をあしらったパーティーバッグと、お揃いのミュール。すべてが、月海を引き立ててくれている。

「似合っているだろう？　俺ですら想像以上で、驚いて固まってしまったというのに」

「……っ」

（彼はこのドレスが似合うと信じていてくれたの？　そして似合っていると思ってくれ

たの？）

胸に熱いものが込み上げてきて、きゅっと切ない音を立てた。

「パーティーで今日の話題を浚うのはきみだな」

「そんなことありえません」

「そうかな？」

鷹宮は甘く笑うと、月海の頭を片手で引き寄せ、鏡の中から彼女に視線を送る。

「男なら、こんなに綺麗な女を放っておけないと思うが」

月海が苦手とする鷹のような眼差しは、どこか熱を帯びていた。

鷹宮は鏡の中から月海を見つめたまま、そっと彼女の頭を引き寄せ、髪に唇を押し当てる。

その表情はあまりにも妖艶だ。月海はキスをされたこと以上に、鷹宮の顔にぞくっとしてしまい、体がカッと熱くなった。喉がひりついてくる。

「……さあ、行こうか。密室でふたりきりは、俺がやばくなる」

鷹宮がちらりとベッドを一瞥したことで、彼の意味するところを察した。

これも社交辞令だとわかっているのに、なにか体がくすぐったい、不思議な心地となる。

「行こう」

差し伸べられた手。躊躇いがちにそれを取ろうとした月海だが、その手を引っ込める。

僅かに目を細めた鷹宮に、月海は尋ねた。

「あの……ひとつ。場違いかもしれませんが、専務の見立てにはなかったものを、パーティー用バッグにつけていってもいいでしょうか」

「いいが……なんだ？」

月海は笑って、通勤用の自分のバッグからラビットフットを取り出す。

「……わたしの、幸運のお守りなので」

すると鷹宮は嬉しそうに笑った。

「ああ、是非つけてくれ」

月海はバッグに、ラビットフットをつける。

あれほど嫌がっていたのに、なぜか手放すことができずに、いつもバッグに入れていた。それを今、無性に一緒に持っていきたかったのだ。

鷹宮が月海のことを考え選んでくれたものの中で、このウサギだけをのけ者にしたくはない――

「……実はこのドレス、わたしの憧れだったんです。だから驚きました」

「猪狩から、きみが好きなブランドを聞いたんだ。それで俺が、きみに似合いそうなものを選んでみた。今度は選択ミスをしなくてよかったよ」

結衣が、そんな情報を彼に流していたのは意外だった。

（やっぱり機械導入を期に、課長になにか心境の変化でも？）

基本的には、信頼し合っていて仲がいいプラチナ同期。協力し合ってもおかしくない。

とはいえ、自分に好みを聞かず結衣に聞いたということに、もやもやしてしまう。

（プライベートなことだし、わたしを嫌っているから、聞きづらかったのかな……）

この悲しい気持ちはなんなのか、今まで散々、嫌われていることはわかっていたはずなのに。

やがて月海は、鷹宮にじっと見つめられていることに気づき、首を傾げた。

「俺が選んだものが、きみが好きなものでよかった」

いつも怖かった眼差しが穏やかだ。不気味さを感じる以上に、吸い込まれそうになる。

『今夜はパートナーとして……ただの男性として、見て欲しい。俺もきみにただの女性として接したい。極力、怖がらせないように努める』

プラチナ同期も認める、有言実行の男――

少なくとも今、彼から悪感情を感じない。だから月海も、鷹宮への苦手意識が薄らいでいる。

そんな風に思案している月海に、鷹宮の手が差し伸べられた。

「……行こう」

迷いなくその手を取りそうになったが、心に急ブレーキがかかる。

そして手ではなく、バッグにつけたラビットフットを鷹宮の掌に重ねた。

「これはなんだ？」

「幸運のラビットフットです。このウサギは宇佐木月海を改造してくれてありがとうという感謝に代えて、専務へ幸運をあげたいようなので」

自分の手を重ねたら、なにかが変わってしまう気がする。それを月海は恐れたのだ。

月海の誤魔化しに、鷹宮は苦笑した。

「……本当に手強いな。でも……幸運を貰えるのなら、貰っておこう」

鷹宮はラビットフットを手で握ると、歩き出した。

陵建設は、建設業界の中でもトップファイブに入る大手だ。

鷹宮が営業部に在籍していた時に、取引先として契約を締結させて以来、陵建設が作るモデルルームには必ずＴＴＩＣの家具が置かれるようになった。今ではＴＴＩＣの上得意先でもある。

会場で真っ先に鷹宮に声をかけるあたり、社長は随分と鷹宮を気に入っているようだ。

「鷹宮くん……いや鷹宮専務。よく来てくれたね」

鷹宮がスタイリッシュな鷹であるのなら、陵社長は凶悪そうなガマガエルだと月海は密かに思う。

周囲を見回すと、虎もライオンもハイエナもいる。これから開かれるのは、猛獣と猛禽類たちの宴。自分には場違いな世界だと、改めて月海は萎縮してしまう。

「そちらの女性は……部下の方かな？」

月海が返事をしようとするのを、鷹宮が片手で制して答える。

「まるで、部下であって欲しいというように聞こえますが」

すると社長は、豪快に笑う。

「いやいや。ただ……男のステータスは連れている女性によって決まる。だから選択を間違えるなとアドバイスしたいのだよ。まあ、聡明なきみのことだ、わかっているとは思うが。きみならば、三十周年の祝賀ムードを壊さないようにしてくれると信じている」

そして社長は別の参加者に声をかけられ、鷹宮と月海のもとから去った。

「腹立たしいな」

「しかし正論です。やはり志野原さんや猪狩課長をパートナーにした方が、専務が軽んじられなくてすんだのにと、ひたすら申し訳ないです……」

「きみは……俺を思いやってくれて、優しいな」

「え……？」

月海は、向けられた笑みの甘さに当惑する。

「だが俺は、きみを連れていることを恥とは感じていない。俺にはベストなパートナーだ。むしろ俺には勿体ないくらいなのに」

真剣な顔で断言する鷹宮に、月海は顔を赤らめてしまった。

「あ、ありがとうございます」

お世辞だとはわかっているが、それでも嬉しかったのだ。

「ただ……あの社長は、油断ならない。なにか考えているな。今だから言うと、昔、何度も陵建設に勧誘されていたんだ。俺が専務となり、落ち着いたと思っていたが……」

有能すぎる人材には、有能ゆえの悩みがあるのかもしれない。

「大胆不敵ですね。鷹宮グループの御曹司(おんぞうし)を、本拠地の会社から引き抜こうとするなど」

「それだけ俺は、利用価値があるということなんだろう」

鷹宮の顔には、慣れきったような諦観(ていかん)の感情だけが浮かんでいる。

「それならそれで、こちらも相手を利用させて貰って、俺の地盤を固めるだけだ」

鷹の目(ホークスアイ)が不敵に光り、口角が吊り上がった。

(地盤もなにも……既に将来を約束されているでしょうに)

生まれながらの王は、現状に満足しない野心家らしい。

やがて、別の肉食獣たち——他企業の重役たちが鷹宮に挨拶(あいさつ)をしようと集まってくる。

彼の存在は、皆から一目置かれているのだ。鷹宮に向けられるものは、純粋な畏敬(いけい)だけではなく、媚(こ)びや諂(へつら)いも多い。談笑の裏側にしたたかさが潜(ひそ)んでおり、油断すればぱくりと食べられてしまいそうだった。

（よくこんな世界に溶け込んで、堂々としてられるわ……）

月海など傍に立っているだけで怖くて、ラビットフットを握りしめているのに。

だが、彼が注目の的になるのはよくわかる。鷹宮の存在は、かなり目立つのだ。

スタイルのよさを引き立てる高級スーツと、モデル顔負けの彫刻のような美貌。

どんなに欲に満ちた眼差しを受けても、それを撥ね返す、神々しいほどの貫禄。

改めて見ると、鷹宮はセクシーな魅力に満ち、同じ地平に立つのも萎縮するくらいだ。

（嫌われてなきゃ、ぐらっときたかもしれないな……）

嫌われているから、自分はいつでもブレーキが利いて冷静になれる。

……そんなことを思っていた時だ。

「ところでそちらの女性は？」

突如、話を振られ、月海はびくっと体を震わせた。

『名刺は置いていけ。俺の横にいるだけで、きみの身元は証明される。必要だと思ったら、俺が紹介するから、ただきみは俺の隣でにこにことしていればいい』

パーティーが始まる前、鷹宮に言われたことを思い出す。

確かにボロを出さないためには、口を開かないのが得策だ。

しかし、こうして直接目を見て尋ねられて、黙っているわけにもいかない。仕方がなく名乗ろうとした月海だったが、鷹宮がすっと前に出て笑う。

「彼女はこういう場は初めてで、緊張していますから、お手柔らかに頼みます」

「ほう、もしや鷹宮さんの恋人とか？」

「ははは。ご想像にお任せしますよ」

「おやおや。いやあ、お似合いです！」

（違います。わたしはただの総務課社員です！）

そう断言したいけれど、鷹の目が告げている。なにも言うなと。

陵社長に相手を選ぶべきだと言われたばかりだというのに、含みをもたせるのが上流界の社交術なのだろうか。向けられる視線が痛すぎる。

（明らかに場違いだと思われている……言ってよ、わたしは部下ですって。他の出席者だって、部下と来たひとはちゃんとそう言っているじゃない）

だが鷹宮はそう言わない。それに合わせないといけない月海の笑顔が引き攣ってくる。

そんな時、横から肩をぶつけられた。よろけた月海と鷹宮の間に若い男性が割って入る。

「ああ、失礼しました。お怪我はありませんか？」

「はい、大丈夫です」

「それはよかった。……これをご縁に、よければあちらのテラスでお話ししませんか？」

鷹宮と月海の間にはひとの壁ができ、距離が開いてしまう。

その男性は月海にそっと耳打ちしてきた。

「僕の方がきっと、彼よりあなたを楽しませてあげられますよ？　色々と」

意味深な流し目。この男性も、月海と鷹宮の仲を誤解しているのだ。その上で手出しをしようとしているのは、ある意味かなりのチャレンジャーである。

色眼鏡で見られることに、月海はいい加減うんざりとした心地になった。

そして、これを機に皆の認識をきっちり修正しようとした時、突如伸びてきた手に引き寄せられる。

「彼女はシャイなので、お話があれば私の方に」

鷹宮だった。彼に肩を抱かれ、さらに特別感を演出された気がする。

「た、鷹宮専務がお相手でしたか。お相手がいなければ、お誘いしたかったのに」

目を泳がせ、男性は白々しく言ってのけた。

「ははは。諦めてくださり、助かりました」

(だから、その意味深な態度はやめて欲しいのに！)

「ふう、油断も隙もないな。覚悟していたとはいえ、俺では抑止力にもならないのか……」

そんな鷹宮の呟きを聞き逃してしまった月海が、彼に諫言しようとした時、壇上にいる陵社長の挨拶が始まる。あたりは水を打ったようになり、鷹宮の周囲から人が散っていく。

ウェイターが配ったシャンパンを手にして、乾杯の合図とともに口に含むと、仄かに甘い微炭酸が月海の渇いた喉を潤した。

（美味しい……）

パーティーは進行していく。時折笑いも起こる中、鷹宮はそっと月海に耳打ちした。

「挨拶はひと通り終わったから、様子を見て抜け出そう」

「……はい。あの、専務」

「ん？」

鷹宮は優雅な手つきで自分のシャンパンに口をつけながら、首を傾げた。

「総務代表として、わたしはなにをすればいいのでしょうか」

月海は困った顔で尋ねる。着飾っただけで仕事をしていないのだ。

「俺の傍にいるだけでいい」

「そんな……。わたしがいなければいけないという、理由はなんだったのでしょうか」

「俺には必要だからだ。だからなにも気にするな」

「と言われましても……。わたし、営業はあまり得意ではありませんけれども、他の参加者の方にＴＴＩＣを宣伝してこいと言われた方が、まだ納得できるのですが。無論、不得手でも頑張ります」

「きみはそんなに仕事がしたいのか？」

「このパーティー自体、お仕事ですよね？」

　すると鷹宮はため息をついた。

「言ったはずだ。俺たちはただの男と女で、パートナーだと。だからきみには仕事を押しつける気は毛頭なかった」

「……もしかして、だからわたしを部下だと紹介しなかったのですか？」

「そうだ。それだと上司と部下になってしまう。そうしたくない」

「しかしその結果、わたしが専務の恋人だと誤解されていますよ？　早めに誤解を解かないと、専務の恋人に迷惑が……」

「……恋人などいない。いるわけがない」

　鷹宮はシャンパンを一気に飲み干した。

「俺は、誤解されたくない女を、公には出さない」

　そう言い放つ彼の琥珀色の瞳は、酒気を帯びてぎらついている。

「きみが俺を嫌っているのは知っている。だけど……俺だって必死だ」

（え？　嫌っているのは専務の方じゃ……。必死って……なに？）

　どこかで拍手が聞こえ、司会の声が続いた。

「捕まえるためなら、どんなことでも利用してやる」

　他者を平伏させてきた強い眼差し。そこに切実なものが過ぎる。

自分の内で逃げろと警鐘が鳴っているのに、なぜか月海の体は魅入られたように動かない。

体が熱いのは、シャンパンのせい。きっと、そうだ――

再び、割れんばかりの拍手がして、我に返った月海は慌てて壇上を見た。

陵社長に向かって歩いていく若き女性。艶やかさをまとった彼女は――

(同じ服……)

月海が着ているドレスと、同じものに身を包んでいた。

自分とは比較にならないほど、彼女は美しい。このドレスは、あんな女性が着るべきだったのだ。

自分が着ているのが恥ずかしい――月海は羞恥に固まる。空気が凍りついたみたいに思えた。

そしてどれだけの時間が経過しただろうか。

気づけば、月海と同じドレスを着た女性が壇から下り、鷹宮に寄り添う。

「お噂通り、素敵な方ですわね、鷹宮さん」

女性の頬は、薄紅色に染まっていた。

ああ、彼女は鷹宮のことが好きなのだ……そう思った時、陵社長も傍に立った。

「どうかね、鷹宮くん。うちの娘、頼子は。今日が誕生日で二十五になる」

相手を選べと言った社長は、娘の頼子を推したいらしい。

(同じドレスに、同じ誕生日。そして同い年……)

自分と条件は一緒なのに、この差はなんなのだろう。

華やかな美女である頼子は、どう見ても鷹宮の相手に相応しい。

『三十周年の祝賀ムードを壊さないようにしてくれると信じている』

彼はきっと先程の社長の言葉を、そして頼子を、受け入れるだろう。

月海は、その場面を見たくなかった。

月海が俯いた時、頼子が月海に声をかける。

「あら、私と同じドレス？　身の程知らずね。それに……その限定品のバッグに尻尾をつけるなんて、なんて下品なの？　大体あなた、鷹宮さんとどんなご関係？　どこのお家の方？」

矢継ぎ早に放たれる、悪意が籠もった言葉。毒された月海は、惨めになっていった。

(ああ、もう駄目だ。ごめんなさい、専務)

営業用の愛想笑いができない。鼻の奥がツンと痛くなり、涙が出てきそうだ。

月海は口を開こうとした鷹宮を無視して、声高に言った。

「わたしは、TTIC総務部、宇佐木と申しまして、鷹宮の部下です。本日は総務部代表として、ご挨拶に参りました」

それまで月海と鷹宮との仲を誤解していた参加者がざわめいた。

(きっとわたしの価値なんて、鷹宮専務の付属品としてのものしかないんだわ)

高級ブランドを真に着こなせる頼子を前に、月海はピエロもいいところだった。

まるで彼女の引き立て役だ。虚飾に満足していた自分の愚かさが嘆かわしい。

(これを選んでくれた専務に、申し訳ない……)

月海はにっこりと笑って言った。

「これは尻尾ではなく、ラビットフットという幸運のお守りです。下品で申し訳ありませんでした。効果がないようですし、外しますね。陵社長、三十周年おめでとうございます。そして頼子さんも、お誕生日おめでとうございます。ますますのご多幸をお祈り申し上げます。では」

そして月海は走り去った。

会場で走るのは無作法だとわかっていたが、屈辱(くつじょく)で溢れ出る涙を見られたくなかった。

◆　◆　◆

「宇佐木、待て!」

鷹宮が追いかけようとした瞬間、頼子が鷹宮の腕を引いた。

「鷹宮さん、パーティーが終わったら、ふたりきりでお話ししませんこと？」

鷹宮は気づかれないように、小さく舌打ちをする。

絶対に自分が選ばれるという自信に満ちた、高慢で媚びた眼差し。

頼子は父親そっくりに目をぎらつかせておきながら、わざとらしい恥じらいを見せている。

よりによって、月海に似合うと選んだドレス姿で気を引こうなどと。

（ふざけるな。まったく似合わない）

このドレスはただ扇情的な代物ではなく、色香の中にある可憐さを強調したものだ。それを下卑た色気に変えてしまうのは、着こなしているとは言えない。デザイナーが嘆く。それにすらきっと、この頼子という女性は気づかないだろうが。

なにより月海への想いを穢されたようで、気分が悪い。

月海の可憐さは、周囲の反応を見ればわかる。魅惑され食欲をそそられた男たちの、なんと多いことか。自分のものだと匂わせることで牽制していたのだが、月海がただの部下だと宣言してしまった。やがて、喜びにざわめいた男たちによるウサギ狩りが始まるだろう。

少しでも早く彼女に追いつき、魔の手から守りたいのに、足止めを食らっている。

（俺を手に入れられなかった社長は、娘を俺に差し出して、鷹宮に取り入ろうとしてい

るのか）

鷹宮の生まれ育った環境は、いつも食うか食われるかの熾烈なものだった。だから社長の思惑にも、肉食女からの誘いにも、今さら驚きもしないが、なめられたままでは気にくわない。

「話があるのならここで。私はふたりきりで伺いたいことはありませんので」

個人的な興味などないのだと冷笑すると、頼子の片眉が跳ね上がる。

「私……誕生日ですの。ですから……」

「それはそれは。おめでとうございます。特にお話がないようでしたら、私はこれにて」

「鷹宮くん、まだ……」

「社長、三十周年の祝賀ムードを壊さないためです。私が選んだものを身につけた連れが、皆の前で恥をかかせられたのですから。穏便にすませた方がお互いのためかと。……では」

鷹宮は威圧的に笑い、つかつかと音を立てて会場を去った。

もしかすると頼子を蔑ろにしたことで、取引がなくなるかもしれない。だが、それならそれでいいと鷹宮は思う。陵が駄目なら、他を見つければいいだけの話だ。

取引先の替えは数多あるが、月海に替えはない。どちらを大事にしなければいけないかなど、考えるまでもなかった。

「今日は彼女の誕生日なんだ。泣かせたままで帰してたまるか！」

鷹宮はセットした髪を、片手でくしゃりと掻き上げる。

乱れた前髪から覗く眼差しは、どこまでも鋭い。

（彼女はまだ、このホテルにいる）

それは直感にも似た確信だった。

鷹宮は吹き抜けの階下を見下ろして、月海を探した。

◆　◆　◆

会場から出てきたものの、月海は勝手にホテルを出てしまっていいのか躊躇っていた。

鷹宮の電話番号もメールアドレスもわからない。かといって、頼子と仲睦まじくしているだろう場に戻り、わざわざ帰ると告げるのも、待機中の運転手に言づけを頼むのも、どうかと思う。

「仕方がないから、専務が出てくるのを待っているか。しばらくは出てこないだろうし、その間にフロントでスペアキーを借りて、控え室の貴重品を取りにいこうかな」

控え室の鍵は鷹宮が持っている。貴重品がなければ帰ることもできないため、フロントに交渉することにした。

「ん？　なにこれ……」

フロントに向かう途中、月海の足を止めさせたのは、柱に貼られていた一枚のポスターだった。

『Alice in Wonderland Tea Party at night』――不思議の国のアリスの中に出てくるお茶会をイメージした、夜間限定のスイーツ企画のようだ。ウサギのイラストに月海の目がぱっと輝く。

「うわ、これ行きたい！　だけど……予約制で、受付終了って書いてある……」

途端にがっくりと肩を落とす。

「もっと早くに知りたかった……」

嘆きながら再び歩き出した時、後ろから名前を呼ばれてぐいと腕を引かれた。

「え……専務!?」

月海は、突然現れた鷹宮に驚く。まさか自分を追いかけてきたとは思わず、きょろきょろと周りを見て、控え目にある方向を示した。

「お手洗いはあちらです」

「なぜ手洗い？」

鷹宮は訝しげに目を細める。

「お手洗いで会場から出てこられたのでしょう？　あの……その前に、控え室の鍵を頂けませんでしょうか。わたし、すぐに帰りますので……あとはごゆっくり……」

「パーティーは終わった。だから出てきたんだ」

「え？　他には誰も出てきていないようですが……。……まさか！　わたしのせいで」

「きみのせいではない」

（いや、わたしのせいなんだわ。これで陵社長の機嫌を損ねたら……）

「あ、あの……会場に戻ってください。そうだ、そこの花屋で花束を買いましょう。お誕生日の頼子さんに渡せば、きっと……」

「……俺に、女の機嫌取りをしろと？」

鷹宮の機嫌が悪くなっている。月海は慌てた。

「社交術です。わたし、買ってき……ああ、お金は控え室だった。控え室の鍵をください」

「嫌だね。なぜきみがそんなことをする。謝るのは、向こうの方だ」

「場違いなわたしがいることがおかしかったんです。このままでは会社にもご迷惑が……」

「大丈夫だ。陵建設が取引先から抜けたところで、ＴＴＩＣが潰れることはない。それに俺には、挽回（ばんかい）できるだけの力があるつもりだ」

「そうかもしれません。しかし……」

どんなに鷹宮に力があろうとも、友好関係に亀裂が入るのは嫌だった。

それに頼子は、ただ事実を述べただけだ。非などない。

（わたしは、役目を全うするどころか、専務の足を引っ張っている……）

　二年も社員をしているのに、不出来もいいところだ。完全に、鷹宮に見限られてしまう――

「あの……今期末、総務はとても忙しいので、それを終えたらでいいでしょうか。辞表」

　月海が思い詰めた顔で問うと、鷹宮が裏返った声を出した。

「なんで、そんなことになる！　きみはなにも悪くないじゃないか」

「諸悪の根源はわたしです。役立たずで申し訳ありませんでした。せめて責任をとって……」

（ごめんね、おばあちゃん。情けない孫で……）

「悪いが、それは俺の権限で却下させて貰う」

「なぜですか!?　専務は生き証人じゃないですか」

「責任感があるのはいい。だが、厳しい言い方をすれば、きみひとりの存在で解決できる問題ではない。仮に陵建設が契約解除を言い出したとして、きみの退職を知ってそれを取り下げると？」

　お前のクビなど役に立たないと言われているようで、月海はますます沈み込む。

「別にきみを落ち込ませたいわけではないんだ。なんと言えばいいのかな……。取引先を失うかもしれないことに罪悪感を覚えるのなら、これからはより一層、会社の利益のために励んで欲しい」

「それは……営業に異動ということですか？」

「違う。きみは総務が好きで社員のサポートを頑張っているだろう。そのまま総務で、今まで以上に頑張ればいいだけだ」

「しかしそれでは、いつもと同じ……」

そう呟いて、月海は項垂れた。

「……わかった。では俺がなにか補填の仕事を考える。きみは総務の仕事に励むとともに、俺を手伝って挽回してくれ。ああ、それがいい。今まで以上に専務室に呼ぶから、すぐ来てずっといろよ？　少なくとも十分以上は」

僅かに弾む鷹宮の声。彼の提案に否とは言えない。悪いのは自分だ。

「わかりました。それではこの宇佐木、専務よりクビを申し渡されるその日まで、TTIC……ひいては専務の命に従い、最低十分間は専務室に残るように頑張ります」

「あ、ああ……そうしてくれ」

自分から言い出したことなのに、鷹宮はなぜか疲れた顔でこめかみを指で押している。

そして彼は、月海のバッグに依然つけられたままのウサギの足に気づいた。

「それ……幸福の効果がないから、外すのでは？」

「やめました。すべてをウサギのせいにしているみたいで。それは可哀想です」

「本当にきみはウサギが好きなんだな。……時にきみは、不思議の国のアリスを知っているか？　ウサギが出てくるらしいけれど」

「知っています！　大好きなんですよ、あのお話」

月海が笑顔になって語ると、鷹宮はほっとしたように笑った。

「それはよかった。だったら中庭に行こう」

「はい？　今の話の流れでどうして……」

「きみは俺の命に従うんだろう？　だったら来い」

鷹宮に手を握られる。彼がそのまま歩き出したため、月海は焦った。

「あ、あの……手……」

「離すときみはすぐ逃げる」

「に、逃げません」

「どうかな。控え室の鍵があれば、きみはパートナーである俺を置いて、帰ってしまうのだろう？」

「それは……」

鷹宮は月海の手を握る手に、きゅっと力を込めた。

窓にふたりの姿が映る。どう見てもペットの散歩にしか見えなかった。しかし――

（え……専務の耳が赤い？）

前を歩く鷹宮の変化に気づいた時、手から伝染したかのように月海の顔も赤くなった。

心臓がドキドキしてくる。繋がれた手が燃えているみたいに熱い。

（まだお酒が抜けていないのよ。うん、きっとそう）

だからあれだけ憂鬱（ゆううつ）だった心が、ぽかぽかと温かくなっているのだ。

そうして辿り着いた中庭入り口という看板のもとに、ホテルの従業員の女性が立っていた。

「あ、お客様。本日は貸し切りで……」

「鷹宮だ」

「し、失礼しました。中にどうぞ」

（鷹宮の力で、貸し切りの中に入ってしまったの⁉）

強引なやり方には今さら驚かないけれど、さすがに誰かの迷惑になるのではないか。

そう思っていた月海だったが、すぐライトアップされた夜の庭園の景色に目を輝かせた。

地には色とりどりの花が咲き乱れ、周囲は薔薇（ばら）の生け垣が取り囲んでいる。

庭園の真ん中にあるのは白いクロスが敷かれたテーブル。その上には三段のケーキスタンドが置かれ、小さなサンドイッチと、ケーキなどの様々な可愛らしい菓子が並んでいた。

（これはもしや……受付を終了した、アリスのティーパーティーなのでは？）

「さあ、席について」

「へ⁉」

鷹宮は椅子を引いて月海を座らせると、向かい側の椅子に自分も座る。

ウェイターが紅茶ポットを手にやって来た。テーブルの皿の上に逆さまにしていたティーカップを戻し、湯気（ゆげ）のたつ琥珀色（こはくいろ）の液体を注ぐ。

戸惑う月海に、鷹宮が声をかけた。

「酒の方がよかったか？」

「い、いえ、紅茶で。あの、ここ……貸し切りなら、その予約のひとがやって来るのでは？」

鷹宮は艶然（えんぜん）と笑う。

「貸し切りにしているのは俺だ」

「せ、専務が、ですか⁉」

「ああ。……お誕生日、おめでとう」

月海は目をぱちくりさせた。そしてようやくその意味を理解する。

「わたしの誕生日をご存知だったんですか⁉　もしやこれは……プレゼントですか、わたしへの！」

「勿論」

あまりにもサプライズすぎる。衝撃が大きくて、動揺する月海の口は止まらない。

「このドレスを着せて貰えただけではなく、こんな素敵なプレゼント……わたし、もしかしてまだ夢を見ているのかしら。きっと憧れのドレスを目にしたあたりで、気を失って都合のいい夢を……」

すると鷹宮は声を上げて笑った。彼は優雅に紅茶を口に含んでから言う。

「残念ながら夢ではない。夢で終わらせるものか」

上品なのに、眼差しだけはどこまでも野性的だ。

「これは現実だ。ちゃんと覚えていてくれ」

まっすぐこちらを見つめる琥珀色の瞳は相変わらず怖いのに、吸い込まれそうに甘く揺れている。

（どうしよう、ドキドキが止まらない）

彼はこんなに自分を喜ばせてどうしたいのだろう。あれだけ睨みつけていたくせに。

胸にじんわりと熱いものが込み上げてきた。

そんな中、ウェイターが新たなスイーツとアイスワインを持ってやって来る。

ぷるんとした、白いババロア仕立てのウサギだ。

（可愛すぎる……！）

とても美味しそうだが、食べるのが可哀想に思う。月海がババロアを見ながらひとり煩悶していると、鷹宮がくすりと笑った。

「食べてやってくれ。きみのために作られたスイーツだ」

その言葉に意を決し、耳の部分をスプーンで掬って口に入れる。

「ん～、美味しい……っ、甘さが絶妙！　中のブルーベリーソースに幸せを感じます！」

ニヤニヤが止まらない。あれほど食べることを躊躇っていたババロアは、瞬く間に小さくなっていく。

「はは。幸せそうでなにより。きみが楽しみにしていた猪狩との食事会を潰したんだ。せめて、俺につきあってよかったと思って貰わないとな」

鷹宮の眼差しも、スイーツのように甘い。

そう感じるのは、一緒に運ばれてきたアイスワインを飲んだせいか。

今の自分は、あれほど一緒にいるのが苦痛だった相手と過ごす時間を、楽しく感じている。

気張らなくてもいいし、不思議と怖いとは思わない。

そんな時間も、やがてやって来たウェイターが終わりを告げた。

思わず肩を落とすと、鷹宮が咳払いをする。

「これは頼みなんだが。宇佐木、こちらに来てくれないか、椅子を持って」

椅子ごと移動しろとはなぜなのだろう。訝る月海の前で、鷹宮は実に神妙な顔をしている。仕事の相談かと思い、言う通りにした。すると彼はウェイターに、自分のスマホを渡す。

「彼女との写真を撮ってください」

驚く月海の前でウェイターはにこやかに承諾し、スマホをふたりに向ける。

「な、なぜ写真など……」

「実は、猪狩を黙らせるために条件をつけられた。そのひとつが、きちんと俺が仕事を進めているか証拠写真を送ることだ」

なにやら言いにくそうに鷹宮が説明をした。

「それでしたら、もっと仕事っぽいところを……。これじゃあ、ただ楽しんでいるだけで……」

ウェイターに声をかけられ、ふたりは反射的に笑顔を作る。

スマホが返された。写真はとてもよく写っていたが、仕事をしているようには見えない。

「その……メッセージアプリのアドレス、教えて欲しいんだが」

「あ、猪狩課長のアドレスですね。ええと……」

「違う、きみのだ」

「わたしですか？　どうして……」

「この写真を、きみから猪狩に送って欲しいんだ」

「は、はあ……」

それならば、月海のスマホで撮った方がよかったのではないだろうか。

しかし上司の手を煩わせるのもどうかと思い、月海は素直にアドレス交換をする。

鷹宮は、画面を見たまま動かない。いつまでたっても写真が送られてこないため、鷹宮に声をかけると、そこで彼は我に返った。

「あ、ああ。今送る」

その顔が上気している理由にも気づかず、月海は送られてきた写真を結衣に転送する。

すると待ち構えていたみたいに既読のマークがつき、イノシシが笑っているスタンプが送られてきた。

「……課長から、スタンプしか送られてきませんが、これでよかったのでしょうか」

「ああ。俺の中では、リアルな猪狩が浮かぶよ。今頃、あいつらの酒のツマミになって……」

鷹宮が言葉を切ったのは、彼のスマホが震えたからだ。メッセージの通知が来た様子だが、一瞥した鷹宮は苦虫を嚙み潰したような顔をして、スマホをしまった。

「もうそろそろ出ようか」

「あ、はい」

（もう終わっちゃうんだ、なにもかも。名残惜しいな……）

鷹宮と楽しい時間を過ごせたということは、大きな収穫だった。

彼が自分のことをどう思っていようと気にせず、これからは素直に鷹宮に仕えられる。

今の月海の中には、彼に対する感謝と敬意しかなかった。

「控え室のきみの荷物は、フロントに運んで貰っている。着替えに戻らず、荷物を受け取って帰ろう。無論、ちゃんときみの家まで送らせてくれ。今夜の主役はきみなのだから」

鷹宮はどこまでも紳士的に振る舞ってくれている。

「わかりました。ではお言葉に甘えさせて頂きます」

（わたし、今日の誕生日を忘れない。……忘れたくない）

色々あったけれど、素敵な記憶しか残っていなかった。

「ドレス一式、月曜日にお返しするという形でよろしいですか？」

車に乗り込んで尋ねると、鷹宮は笑う。

「俺に返されても困る。それはきみのために用意したものだ。ちゃんと引き取ってくれ」

「しかし、こんな高価なもの……」

「だったらこう考えて欲しい。これは今日のような機会用の戦闘服だと。次のパーティーで、また頼む」

次があるのか。鷹宮の足を引っ張ったのに。

鷹宮の優しさに、胸がきゅっと締めつけられる。

「……でしたら、少しでも女を磨いておかなきゃいけませんね」

「はは。それは楽しみだ」

貰ってばかりは心苦しい。彼の恩に報いるために、月曜日から働きまくろう。

自分にできることは、労働力と忠誠心を返すことくらいだ。

そして彼にも、あんなことがあったけれど、パートナーにしてよかったと思わせたい。

「あ、次の角で停めてください。そこからすぐなので」

（鷹の王様は、極悪非道な捕食者ではないんだわ）

そう思い、丁重にお礼を言って降車しようとする。

「ちょっと待ってくれ」

「え？」

腕を引かれた次の瞬間、月海は鷹宮の腕の中にいた。

すっぽりと大きな体に包まれている。

「あ、あの！」

静寂が落ちている中、鳴り響く心臓がうるさい。

（なに？　なに⁉）

鷹宮の意図がわからず、月海は半ばパニックになる。

「……小さいな、きみの体は」

彼の声が、月海の耳元に熱く吹きかけられた。

「ウサギの体が小さいのは、こうやって抱きしめやすくするためなのかな」

鷹宮の熱に、頭がのぼせそうだ。息ができない。

「……駄目だぞ、簡単に他の男にこうされては」

くすりと笑った鷹宮が月海の頭を撫で（な）て体を離す。

その際、月海は首元にひやりとしたものを感じ、体をびくんと震わせた。

「それも一緒に、可愛がってくれたら嬉しい」

鷹宮はそう言うと、顔を傾けて月海の喉元に顔を埋め（うず）める。

（食べられる……！）

しかし月海の喉は、痛みを覚えるどころか、唇の熱すら感じない。

鷹宮が口づけたのは、月海の首元につけられた、なにか――

そのことに気づいた月海が、硬いそれを手に取ってみると、ネックレスだった。

トップには、三月の誕生石であるアクアマリンでできた三日月と、その横に金色のウサギがついている。

「え……」

「おやすみ」

鷹の目（ホークスアイ）が柔らかく細められたのを最後に、ドアが閉められ車は走り去った。

月海は心臓を鷲掴み（わしづか）にされたように苦しくなり、思わずその場に蹲っ（うずくま）た。

「なに、なによ、これ……」

第三章　ウサギの耳は、危険を察知するために長いんです

鷹宮から貰ったネックレスは可愛らしく、月海の好みど真ん中だった。

これが普通のプレゼントだったならそればかり考えて、あまりの嬉しさににやけていただろう。だがパーティーから戻った月海には、ネックレス以上に鷹宮の面影が、強烈に頭に刻まれてしまっていた。

『ウサギの体が小さいのは、こうやって抱きしめやすくするためなのかな』

耳元で鷹宮の吐息交じりの声がリアルに再生され、月海は自宅のリビングで悶え、打ち震えた。

(落ち着け、わたし！　まるで恋する乙女みたいじゃない)

相手は前日まで苦手だった上司なのだ。それに自分は、過去の失敗でイケメンに懲りている。そんな自分が、優しくされてプレゼントを贈られたとしても、簡単にぐらつくはずがない。

だとすれば、体を蝕むこの微熱は一体なんだというのか。

答えの出ないことを延々と考え続けていた土曜日、鷹宮からメッセージが来た。

若干の恐れと期待を入り交ぜて、正座してメッセージを開く。

『月曜日から急遽関西に出張。火曜日の一時から始まる役員会議には出席予定』

……ただの業務連絡だった。緊張していた月海は思わず脱力する。

これは秘書に伝えてくれという意味だろう。月海は承知した旨と、昨日のことについて改めて礼を述べた。さらには、夢のような誕生日だったため、興奮して眠ることができなかったと書いてみたのだ。

既読マークだけがすぐにつき、返事が来たのは次の日の真夜中だった。

彼からの返信は、ただひと言――『了解した』。

金曜日のことはやはりただの仕事だったのだと月海は思った。きっと彼にとって、プレゼントを渡したのは仕事の報酬であり、任務完了の合図。既に幕は下り、日常に戻っているのだ。遅くなっても返事をしたのは、無視するのはひととしての礼儀に反すると考えたからだろう。

現実を突きつけられたおかげで、月海の熱は一気に引いた。

ただ、心憎い演出をしてまで、仕事のパートナーを大切にしてくれたことは、感謝し続けたいと思う。たとえ鷹宮の中では、終わった話になっていたとしても。

「ようやく気持ちを切り替えられる。いつも以上に仕事を頑張るぞ！」

週明けの総務課は、実にバタバタとして忙しかった。他部課からのＤＭ依頼が殺到したため、月曜日はその対応とＤＭ発送準備に、火曜日は役員会議の準備に朝から追われていたのだ。

月海が廊下を歩いていると、後ろから声をかけられた。

「よお、宇佐木！　誕生日にやったウサギのマグカップ、使っているか？」

同期のひとりで、営業課にいる猿子壮真である。

いつも笑みを絶やさない爽やかな風貌の彼は、小柄で、とにかく元気がよくて明るい。高校時代、陸上部でハイジャンプをしていたそうだ。それを知って仲良くなったのだった。

「使わせて貰っているよ、ありがとう。今度サルくんの誕生日には、ファンシーなお猿さん柄のマグカップを贈るから、期待して待っていて」

びっと親指を立てて笑うと、猿子は引き攣った笑みを見せた。

「俺が会社で使ったら変人扱いじゃないか。俺、別に猿、好きじゃねぇし！」

「へぇ？　鷲塚部長にプレゼントされても同じこと言う？」

「いや！　ありがたく使わせて貰って、皆に自慢する！」

真顔での返答に、月海はからからと笑った。やがて咳払いをした猿子は、月海に尋ねる。

「……ところで、だ。宇佐木。今夜の鷲塚部長のご予定は？」

「今夜は役員会議の打ち上げで、総務で飲み会予定。残念だね」

「うおおお！　頼む、なあ宇佐木、この通り！　俺もその宴会に交ぜてくれ。鷲塚部長はいつも専務室にいるか、猪狩課長といるから、ゆっくり話せないんだよ。営業のこととか色々聞きたいのに」

（いつも思うけれど、本当に部長を慕っているのね）

入社したばかりの頃、営業成績が伸びずに落ち込んでいた猿子は、休憩室に居合わせた鷲塚からアドバイスを受けたらしい。そのおかげで成績が伸び、それ以来、鷲塚を崇拝していた。

「総務の飲み会に、なんで営業が交ざるの！　個人的な飲み会じゃないんだよ？」

「そこをなんとか。ほら、俺……お前と飲むのも久しぶりだし」

「ひとを、ついでのように出さないでよ」

「そんなこと言わずに。俺たちだって、仲良し同期、小動物同盟を組んでいるだろう？」

猿子に手を握られ、懇願された時だった――ぞくりとした冷たい視線を感じたのは。

（こ、この……突き刺すような視線は）

……案の定、鷹宮である。

タイミングの悪いことに、またもや彼が出張から戻ってきたところに行き合った。

金曜日に和やかな雰囲気となったことが幻のように、彼から放たれる空気は険悪だ。

ここには今、餌で太らせたウサギの横に、活きのいいサルまでいる。

気軽に挨拶などしようものなら、まとめて頭から食われてしまいそうだ。

かといって、今これだけ視線が合っているのに、猿子を連れて逃げるのも失礼だろう。

なにより金曜日に贈り物を貰っておいて、恩知らずだ。

月海は勇気を振り絞って頭を下げる。馴れ馴れしくもなく、ちゃんと節度ある距離を守っているはずだ。これで態度が緩和するか、無視して通りすぎてくれれば——

しかしそんな月海の望みは儚く散り、依然険しい顔をしたまま、鷹宮がやって来る。

(呼んでいないから！　前より怖い目をしているけど、わたし、なにかやらかした!?)

「うさ、宇佐木……俺たち、専務になにかしたっけ？　俺……倒れていい？　後は頼む」

「駄目！　倒れるのなら、一緒に倒れようよ」

ふたりは冷や汗をだくだくと流し、脚を震わせた。

(おかしい。今日からはより一生懸命、専務の仕事に励むはずだったのに……)

あの睥睨の前では、忠誠心より逃走本能が強くなる。体が言うことを聞かない。

パニックになっていると、間を人影が横切った。鷹宮の父親である社長が現れたのだ。

社長が鷹宮に声をかけたため、彼の足が止まる。鷹宮の視線がそれた今こそがチャンス。挨拶はしたのだからと自分に言い聞かせて、月海は硬直している猿子の腕を掴み逃走したのだった。

それからまもなく、大会議室では、月に一度の役員会議が行われた。

ＴＴＩＣの重役ともなれば、誰もが切れ者で一筋縄ではいかないような男性ばかり。老獪(ろうかい)というよりは小賢(こざか)しい印象の常務はともかく、一番若い鷹宮だって役員としての貫禄がある。表面上は誰もが談笑しているが、その実、副社長と鷹宮のどちらが次期社長の座を得るかを巡っての派閥(はばつ)争いがある。

鷹宮の祖父は、息子である鷹宮の父にＴＴＩＣの社長職を譲り、会長職に就(つ)いたが、ふたりの目指す方向性がまるで違っていた。激高した会長は息子から社長職を取り上げようとしたものの、社長は激しく抵抗。そこで会長は愛人との子を呼び寄せ、社長の了承も得ずに庶子を副社長に据(す)えた。

そんな時、社長の息子である鷹宮が海外進出を成功させたため、社長は副社長への対抗馬として鷹宮を専務にしたのである。それにより、会長と副社長派、社長と専務派の対立が浮き彫りになった。

（怖……）

結衣とともに珈琲(コーヒー)を出すため会議室へ入ってきた月海は、場の空気に鳥肌を立てた。

狸(たぬき)と狐……というよりは、猛獣の檻(おり)。踵(きびす)を返したい心地になるが、仕事だ。

震える手で、慎重に珈琲を置いていく。

鷹宮と副社長は叔父と甥の関係ながら、ふたりのタイプはまるで違う。

副社長は鷹宮のような豪胆さはなく、すぐにいらいらする神経質なタイプだ。

月海は副社長とは個人的に話したことがなかったが、秘書として接したことがある結衣曰く〝陰湿で器の小さい男〟らしい。

『副社長は保守派である会長の傀儡。悪い慣習を変えようとしない彼の下では、TTICは発展しないわ。TTICの運命は、改革派の鷹にかかっている』

結衣は以前、そうも言っていた。

現状、TTICの役員は既に会長の息がかかっているのだとか。しかし副社長は自分の優位性を見せつけても鷹宮にダメージを与えられず、完全排除に躍起になっているという噂も聞いたことがある。

『あいつは反乱を起こす時期を見計らい、隠している爪を密かに研いでいる』

鷲塚の言葉に、月海はぞっとしたものだ。今までだって十分大きな仕事をしたから専務になれたのだろうに、まだ狩りをする余力があるのかと。

結衣も鷲塚も、鷹宮とともに将来の会社を担うべき存在であるから、きっと未知数の鷹宮を怖く思わないのだ。しかし月海は、安全な下層で飛び跳ねているだけの下っ端だ。

プラチナ同期は彼の地盤や戦力になりえても、月海にはそんな力はない。

だから一層、鷹の王様は、遥か雲の上の存在に感じてしまう。

この役員会議に出席している面々は、今後どうなるのだろう。

いつか若き鷹の餌食となるのだろうか。

役員会議に出す珈琲は、秘書課からの指示に従い、それぞれの役員の好みに合わせて淹れられていた。鷹宮はシンプルに苦めのブラックである。

「珈琲をどうぞ」

ことりと机の上に置くと、鷹宮が咳払いをしたため、月海は体をびくっと震わせた。

咳払いが続いていることからして、これはなにか意味があってのことらしい。

彼は、己の喉と胸の間を指先でぽんぽん叩いている。

切れ長の目が、なにかを訴えていた。

(これは……さっき逃げたことを怒っているわけではなさそうね。もしや……)

月海は、がさごそと上着のポケットを漁り、取り出したものをそっと鷹宮の前に置く。

……それは、のど飴であった。

引き続き隣席に珈琲を置いていく月海だが、鷹宮の咳が止まっているあたり、正解だったのだろう。少しばかりできた女になったような気がして、満面の笑みを浮かべる。

部屋から出て役員用の給湯室に行くと、結衣が次に出す茶碗を棚から出していた。

「お疲れ。後は後半のお茶くみ隊、頑張りましょう」

「はい！」

結衣は会議の時は、慎ましやかな真珠のピアスをする。

今日は首元にもピンク色の涙型の粒が揺れていた。ペンダントもお揃いのようだ。

よく似合っていると褒めると、結衣はにこりと笑って、月海に尋ねた。

「宇佐木は、アクセサリーはしないの？」

「わたし、似合わないので」

「そんなことないわよ。世の中にはウサギモチーフのアクセサリーだってあるじゃない？」

にこにこと結衣が言ってくる。月海はどきりとした。

（専務からのプレゼントについて知っているの？ それともただの世間話？）

結衣に隠し立てする気もないけれど、できるなら自分の胸だけに秘めておきたい。

「アクセサリーといえば面白い話があるんだけど。銀座の『Cendrillon』本店のアクセサリー売り場を、ある金持ちの息子が訪れて、『Cendrillon』でウサギモチーフのものが欲しい、ないなら大至急作ってくれと言い出したとか。女に贈り物をしたことがないその息子は、カスタマイズ可能と謳っているから、自分の要望が通ると勘違いしたらしいのよ。ありえないでしょ」

「そ、そうですね……」

あのネックレスは箱に入っていなかった。どこのアクセサリーか、月海はわからない。

（まさか……専務のこと？）

「店員が対応に困っていた時に、なんと偶然『Cendrillon』のオーナーである音羽コンツェルンの御曹司が、デザイナー兼恋人と店に立ち寄ってね。なんとその御曹司は、金持ちの息子の親友が昔営業をかけた時に対応したことがあって、息子とも顔見知りだったらしいの。昔話をしながら、息子は親友がとれなかった営業の話を進め、さらにちゃっかりウサギのネックレスを作らせた。まあ、御曹司の恋人さんがとても親身になってくれたから、数日で仕上げてくれたそうよ」

「へ、へぇ……」

なんだろう。無性に居たたまれない。

「私としては、音羽の御曹司たちを巻き込んで作られた、件の『ウサギの首輪』を見てみたいのよね。……ねぇ、どんなものか見せてよ」

（やっぱりプレゼントされたことを知っていたのね！　しかもネックレスは『Cendrillon』の特注！）

「実はその……持ってきていません……」

「え？　さっき鷹に見せていたじゃない。もしかして返したの？」

「何の話ですか？」

「鷹が喉元を叩いて催促していたでしょう、ネックレスはどうしたと。あんなところで聞くのもどうかとも思うけれど。見せてあげたから、鷹は照れて動かなくなったんじゃ……」

結衣は一体なにを勘違いしているのだろう。

「え？　喉がイガイガすると訴えられたので、のど飴を差し上げたんですが」

結衣は驚いて目を見開き、そして笑い転げた。

会議を終えた鷹宮は、専務室の机に突っ伏した。
この週末、別れ際の月海の熱と柔らかさ、そして甘い香りがずっと体にまとわりついているようで、眠れなかったのだ。どうしても彼女と話をしたくて、彼女が警戒心を抱かない文面を色々と考えた。
消去法で残ったのは、無難な業務連絡。そこに「月曜日に会えないのは不可抗力的な出張のせいで、自分の意思ではないんだ」という訴えも入れたつもりだった。
わかりにくいかなとも思ったが、送らないよりはいいだろうと送信してみたところ、あまりにも可愛い返事を見て悶えることに。まるでウサギが、自分に会えなくて寂しいと啼いているみたいだった。

これは次のステップに進んでもいいかもしれない。否、早く進みたい。

それは即ち、土日のデートに誘うことだ。

しかしすぐにでは、金曜日のパーティーの疲れが出てしまう。彼女に無理をさせたくない。かといって今から来週末の予約をするのもどうか。ようやく笑顔を見せてくれるようになったのだ、がっつきすぎれば、彼女はまた怯えて逃げ出すかもしれない。

では何日前なら、確実な予約ができるものなのだろう。水曜日あたりはどうか。

そんなことを考えつつ、さらに今、少しでも長くメッセージ交換ができる話題はなにかと思案しているうちに、日曜の夜になってしまった。日付が変わることに焦り、慌てて言葉を送ったが、返ってきたのはウサギがお辞儀をしているスタンプひとつ。画像より言葉が欲しかった。

そして出張中、メッセージが来るかもしれないと期待したが、スマホは鳴らず。火曜日、ネックレスをしている彼女に早く会いたいと急いで帰社すれば、目にしたのは別の男と手を握り合う姿。

しかも彼女の首には、自分が贈ったネックレスはなかった。

こんなはずではない。彼女との仲が進展したのは自分なのだ——そんな強い独占欲と嫉妬に駆られたのがよくなかったのか、彼女は怯えてその男と逃走する始末。呼び戻したくても、父親に社長室に呼ばれ、すぐに会議になってしまった。

　また態度を硬化させた彼女に、金曜日のことを思い出して貰いたい。そう考えて会議が始まる前、ネックレスはどうしたとさりげなく尋ねたつもりだが、彼女はあろうことか飴をくれた。

　一体これはどう受け取ればいい？

　答えが出ぬまま、専務室で封を破ると、琥珀色をしたウサギ型の飴が出てくる。

「蜂蜜味……」

　口にすれば、蕩けるような甘さ。金曜日に月海を抱きしめた時のことを思い出す。

　さしずめこの味は、ハニーラビットというところか。

　ゆっくりと堪能するようにコロリコロリと転がしながら飴を舐めていると、月海不足が少しだけ緩和された気がする。なんと自分はお手軽な男なのだろう。

「さて、呼び出すための仕事を作ろうか」

　今日からは、月海を長く足止めできる口実がある。金曜日の和やかな雰囲気に戻したい。

　思案しつつ、コロコロと飴を転がしていると、ノックの音がして鷲塚が入ってきた。

「出張明けの会議お疲れ。副社長、凄く不機嫌そうだったけど。なにかあったか？」

　鷲塚は勝手に定位置であるソファに座る。その向かい側に腰を下ろした鷹宮は、にやりと笑った。

「ああ。出張で大口の取引先をとってきたことが気にくわないようで、陵社長令嬢をいつ食う予定かと嫌味を言われたから、副社長がゼネコンから貰った賄賂を返上すれば教えると答えたんだ」

「それは副社長もやぶ蛇だったな。で、なんだよ、その陵社長令嬢って」

「金曜のパーティーで、陵社長が娘を俺に押しつけてきたんだ。多分そのことだろう。あの場に副社長のスパイでもいたのか……」

そして鷹宮は少し考え込むと、目を細めて言った。

「なあ、千颯。娘は宇佐木と同じ誕生日の同い年で、宇佐木に買ったドレスと同じものを着て登場してきた。偶然だと思うか？」

「狙ったとしか考えられないな。インパクトはあるから、娘の存在をアピールするには満点だが」

「同感だ。その上で、皆がいる前で宇佐木に恥をかかせて追い出した」

鷹宮は思う。もしあの場で月海が逆上していたら、そんな彼女を連れた自分が、パーティーを台無しにした責任を押しつけられたかもしれないと。むしろそれを期待しての挑発だったなら、皮肉にも部下として対応した月海のおかげで、余計な災難を免れたとも言える。

「……こそこそと動いて俺の弱点を見つけ、それを攻撃するやり方は、あからさまなやり方をする陵社長らしくない。だが、そんなことを考えそうなのがひとり、俺の周りにいるよな」

「副社長……か？　繋がっていると？」

「ああ。陵社長なら、俺を攻略できなかった時の保険はかけるだろう。最近随分とTTICに対して幅を利かせていたから、賄賂でもやっていたのかも」

「だとすれば、副社長はお前の得意先まで黒い財源にしているのか。陵にはお前の懐柔策を教えるふりをして、その実、お前の弱点を攻撃する駒にする……自分の手を汚さない副社長が考えつきそうな策だよ。利用された哀れな子ウサギちゃんは、大丈夫だったのか？」

「なんとかな。まあ……結果オーライというか」

鷹宮の記憶は、月海と寄り添って会話したこと、手を繋いだこと。そしてティーパーティーでの月海の笑顔から抱擁シーンへと移り変わる。彼は熱くなった顔を片手で隠した。

「そうか、オーライか……。子ウサギちゃん、またお前から逃げていたように思ったけど……」

鷲塚は、鷹宮に聞こえない程度の声で呟き、複雑そうに笑う。

「それはそうと。今日は総務で打ち上げがある。無論、子ウサギちゃんも参加予定だ。

お前も出ないか？」

「俺は部外者だろう。飲み会を通じて、お前なりに総務を一致団結させようとしているんだから、俺は遠慮しておくよ。今度、個人的に誘ってくれ」

　鷹宮が笑い返すと、鷲塚は頭を掻いて言いにくそうに口を開いた。

「……実は。今日の打ち上げ、子ウサギちゃんと仲良しの小猿もなぜか参加となった」

　途端に鷹宮の顔が嫉妬に歪む。月海と猿子が手を握り合っていた場面を思い出したからだ。

「小猿って営業の猿子だよな？　なんで総務の打ち上げに営業が来るんだ？」

「さあ？　子ウサギちゃんが猪狩に頼んで、猪狩が僕に頼んできた。小猿は人懐っこいし、頻繁に総務に来るせいか、総務全員が好意的なんだ。見ていると和むんだとさ」

　月海に会いに来ているのだと疑い、鷹宮の顔が険しくなってくる。

「頻繁に来させるなよ。まさか、彼女に会いに来ているとか……」

「仕事だ、仕事。あいつ、営業能力がずば抜けているけど、総務がこまめにフォローしないとただのサルになる。お前だってわかってて例の件に引っ張り込んだんだろうが。公私混同するな」

　にやりと、意味深に鷲塚は笑う。

「猪狩が随分と面白……いや、切実そうだったから、飛び入り参加を許可したけれど、やはりこういうのは、今後のためにもお前に言っておかないとな。その飲み会で、小猿が鷹の王様にはできなかった〝子ウサギのお持ち帰り〟をするかもしれないし？」

「は⁉」

憤(いきどお)った瞬間、鷹宮は大切に舐めていた飴をガリッと噛み砕いてしまった。

鷲塚は一枚のメモを、鷹宮に手渡す。

「打ち上げ場所はここ。時間は十八時からだ。酔っ払った皆のテンションが上がっている、十九時くらいに来ればいい。偶然を装(よそお)って。もたもたしていると、横からかっ攫(さら)われるぞ？」

鷹宮はメモを凝視(ぎょうし)する。

『小猿が鷹の王様にはできなかった〝子ウサギのお持ち帰り〟をするかもしれないし？』

これは、行くしかない。月海に手出しをするのなら、爪を剝(む)き出しにして抗戦する。

琥珀(こはく)色の瞳が固い意思に、鋭く光った。

◆　◆　◆

総務課の打ち上げが賑やかさを見せている、十九時十五分前――

月海は神妙な顔をして、居酒屋の隅にて話し込んでいた結衣と鷲塚に言った。

「……実は今、義母から電話がありまして。至急の用事があるとのことで、わたしの家に押しかけてくるようなんです。大変心苦しいのですが、これにて失礼してもよろしいでしょうか」

ふたりは顔を見合わせて、珍しく言葉を濁し、目配せをしあった。

それを駄目という答えだと理解した月海がしゅんとすると、鷲塚が引き攣った笑顔で口を開く。

「い、いやいや。いいんだ、うん。だけど、せめてあと十五分……」

そんな鷲塚を片手でどかしながら、結衣がにこやかに言った。

「なにかあったのかもしれないから、すぐお帰り。今日はお疲れ様」

「すみませんでした」

ぺこりと頭を下げ、月海は席に戻り荷物をまとめる。

「え、なに宇佐木、帰るの？」

隣に座っていた猿子が、驚いた声をかけてきた。

「うん、義母が家に来ていて。ここが空くと、気を使って部長が来てくれると思う。頑張って」

「そうか！　その時をひたすら待つよ。気をつけて帰れよ」

「ありがとう。では皆さん、申し訳ありませんが宇佐木は失礼します。お疲れ様でした」

ブーイングが起きたが、月海は跳ねるようにして出ていく。

総務課は活動量が激しいせいか、終業後に酒が入ると皆かなり酔っぱらう。

その変貌が面白く、総務課の飲み会は好きなのだけれど、今回ばかりは仕方がない。

月海は義母からのメッセージを思い出してため息をつく。

『先週の金曜日に渡そうとしたものを今届けるわ。受け取りにすぐ戻りなさい』

相変わらず一方的だが、月海は『先週の金曜日』という言葉に気を取られた。

先週の金曜日は自分の誕生日。義母は、初めて誕生日の贈り物をしようとしてくれたのではと。

暴力を振るわれていたわけではないものの、一緒にいることが苦痛だった義母。

それでも歩み寄ろうとしてくれるのならば、拒むつもりはなかった。

そのため、飲み会を早く切り上げ、こうして義母に会おうと走っている。

「やっぱり、ラビットフットのおかげかもしれない」

今度、鷹宮にも教えてあげようと思う。どれだけの効果があったのかを。

そう笑みをこぼしながら急いで家に戻ると、義母が僅差でやって来た。

「遅くなってごめんね、寒かったでしょう。中に入って？　温かい飲み物でも……」

にこにこと笑って声をかけたが、義母は冷え切った面持ちで、手にしていた紙袋を差し出す。

「今週の土曜日、午前十一時。ホテルの地図は中に入っているから」

「え？　どういう意味……」

「見合いよ」

月海の思考は停止してしまった。

「それは洋服。月海はいつもみすぼらしいから、こっちで用意したわ。感謝なさい」

「あ、あの……お義母さん。見合いってなに？」

するると義母は、なんの感慨もないような顔で鼻を鳴らした。

「役立たずなあなたが、家族に恩返しをする機会よ。いいご縁があったの。だから結婚なさい」

「ちょっと待って。突然そんなことを言われても……」

「相手は金持ちだし、共働きをすれば、今までの倍は家にお金を入れられるわ。お父さんの働きが悪くてうちは貧乏なんだから、親を援助するのが子供の務めよ」

月海は知っている。貧乏なはずの義母が、義妹の理彩（りさ）とともにブランド品の新作を身につけていることを。そんな義母だが、月海の大学費用は貸してくれた。その返済のため、独り暮らしにかかる最低費用以外は、ボーナスも給与もすべて毎月実家に入れていたのだ。今月返済が終わったというのに、それ以上のものをこれからも入れろと義母は言っている。生活に困っているなら手助けはやむを得ないと思うけれど、義母の場合は娘とともに遊ぶ金になるのだから、冗談ではない。

「あんただけではなく、私たちまで幸せになる好物件。こんな素晴らしい結婚は、他にはないわ」

「……そんな良縁がなぜわたしに？　理彩ではなく」

月海が疑わしげな眼差しで尋ねると、義母は明らかにぎくりとした様子で言った。

「あなたは長女だし、可愛いあなたから、まず幸せになって貰いたくて……」

「……可愛い？　そう思ってくれているなら、わたしの誕生日がいつか言える？」

すると義母はしどろもどろになりながら答える。

「九月、だったわよね？」

わかっていたとはいえ、月海は落胆した。鼻の奥がツンと痛くなってくる。

「……ごめんなさい、お義母さん。見合いはお断りします」

「な、なんですって!?」

「結婚相手は自分で見つけたい。平凡でいいから、笑顔でいられる生活をしたいの」

「お金がないと笑顔になれないわ。それにもう先方さんは乗り気なの！　私たちの顔を潰す気!?」

（ふぅ、取り合ってくれなさそうね。恐らくは義妹の縁談として用意したけれど、なにか理彩が気に入らない要素があったから、わたしに押しつけようとしたパターンだわ）

そんなもののために走って帰ってきたとは、お笑い草だった。

「この件、お父さんは知っているの？」

「勿論よ、お父さんが用意した縁談だもの」

（この顔は、嘘ではないようね。だったら、顔を立てないと駄目か）

事前に断れないのなら、当日、本人に誠心誠意お詫びして、破談にして貰うしかない。

月海が渋々荷物を受け取ると、上機嫌になった義母は軽やかに立ち去った。

彼女が、停車中の車に乗り込む姿が見える。

（あの車……。お父さん……来ていたの？　それなのに、降りて会いにもきてくれないの？）

父に期待することはとっくに諦めたというのに、いまだ心が痛む。

「はぁ……。早く帰ってきて損しちゃった」

家の中に入った月海は玄関のドアを背にして、ずるずると崩れ落ちる。

昔は、悲しい時はいつも祖母が、リンゴのウサギを作って慰めてくれた。

「どうしておばあちゃん、死んじゃったのかな……」

あの優しさが、恋しくてたまらない。

ふいに、月海のスマホが震えた。取り出してみると、結衣からメッセージが来ている。

送られてきたのは動画だった。再生したところ、続行中の飲み会らしき風景が流れていく。

緊張に強張った横顔の猿子が映った次の瞬間、カメラは横に座っている人物を映し出す。

「え、専務……？　飲み会に来たの？」

鷹宮の不機嫌そうなオーラに、猿子は極度に萎縮(いしゅく)しているようだ。ふたりは打ち解けた様子もなく、無言で前の鍋を見つめ、交互にビールを呷(あお)って動画は終わった。

（隣に座ったのは部長じゃなかったんだ……。サルくん、ご愁傷(しゅうしょう)様……）

結衣にメッセージの返事をした後、ふと思い立った月海は、金曜日に写した写真を表示させた。

にこやかにこちらを見ている鷹宮を、そっと指でなぞる。

「金曜日に……戻りたい」

『ウサギの体が小さいのは、こうやって抱きしめやすくするためなのかな』

まだ酒気が残っているのだろうか。それとも寂しいからだろうか。

またあの大きな体で、ぎゅっとされたいと思った。……たとえその場限りの、ひとときのものでもいいから。

義母のメモによれば、見合い相手は、敷島忠直(しきしまただなお)、三十四歳。

大手物産会社の課長らしいが、見合い写真を見るに、面食いな理彩が好む顔ではなかった。

（人柄はよさそうな気がするけれど、話をわかってくれるひとならいいなあ……）

土曜日を思えば気が重く、翌日は朝からため息ばかりついてしまう。

「……いけない。ため息をつくと幸せが逃げちゃう」

口に手を当てた時、デスクの内線が鳴る。

「はい、総務課の宇佐木……」

『鷹宮だ。頭痛薬を持ってきて欲しいんだが』

どきっとした。またあの怖い目を向けられるのだろうか。それとも金曜日の優しさが戻っているだろうか。びくびくしながらも、電話の声に力がなかったことに首を傾げる。

（頭痛薬？　使うのは……専務？）

総務課にある置き薬を持って専務室に行くと、鷹宮は執務机に肘をついて項垂れていた。

「大丈夫ですか!?　お薬を持ってきましたが」

机の上には、水が入ったペットボトルがある。鷹宮に薬を呑ませつつ、月海は訝った。

（ペットボトル？　……志野原さんはいないのかしら）

「今日は志野原さんは……」

うか。

この前の金曜日、鷹宮が寧々に対して苦言を呈していたことが、関係しているのだろ

「しばらく研修だ……」

(でも今は、そんなことはどうでもいいや)

「すまない。きみの顔しか思い浮かばなくて……」

鷹宮は顔色が悪く、喋るたびに眉間に皺が刻まれ、ひどく辛そうだ。

前日にあれだけ激しい眼差しをしていた男とは思えないほど、活力がない。

とはいえ、極上の美形が気怠く喘ぐ様は、妙にセクシーだ。儚げな表情は母性本能をくすぐり、どこかぞくぞくする。

(元気がない方が睨んでこないし、優しいからいいだなんて……失礼よね)

「そういう時に思い出して貰えて光栄です。……専務、病院へ行かれた方がいいのでは？突然そんなに頭痛がするなんて、悪い病気だったら……」

すると鷹宮は言いにくそうに答えた。

「大丈夫だ。多分……二日酔いだから。放っておけば、治ると思っていたんだが」

二日酔い――その単語は意外だったが、思い当たることはある。

「まさか、総務の皆に飲まされたんですか？」

「いや……飲み会は途中で抜けた。その後、実家に呼び出されて……むしゃくしゃが止

まらず、ひとりBARでウイスキー……うっ」

鷹宮は頭を抱えて呻いた。どれだけ飲んだのか。

(専務が抱えているストレスは、平凡ヒラ社員には想像もつかないものなんだろうな……)

見合い如きに憂鬱になる自分とは、次元が違うはず。月海は鷹宮に同情した。

「専務、せめて横になっていましょう。起きている方が辛いでしょうから」

「……ああ、悪いがそうする」

彼を三人掛けのソファにゆっくりと座らせながら、月海は言った。

「少しお眠りください。わたし、何回かまた様子を見に来ますので……」

「……な」

「はい？」

鷹宮の声が掠れていて聞き取れない。身を屈めて彼に耳を近づけた月海の手が、突如掴まれた。向けられたのは、熱を帯びた琥珀色の瞳。

「……行くな。傍にいてくれ」

切なそうな懇願に月海の胸がきゅんと音を鳴らしたが、慌てて否定する。

(ここまで弱りきった病人にときめいてどうするの！)

「しかし、ゆっくりと眠られた方が……」

「眠るまででいい。帰らないでくれ。まだ十分も経っていないだろう？」

（うう。専務が、捨てられた子犬みたいな目をするなんて！）

月海が答えられないのは、母性本能をくすぐられて悶えてしまったからだ。

強すぎる眼差しは苦手だが、弱すぎる眼差しはもっとタチが悪かった。儚げな色香を漂わせて誘われている気分になってくる。

（しゃんとしないと。相手は病人よ、病人！）

そうやって葛藤する月海の態度を、拒絶と感じたらしい。鷹宮は顔を曇らせると、月海の手を引き自分の隣に座らせる。そして慌てて立とうとした彼女の膝に、自らの頭を乗せたのだった。

「……これならいい。うん、痛みも和らぎそうだ」

鷹の王はご満悦。月海は悲鳴すら上げられないまま、万歳のポーズで凍りついていた。

「どうした？」

僅かに潤んだ切れ長の目が、月海を捉える。

口の端が吊り上がっているあたり、わかってやっているのだろう。

「あ、あの……立ちますので、頭を少し動かして頂いてもいいでしょうか……」

鷹宮の頭をなんとかしないと、逃げられない。なにより、天敵である重役を膝枕する緊張感は半端なく、生きた心地がしなかった。

「きみは頭が痛い人間に、頭を動かせというのか？　ドSだな」

（それは専務の方でしょ！）

「いや、しかし……誰かに見られたら、いらぬ噂が……」

「別にいい」

鷹の目が月海に向けられた。

「きみなら誤解されてもいい」

いつもより眼光は弱いのに、痛いくらいまっすぐに見据えてくる。

鷹宮が怖い。冗談すら、真に迫って聞こえてくる。

月海は、その言葉をまともに受け取ることも、冗談として受け流すこともできず、必死に逃げ道を考えていた。だが、妙案が浮かばない。

鷹宮は月海の沈黙を、またもや拒絶と受け取ったようだ。

「線を引かないでくれ」

彼の手が伸び、月海の喉元に触れた。ひんやりとした感触に、月海はぞくりとしたものを感じる。まさかひと思いに殺せるぞというジェスチャーだろうかと、恐怖に息が詰まった。

怯えた顔をした月海を見ると、鷹宮は手を引く。

「……ネックレス、気に入らなかったか？」

琥珀色(こはくいろ)の瞳が、悲しげに揺れた。

惹き込まれそうになるのを堪(こら)えて、月海は柔らかく答える。

「とても素敵で、見るたびににやけてます。しかも『Cendrillon』の特注だと課長に聞きました」

「口の軽い奴だ。……気に入ったのなら、なぜつけてくれない？　きみがあれをつけている姿を、俺はずっと楽しみにしていたのに……」

（楽しみにって……メッセージがあんなに素っ気なかったのに？）

「宇佐木？」

訝(いぶか)しげな鷹宮の声ではっと我に返った月海は、慌てて愛想笑いをした。

「す、すみませんでした。あまりに豪華すぎるから、普段は使えなくて。それに専務からのプレゼントっていうのがばれたら、専務ファンの女性社員に刺されちゃいますし」

動揺を抑えて誤魔化すと、鷹宮は僅(わず)かに不愉快そうな顔となる。

「……女たちに遠慮して、男たちを牽制(けんせい)できないなら意味がないじゃないか」

なにかぶつぶつと聞こえたが、聞き取れなかったため聞き返す。

すると、彼は首を振って答えた。

「いや……。俺の傍(そば)にいれば、刺される心配はない。俺がずっと守るから」

艶(つや)めいた眼差(まなざ)しで、さらりと、とんでもないことを言われた気がする。

（上流界育ちの御曹司の社交辞令って、体調不良中でも半端ないわ……）

思わずどきっとしてしまったではないか。

「ひとの目が気になるというのなら、ふたりだけの時に見せて欲しい。俺が選んだものを身につけたきみを見ていたいんだ」

いつもはクールな鷹の声は、どこまでも甘い。

鷹宮の頭の重みを感じる太股が、カッと熱くなってしまう。

（まともにとらないの！　大体、頭が朦朧としているはずの病人よ？　病人の戯れ言よ！）

あのパーティーの時のように、その場限りで終わる、仮初めの言葉。そう自分に言い聞かせても、心臓はうるさい音を立て、月海を困惑させていく。

（こ、これは煩悩よ。煩悩を消すなら、おばあちゃんの供養のために覚えた般若心経を！）

心の中でお経を唱えていることも知らず、鷹宮が照れたような顔で続ける。

「どうかな。さしずめ、今度の土曜日あたり……」

その声が僅かに上擦った。すると月海は、今がチャンスとにっこりと笑う。

「薬が効いてお元気になられたようですね。では、わたしはこれで。また後で来ます」

長居をすればするほど、なにか追い詰められそうな気がする。足繁く専務室に通うことになってもいいから、一回を短く切り上げた方がいい。

しかし、その考えは見透かされていたようで、「まだだ」と両手で脚を封じられる。

（陸上部を引退したとはいえ、すばしっこさには定評のあるわたしが、病人に負けるなど！）

「そんなに俺から逃げたい？」

今、逃げたいのは鷹宮個人からではなく、この姿勢からだ。だがそう答えると、彼自身は受け入れるという意味に聞こえてしまう。どう答えるべきか悩む月海に、鷹宮は傷ついた顔で自嘲気味に言った。

「近づけたのだと、まだ過信はできないな。きみとはもう少し、仕事以外の時間を持つことが必要だ。……なぁ、宇佐木。今週の土曜日はなにか予定があるか？」

切羽詰まったような眼差しは、きっと相当な頭痛を我慢しているからだろう。

「今週の土曜ですか？　その日はホテルに行く予定です」

「ホテル？　旅行にでも行くのか？　まさか男と？　相手は誰だ」

段々と険しくなる鷹宮の顔。気圧された月海は、半笑いになって答えた。

「旅行ではありません。見合いがあるので」

「断りに」と続けようとした月海の言葉を遮り、目を見開いた鷹宮が尋ねる。

「今、なんと？　なにがあるって？」

「見合いです、わたしの。父の顔を立てないといけなくて」

月海にとっては破談前提の笑い話だ。だが鷹宮は笑うどころか、驚愕したまま固まっている。

（わたしの見合い話って、そこまで意外すぎるものだったのかしら）

「どこのホテルで？」

「え……ホテル東城ですが……。陵建設のパーティーが開催されたホテルに近い」

すると鷹宮は、上体を勢いよく起こした。その直後、頭を押さえて呻く。頭に響いたらしい。

彼は荒い息で顔を上げ、若干潤んだ目で月海を見る。

「おかげさまでもう治ったから、きみも持ち場へ戻っていい」

月海の目には治ったようには見えないが、そう宣言した鷹宮は立ち上がった。案の定、また側頭部を押さえて苦悶の声を漏らす。

「大丈夫ですか？　無理なさらず、まだ横になっていた方が……」

鷹宮は大丈夫だと笑ってみせると、月海を部屋に残し、ふらふらと出ていった。

「え……と、どうしたんだろう……？」

介抱していた瀕死の鷹が、突如飛び立った様を、月海は呆然と眺めるしかできなかった。

◇　◇　◇

あれ以来、鷹宮の姿を見ることも呼び出されることもなく、平穏に土曜日を迎えた。

鷲塚曰く、鷹宮は家の事情でばたばたしていて、会社を休んでいるらしい。

頭痛が悪化していたわけではないと知り、月海は安心している。

月海は、義母からのメモに書かれていた都心のホテルに向かった。

ホテル東城は、鎌倉時代まで遡ることができるという名門一族が手がけるホテルだ。国内外の貴賓もよく利用する、一流老舗ホテルのひとつに数えられている。

その建物はどこかレトロさが漂いながらも豪華絢爛であり、歴史の重みを感じられた。

待ち合わせ時刻より早く着いてしまったため、月海は手洗いに向かう。

「話をわかってくれるひとでありますように」

父と相手の体面を保つためには、向こうから破談にして貰う外ないのだ。

いくら義母に罵倒されることになろうとも覚悟はできている。

月海は洗面台の鏡に映る自分を見た。

義母が用意した服は、月海が好きではない黄色の、サイズが合わないワンピース。指定されたので仕方がなく身にまとったが、鏡の中の自分が不格好すぎて、憂鬱になる。

この前のパーティーの時とは大違いだ。

『悪いがきみに関しては、俺の方が見る目があるつもりだ』

鷹宮の言葉を思い出した月海は頭を振ると、バッグの中から、彼に貰ったネックレスを取り出した。

「……やっぱりとても素敵だなあ、これ」

鷹宮から贈られた月のウサギのそれを、今日、どうしても身につけて戦いたかった。

そして、バッグに忍ばせたラビットフットをきゅっと握りしめる。

「これも……最初は気味悪かったけれど、今ではお友達になっちゃったよね」

鷹宮に怯（おび）えながらも、彼からの贈り物を武器にしている。

その矛盾をおかしく思いつつ深呼吸。手洗いから出ると、家族が到着していた。

挨拶（あいさつ）をしても返事はなく、義妹の理彩からはただ、好奇の目を向けられた。

「ねぇ、月海。そのネックレス、どこの？」

顔立ちは可愛いが、高慢さが強く表れている。彼女はお嬢様風なものを好んでいて、今日もよく似合った、薄紅色（うすべにいろ）のふわふわとしたワンピースを着ていた。

己が蹴った見合いに、自分が主役とばかりに着飾って出席しようとする意図がよくわからない。

「これは……『Cendrillon』のネックレスよ」

「『Cendrillon』？ 月海。それ、私に貸してよ。私の方が似合うもの」

　理彩はひとのものだろうが、気に入ったものは手に入れないと気がすまない性分だ。彼女の言う「貸して」とは、「頂戴」と同義である。

「これは、大切な贈り物だから駄目」

「はあ!? 月海のくせになにを言っているの？ そういうのは、美しい女に使われてこそ価値が出るのよ。月海にプレゼントしたなんていう変人だって、納得するわ。早く寄越しなさいよ！」

「やめてよ、これは大切な……鎖がちぎれちゃうからやめて。理彩！」

　月海は、視線で父親に救いを求めたが――

「月海。理彩に渡しなさい。見合いを控えているのに、喧嘩しないで」

　父は月海の目を見ずに、ぼそぼそと言う。昔はもっと威厳があり、優しい父親だった。それなのに妻子にいいようにされて、今では給料を渡すだけの存在となっている。

『月海ちゃん。お父さんは優しすぎて、争い事が嫌いなの。悪い子じゃないのよ……』

　義母に蔑ろにされていた祖母が、そう言って父を愛おしんでいたのを知っていた。それに、天国にいる祖母を悲しませたくないから、少しでも父の顔を立てに今ここにいるのだ。それなのに。

　月海が失望感に唇を震わせた時、勝手にネックレスの留め金を外した理彩が自分の首につけてしまった。

「どう、お母さん。似合うでしょう？　これ、この間買ったワンピにも合う？」

「理彩、返しなさい！」

月海が声を荒らげる。いつもとは違う反応に、理彩は驚いた顔をして固まった。

「それは、子供の玩具じゃない。わたしの大切な貰いものなの。返しなさい」

そのウサギだけは奪われてたまるものか。

「ふ、ふん！　心の狭いあんたに誰が贈り物をするって？　どうせ自分で買って、見栄を張っているのよ！　返せばいいんでしょう、返せば！」

命令口調の月海に怯んだ理彩は、強がってそう吐き捨てると、鎖を引きちぎってネックレスを柱に投げつけた。硬質な音が響き、月海は悲鳴を上げてネックレスを拾う。

（せっかく、専務から貰ったプレゼントなのに。大切なものだって言ったのに……）

悔しさに涙が滲んだ時、義母が理彩に声をかけた。

「よく我慢して返したわね、理彩。見合いが終わったら、あんな安物ではなく、理彩に似合うものを探しに行きましょう。ちょうど私も欲しい新作があったし。ねぇ、あなた、いいわよね？」

「あ、ああ……」

貧乏なはずの家族は、月海の悲しみなど他人事だ。

小動物は、肉食獣のために生きないといけないのだろうか。

どんなに弱い存在にだって、自分の意志を貫く権利はあるはずなのに。

(専務、ウサギを守れなくてごめんなさい)

だが、ネックレスとしては使えなくても、プレゼント自体が損なわれたわけではない。別の方法で連れていこう。自分のように打ちつけられた、この哀れなウサギを——

月海がちぎれた鎖を手首に巻きつけると、アクアマリンが涙の雫みたいに光った。寄り添うウサギだけが、励ましてくれている。ウサギの奥に鷹宮を見た気がして、月海は微笑した。

自分は、独りではない——そう思い、なにも言わずに家族についていった。

三階の百合の間の前で、義母がノックをしてドアを開く。

「宇佐木でございます」

部屋にいたのは、男性ひとり。その顔を見て、月海は何度も目を擦った。

月海の目に映るのは光輝く美貌と、他者を圧倒する覇者のオーラ。

そして、見慣れた鷹の目。

「はじめまして。鷹宮榊といいます」

(——なんでここに、専務がいるの⁉)

「鷹宮？　あら、部屋を間違えてしまったようですわね」

「いいえ、こちらで合っています。先程、敷島さんには引き取って頂きました」

驚きのあまり声も出てこない。代わって怒声を響かせたのは、義母だ。

「は!? あなた一体、なんの権利があって……!」

すると鷹宮は、超然と笑う。

「敷島さんは偶然にも、鷹宮グループの関連会社に勤められていました。なので、雇い主である鷹宮家次男の権利とでも言えばよろしいでしょうか」

「は？　雇い主？」

「ご存知ないようでしたら、月海さんにお聞きください。月海さんの勤めるＴＴＩＣにおいて、私は専務をしております」

すると家族が一斉に月海を見た。家族は、月海が鷹宮グループの会社に入ったことを知っている。だから給料をせびっていたのだ。

「……あの方は、鷹宮専務です。鷹宮ホールディングス会長のお孫さんで、社長のご令息。正真正銘、鷹宮グループの御曹司(おんぞうし)さまです」

家族の反応を見ていると、時代劇にて悪人に印籠(いんろう)を突き出している気分になる。

「私がここにいるのは、ご不満でしょうか」

鷹宮は挑発的に言う。義母は掌(てのひら)を返して、にこやかになった。

「それはそれは。では、お見合い相手は敷島さんではなく、鷹宮さんになったわけですわね。正直、敷島さんは月海の相手にはどうかと思っていたところなので、不安が解消されましたわ」

この変わり身の早さ。月海の顔が引き攣った。

「ねぇ、鷹宮さん。月海ではなく、理彩はどうかしら。この子の方が気立てもよく、綺麗だと思いませんこと？　敷島さんだから月海をと考えてましたけれど、鷹宮さんなら……」

義母にとって可愛いのは腹を痛めて産んだ実娘だけである。だから理彩に良縁を掴ませたいのだ。

差別されていることには、今さら驚きも悲しみもない。月海も理彩の容姿の方が優れていると認めている。だけど、鷹宮に同意されたくなかった。彼にまで傷を抉られたくない。

悔しさに唇を震わせる月海の前で、鷹宮は笑った。

「私にも好みがあります。正直、理彩さんはそそられない。理彩さんが相手なら、私は帰ります」

それまで彼へ媚びた眼差しを送っていた理彩が、屈辱で真っ赤になる。

極上の男からの拒絶にかなりプライドが傷ついたらしく、癇癪を起こした。

「こんな美女に、なんて失礼なひと！　ああ、わかったわ。あなたはブス専なのね？」

なんとも過剰な自己愛だ。聞いているだけの月海までげんなりする。

「はは。私は鷹宮の家で審美眼を養ってきたつもりです。私の考える醜いものとは、偽りの美に頼って本物のように振る舞い、本物の輝きを失わせようとする、身の程知らずな輩ですよ」

「私の美は偽りじゃない。お母さんを見れば一目瞭然よ。私と血が繋がらない月海を、本物とでも言いたいの？　醜い父さんの血を引いているのに！」

鷹宮の眼差しは冷ややかだ。彼は動じることなく、ゆったりと唇を緩めた。

「ほう？　では万が一私とあなたが結婚し、子供が生まれたとして。その子供があなたと同じように母親に似るのなら、整形前のあなたの顔とそっくりになる可能性が高いと思いませんか？　それともあなたもまた、自分の顔を弄った事実を隠すために、子供の顔を変えればいいとでも？　これが、あなたの言う本物ですか？」

義母と理彩は明らかに顔色を変える。驚きの表情を浮かべる父親はそのことを知らなかったらしい。無論、今まで劣ったもの扱いされていた月海にとっても、整形など初耳だ。

（そういえば理彩、昔の顔とは随分違うわよね。美人に成長して羨ましいと思っていたけど）

月海は祖母の家に逃げ込むことが多かった。理彩とあまり顔を合わせずにいたのも、違和感を覚えなかった原因かもしれない。

「それから……」

鷹宮の視線は、月海の手首にある、ウサギのネックレスに注がれる。

「それは私が贈ったネックレスです。なぜ彼女がブレスレットにしているんでしょうね？」

理彩に向ける眼差しが一段と冷え込んだ。聡い彼はすべてを見抜いているのだと月海は悟った。

「し、知らないわ」

鷹宮から顔を背けた理彩は目を泳がせ、なにかを察知して怯えている。

「警告しておきます」

鷹宮の表情から、穏やかさが一切消え去った。冷酷そのものの凍りついた眼差しで、彼は言う。

「……今後また、彼女に無体な真似をするのなら、俺が全力で相手をしよう。生温い方法ではなく、生きていることを後悔するようなやり方で」

殺気すら漂うその目に、震えた理彩はその場に崩れ落ちる。

直後、鷹宮が月海に向けた顔は優しかった。月海の胸に熱いものが込み上げてくる。

彼は味方だ。肉食獣に食らいつく猛禽類……なんと心強いことだろう。

「で、では……月海がいいと仰るのね？」

ひくひくと顔を引き攣らせて、義母は聞く。娘の心配より鷹宮家との縁を大切にしたいようだ。

「はい。月海さんがいいです」

そう断言した鷹宮は、凛とした眼差しで、まっすぐに月海を見つめた。

（……彼は味方だもの。話を潰すために演技してくれているのよ）

しかし、なぜだろう。安心感と同時に、妙な不安が胸に生じてくるのは。

「きみは、俺でいいか？」

琥珀色の瞳には、切実な色が浮かんでいる。

（これは、合わせろっていうことよね）

「は、はい」

月海はぎこちなく返事をする。すると鷹宮は嬉しそうに笑った。

「そうか。必ず幸せにする。これからもよろしく頼むな」

「よ、よろしくお願いします……？」

どうしてだろう、進んではいけないルートに進んでしまった気がするのは。

その時、大きな音がしてパーティションが動く。

（奥に、誰かがいたの？）

こちらに向かってきたのは男女だ。女性はきりっとした美女であり、鷹宮に雰囲気がよく似ている。スーツ姿の男性を見て、月海は驚きの声を上げた。

「しゃ、社長!?」

役員会議で月海が珈琲を出した、鷹宮の父親がそこにいる。

「あそこで聞いていたよ。いやあ、宇佐木さん。息子をよろしく頼むな」

「は、い……?」

月海は間の抜けた声を出してしまった。

(もしや社長も、こんな子ウサギを助けるために、息子さんと演技をしてくれているの?)

そうだとすれば、なんと慈悲深い社長なのか。さらなる忠誠を誓う月海の前で、鷹宮の母と思われる美女が鷹宮を軽く睨んでいた。その目には、鷹の母はやはり鷹だと思わされる迫力がある。

月海はふと考えた。理彩をやり込めたみたいに、鷹宮にはひとりで月海の縁談を破談にできる力がある。それなのになぜ、彼の両親まで登場させたのだろうかと。

この図はまるで――本当に鷹宮と結婚するようではないか。

(まさか、ね)

「では私たちは、宇佐木さんのご家族と食事にでも行ってくる。お前はきちんと宇佐木さんをエスコートし、これからのことを話し合え」

「はい、そうさせて頂きます」

（演技よね？　騙されているのは、わたしの家族だけよね？）

そう思うのに、ここに残ったら、取り返しのつかないことになる予感がする。

「あ、あの……わたしも一緒に……」

助けを求めて伸ばした手は、味方だったはずの鷹宮に掴まれた。

「きみはここに。いいね？」

「……はい」

……天敵に凄まれれば、月海には為す術もないのだ。


そして家族と社長たちが出ていってから、月海は鷹宮へ頭を下げた。

「あ、あの……専務……。助けて頂き、ありがとうございました！」

聞きたいことは色々あるけれど、まず言うべきは感謝の言葉だ。

「ああ。性急で強引な手を使ってすまなかった。こうでもしなければ、きみは敷島と結婚させられてしまうからな」

月海はほっとした。やはりこれは、鷹宮家を巻き込んだ演技だったのだ。

（そうよ、恋人でもないんだし、わたしと結婚なんてしたいはずないじゃない）

なぜかそう思うと、ちくんと胸に棘が刺さったような痛みを感じた。

「まさか、敷島さんをご存知だったとは……」

「知るはずがない。きみに聞いた情報を手がかりにして調べただけだ。友好的なビジネストークをしたら、彼らが自主的に退いてくれた。物わかりがよくて助かったよ」

(この不敵な笑み……脅したんだわ。整形のことも、どうやって調べ上げたのかしら)

「しかし、きみの家族は凄いな。俺の両親がどれだけ対応できるか」

「専務のご両親にまでご迷惑をおかけしてすみません……」

(月曜日、社長にお礼を言わないと……)

「いいんだ。とりあえず、俺たちは婚約したのだから、そんなに畏まるな」

鷹宮が苦笑しながら、月海の頭を撫でた。

「は？　婚約した？」

「え？」

月海は、驚く鷹宮と顔を見合わせる。

「破談に、してくださったのですよね？」

「ああ、敷島とはな」

「では、婚約とは？」

「俺ときみの。俺、きみに俺でいいか聞いたよな？」

「演技じゃないんですか!?」

「親まで駆り出したのに、演技だと思われていたとは。そうか、道理ですんなり承諾したわけだ」

鷹宮は僅かに肩を落とす。

「わ、わかって頂けたのなら、何卒撤回を……」

「悪いが、俺は口に出したことは必ずやり抜く性分だ」

「それは存じ上げていますけど、そんなことは有言実行せずとも！」

「いや、無理だ」

「そこは、是非ともいつものように、不可能なことを可能にしてください！　専務と結婚したい女性はたくさんいるし、選び放題の立場にいるのですから、専務に相応しい女性を選ばれたら……」

するとと鷹宮は、不愉快そうに問い返した。

「相応しい女性？　どんな女性のことを言っているんだ、きみは」

「それは……お家柄が鷹宮家に引けを取らず、顔も頭も体も極上の、とにかく専務の力になるような、パーフェクト肉食ウーマンです！」

「ならばきみは、もっと肉を食え。それだけで、俺に相応しい完璧な相手だ」

「どこがです！　大体、うちの家族を見たばかりでしょう。あんな宇佐木家出身の女と婚約して、そちらにどんなメリットがあるというんですか！」

「結婚にメリットを考えるのか？　だったらきみにとって鷹宮家はメリットにならない

と？」

「結婚は家と家との結びつき。ＷＩＮ―ＷＩＮであるべきです。わたしが相手では、専務への力添えもできない。この婚約は無効です。それは専務のご両親だってよくおわかりのはず。わたし、ご両親にも演技をして頂いたことに、感謝とお詫びをしてきますから！」

今にも駆け出しそうな月海の手を、鷹宮は飛びつくようにして掴んだ。

「俺がいいと言っている。あの家族に毒されたから、きみは自己評価を低くしすぎているのだろうが、きみが俺にはベストだ。俺はきみがいい。きみがいるだけで俺の力になる」

琥珀色の瞳が、切ない光を宿して懇願するみたいに揺れている。

それを見た月海は、ぎゅっと胸を締めつけられた。

（専務はきっとわたしに同情しているだけで、愛の告白なんかじゃないのよ、しっかりしなさい！　現実をきちんと見るの！）

鷹宮の瞳に吸い込まれそうになりつつも踏みとどまり、月海は言った。

「縁談を壊して頂いたご恩は、お仕事で必ずお返しします。ですので、専務との婚約はどうかなかったことにさせてください。もしも、あんな家族を持つわたしに同情して頂いたのだとしても、わたしのために専務がそこまですることはありません」

「違う。俺は同情など……」

「愛がないなら、すべては同じことです！」

月海の目から、思わず涙が溢れた。

「専務から見れば、わたしは格下の無力な存在かもしれません。それでも結婚くらい、わたしが選んだ男性と、愛がある幸せな未来を夢見たいんです。平凡でいいから」

なぜ義母に言ったことを、味方になってくれたはずの鷹宮にも言わないといけないのだろう。

震える唇を噛みしめていると、鷹宮が困ったように笑い、月海の頬に手を伸ばす。

びくりとした月海の頬に流れる涙を、彼は自らの手で拭う。

「俺もきみと同じことを夢見ている。結婚ぐらい、自分の意志を通したい。政略結婚ではなく、普通に幸せな結婚をしたいと」

琥珀色の瞳が、切なげに細められていく。

「だから、きみの望みは聞けない。俺は十二分に待った。だから……きみを狩らせて貰う」

意味がわからない。それなのに体が、逃げろと危険信号を点滅させていた。

月海は、思わず後退りをする。だが鷹宮は、両手を伸ばして月海を拘束した。

「……わかるか？　同情ではなく愛が欲しいと泣くきみは、俺を煽るだけだ」

笑っているけれど、その顔は悲痛に翳っている。月海が目を奪われた一瞬、唇が鷹宮に奪われた。

「え……んんん!?」

(今、なにが起きているの？)

頭の中が真っ白になる。月海が感じるのはただ、鷹宮の匂いと熱。

抵抗をものともしない強い抱擁とともに、彼の唇は頑なな心を解くように優しく、月海を翻弄していく。体の芯が、じわじわと熱くなってくる。

(逃げなきゃ……食べられる……)

「ん、ふ……」

思わず出てしまった甘い吐息。すると、さらに抱きしめられた。

ちゅくりちゅくりと音を立て、角度を変え、何度も口づけられる。

逃げろ逃げろと月海の中で声がするのに、熱くなった体は動かない。それどころか力を失い崩れそうになる。思わず鷹宮の体にしがみついたところ、ぬるりとした舌を差し込まれた。

逃げる月海の舌は鷹宮の舌に搦めとられ、掻き混ぜられていく。

「んんん……っ」

気持ちよさに、体がぞくぞくして震えが止まらない。

これが本当のキスだというのなら、今まで自分がしてきたキスはなんだったのだろう。

なにより、鷹宮からこうされることを嫌だと思わないのはなぜ？

朦朧とした意識の中で、答えは出ない。

「ん……ふ、ああっ」

口づけが激しくなるにつれて、月海から漏れる喘ぎも止まらなくなった。

「ん……可愛い、な……」

口づけの合間にこぼれ落ちた声。月海が羞恥に真っ赤になった時、鷹宮の手が彼女のスカートの中に忍び込んだ。

「ん、や……っ」

汗ばんだ内股を、ゆっくりと撫で上げられる。じんじんともどかしく疼くところに鷹宮の手が近づくにつれ、月海は身を固くして、息を乱した。

触れないで欲しい。だけど、もっと触れて欲しい。

理性と本能の狭間で、どうにかなってしまいそうだ。

やがて鷹宮の指がショーツのクロッチの真ん中を優しくなぞる。月海はぶるりと震えて、ねだるような声を漏らした。

耳元に、鷹宮の囁き声がする。

「……濡れている。きみの体は、俺を男として意識しているんだな」

その声は弾み、嬉しげだ。

「キスだけで、気持ちよかった？」

甘やかな声が、月海の腰へダイレクトに響く。月海は歯を食いしばり、首を横に振った。

「じゃあどうしてこんなに濡れているんだ？」

指先でクロッチの中央をソフトに刺激され、クチクチといういやらしい音が響く。軽いタッチなのにここまで濡らし、いやらしい女だと言われている気がして、月海は恥ずかしさに震えた。

快感が過ぎる一歩手前で留める、絶妙な力加減。月海は緩やかに追い詰められていく。

（こんなことされているのに、なぜ拒めないの？　どうして気持ちいいと思うの？）

それどころか、もっとぎゅっとくっつきながら、思いきり感じさせて欲しくなっているのだ。

「ふふ、気持ちよさそうに蕩けている。きみの顔」

鷹宮はふっと優しく笑うと、月海から手を引いた。そして濡れた指先を口に含んでみせる。

その姿が妖艶すぎて、月海は思わずへたりと座り込んでしまった。

つけられた火は炎にならず燻って、ただもどかしい。

「これでわかっただろう。俺がどんな目できみを見ているか」

向けられるのは、ぎらついた捕食者の目。骨の髄まで焼き尽くそうとする、貪欲な情炎。

身が焦げてしまいそうなほど強いそれに、月海は自分の身を自分で抱いて守る。

(時々怖いけど、いいひとかもしれないって思い始めていたのに……)

まさか、狙われていたのはクビではなく、体だったとは。

「わたしは……きっと専務のお口には合いません」

「きみは十分、俺の好みだ」

優しい声に背筋がざわつき、月海はふるりと震えた。

(美味しいものを食べすぎて、よっぽど食傷気味なんだわ……)

「いつから……なんですか。わたしを……その、そういう目で見られていたのは」

「……入社してきた時には、既に」

(二年も！　だったら、怖い目でわたしを見ていたのは、早く食わせろと苛立っていたのね)

「なぜ……わたしなんですか？　こんなに貧相なのに」

自分に白羽の矢を立てられた理由がやっぱりわからない。

「貧相？　魅力的じゃないか。華奢に見えてふくよかで、女性らしい安産型だし」

褒め言葉は相変わらずお世辞にしか聞こえなかったが、安産型という言葉に閃くものがあった。

「もしや専務は、子供をたくさん望まれています？」

「子供？　まあ、多ければ多いほどいいと思うが。きみとの子供なら特に……」

段々と小声になり、最後はよく聞こえない。月海は、子供こそが自分が標的になった理由だと考えた。ラビットフットを調べた時に知ったが、ウサギは多産、豊穣のシンボルとされている。鷹宮がラビットフットを渡した真の狙いは、じゃんじゃん子を産めという願いを込めていたからではないだろうか。鷹宮の血筋をたくさん残さなくてはならないという、名家に生まれた責務ゆえに。

(わたしが選ばれたのは、多産なウサギっぽいから?)

それしか、自分などの体を求められる理由が見つからない。

(わたしは……子供を産み続ける道具にされてしまうの?)

背筋に走る拒絶の悪寒。月海の許容メーターが一気に振り切れた。

「お、お断りします！　他の候補を見つけてください！」

本能的な危機を感じた月海は、その場で飛び跳ねると、全力で駆ける。

「……は？　ちょっと待て、告白はまだ途中……宇佐木、待て！」

逃げろ、逃げろ！

逃げきれば幸せが、逃げきれなければ不幸がついて回る。

祖母はきっと、この状況に直面することを見越して、月海に脚力をつけさせたのだ。

そうして月海は家に戻り鍵を閉め、化粧を落としスマホの電源を落とすと布団に潜った。

このまま寝てしまおう。目覚めればきっと、明るい太陽が昇っているはずだ――

第四章　ウサギの毛は、触られるためにふわふわなんです

月海の期待も虚しく、週末の天気は大荒れだった。

そして雷鳴をBGMにして見た夢は、これ以上ないほど最悪なものだったのだ。

「うう……鷹の両翼と足、そして凶悪な目を持ったウサギを産み続けるとは」

そんな奇怪なものがうじゃうじゃいて、それが一同に『ママ～』と懐いてくる。

そういった夢のせいで、鬱々としていた週が明けた。雨模様の中、会社へ向かう。

「今日の全体朝礼が終わったらすぐ社長室に行って、お詫びと感謝とお断りをしよう」

総務にいるおかげで、社長の好きな最高級最中を知っている。その菓子折は用意した。

鷹宮との縁談を自分如きが断るというのは気が引けるが、非常事態だ。

有言実行な鷹宮のこと、このままでは本気で結婚させられ、キメラを産ませられてしまう。

社長だって、賤しい女が高貴な鷹の家に交ざることをよしとはしまい。だからきっと息子を止めてくれるはず。息子も親の言うことなら従い、引き下がるだろう。

何事も穏便に、そそくさと闇に葬るのだ。

「先手必勝！」

月海は拳に力を入れて、いつもよりかなり早い時刻に出社した。

さすがにこの時間はまだ社内で出勤者を見なかったが、総務課のドアを開けようとした時に、中から話し声が聞こえてくる。その声の主が鷲塚だと思った月海は、ドアを開けてすぐに元気よく挨拶をした。

「おはようございます。随分とお早い……」

「おはよう」

月海は言葉を切って固まる。月海に返事をしたのは、鷲塚の横に立つ――

（なんで専務がいるの？　ここは総務なのに！）

にっこりと笑う鷹宮だった。だが彼の目は笑っていない。

（怒っているわよね。逃げ帰った挙げ句、電源を切って連絡を絶っていたのだから）

今朝、電源を入れ直したスマホは、メッセージの通知に溢れていた。中身は読んでいない。読まずとも恐ろしいことが書かれているとわかるからだ。

「お、おはようござ……い⁉」

挨拶を返す途中、鷹宮が月海に向かって大股で近づいてきた。

（なに、なに⁉）

月海は、鷹宮と同じ速度で後退り、その距離は縮まらない。

すると鷹宮が速度を上げたため、月海は荷物を放り出して――ダッシュ。

廊下は直線だ。陸上部で鍛えたフォームが光り輝く。

しかし追いかけてくるのは、スピードに定評がある天敵の鷹である。

いつもは少し走れば鷹宮は諦めて姿を消した。だが今日は違う。

（こんなに足が速いなんて、聞いてないよ――!!）

持久力がない月海は次第に速度を落とすのに、鷹宮の速度は上がる一方だ。

振り切れない。

「宇佐木、止まれ！」

「追いかけるのをやめてくれたら、考えます！」

「それは無理だ」

「ではわたしも無理です！」

頭の中で『会社では走ってはいけません』『重役から逃げてはいけません』と警告文が出るが、そんなのはわかっている。しかし、ホラーの住人となった俊足の重役が急襲してきたのだから、それ以上の速度で必死に逃げざるをえないのだ。

出勤者が極僅かしかいない時間帯だし、命の危険を感じる今は、大目に見て欲しい。

（怖い、怖い、怖い！）

命からがらの逃走劇。平坦な廊下は途切れ、階段にさしかかる。

月海は階段を駆け下りた。こんなにきつい走りは、学生時代以来だ。

「話があるんだ」

「わたしにはありません！」

……いや、ある。多々ある。少なくとも婚約の撤回を求めないといけない。しかし捕まれば、身の危険を迎える気がした。

「なぜ全力で逃げようとするんだよ」

「全力で追いかけてくるからです！」

「追いかけなきゃ捕まえられないだろうが！」

その言葉が心の中で『捕まえなきゃ子供を作れないだろうが』に変換され、月海は震え上がる。

「捕まえようとするから、わたしの逃走本能に火がつくんです！」

「逃げようとするから、俺の狩猟本能に火がつくんだ！」

生まれたのは卵が先か、ニワトリが先か。不毛な押し問答が続く。

「ああ、くそっ！」

捕まえられないことに苛立ち、鷹宮は手すりを跳び越え下りてきた。一気に距離を詰められ、月海から血の気が引く。

「跳んでくるのは反則ですって！」

階段では急襲される危険があるため、月海は一階のフロアに出た。

出勤してきた社員が、ぱらぱらと姿を現す。月海がその間を擦り抜けて駆ける一方、鷹宮は飛び出してきた社員とぶつかりそうになってしまった。

慌てた声を背に、月海は扉が閉まりかけたエレベーターに飛び乗る。

（ＷＩＮ！　逃げきった！）

脚がガクガクするが、妙な達成感に満ちていた。

探しているかもしれないから、朝礼ぎりぎりまで倉庫に隠れていよう。

そして朝礼が終わったら、総務に置いてきてしまった菓子折を持って、社長室へ。

やはり先手必勝でいくしかないと、月海は改めて思うのだった。


全体朝礼はＴＴＩＣ本社二階にある、インテリアショールームでなされる。

自社家具と触れあい、初心に戻って仕事をしようという、社長の計らいらしい。

それまで倉庫に隠れていた月海は、朝礼開始ぎりぎりに姿を現した。長身の社員に隠れるようにこそこそとしていたものの、副社長の横に立つ鷹宮とばっちりと目が合ってしまう。

（怒ってる、怒ってる！）

朝礼終了後は、総務課に戻って菓子折を手にし、速やかに社長室に駆け込まなければいけない。いまだ脚がガクガクするが、もうひと踏ん張りせねば。

社長の声も耳に入っていなかった月海だったが、突如周囲がざわつき、視線が一斉に自分へ向けられたことに気づいた。あたりを見回すと、社長も月海を見ている。

一体何事かと狼狽えていたところ、社長の近くに立っている鷲塚が咳払いをして言う。

「宇佐木くん。返事」

「は、はい」

よくわからないが返事をすると、鷲塚が話をまとめた。

「新規部署につきましては、社長より名前を呼ばれた六人が、鷹宮専務の指揮下で動くということになり……」

(……今、なんと?)

不穏な言葉を聞いたような気がする。拍手が湧く中、月海は猿子の姿を見つけ彼の腕を引く。

「サルくん。わたしよくわからなかったんだけど、なんでわたしの名前が呼ばれたの?」

「鷹宮専務の下で新シリーズの開発部署ができたんだよ。そのメンバーに、デザイン部からふたり。そして俺とお前、猪狩課長も入っていて、なんと鷲塚部長も……」

猿子は感激して言葉を詰まらせる。だが月海はそれどころではない。

「わ、わたしは総務だよ!?　サルくんだって営業があるじゃない」

「新部署優先での兼任だと。お前、本当になにも聞いてなかったんだな」

「わたしだけならまだしも、課長や部長までいなくなったら、総務はどうなるの！」

「俺に聞くなって。新部署は期間限定だし、総務が回らないと判断されたら、人員補充があるんじゃないか？　でも鷲塚部長なら、どんなに忙しくてもちゃんと両立……」

鷲塚ラブの猿子を放っておいて、月海は慌てて鷹宮に視線を向ける。

彼はかなり不機嫌そうにこちらを見ていたが、月海の言いたいことを察したのか、笑った。

その笑みはまるで、射程距離に入った獲物を見る猛禽類（もうきんるい）のようだ。

（ひ……。先手を打ったのは専務の方!?）

呼び出しはなくなるが、走って逃げても、これからは巣に戻れば鷹がいる。

（わたしから、安住の地を奪うなんて！）

どう考えても、選出された六名の中に月海がいるのは作為的なものだ。猿子は先日、営業で社長賞を取ったし、結衣と鷲塚の能力は言うまでもない。残る二名もデザインのプロだ。

周囲からの視線が痛い。どうしてこいつが、と疑われていることが、ひしひしと伝わってくる。

（皆の気持ちはよくわかるよ。わたしだっておかしいと思うもの。……よし、この件は後で専務に直談判することにして、今は極力目立たないように小さくなって……）

その時である。いつもはこんな早朝に客は来ないのに、階段を上ってくる者がいた。

それは——月海の義母だった。

（なぜ、ここに義母が！）

しかも大女優気取りとしか思えない派手な服装。天気が悪いのに大きなサングラス姿と帽子で、全社員の前に現れたのである。完全に場違いな不審者の登場に、周囲はざわつく。

なにをしに来たのかはわからないが、集団から白い目を向けられれば、さすがの義母でも空気を読んで、すぐに帰るだろう。そう考えた月海は、他人のふりをして、息を潜めていることにした。

（誰が中に入れたの？　朝礼中は、誰かがロックを外さない限りは中に入って来られないのに）

義母は向けられる視線をものともせず、笑顔で言った。

「専務、先程はどうも～」

（専務か！　なぜに……）

「あ、社長、先日はどうもありがとうございました。今日は朝一番にお礼に伺ったところ、朝礼中ということで、こちらで待たせて頂きますわ」

（朝礼だとわかっているのなら、遠慮してよ！　しかもお礼ってなによ。いつも貰うばっかりのくせに！）

鷹宮グループに縁ができて、随分と気をよくしているようである。

しんと静まり返った中、義母はコッコッとハイヒールの音を立てて、家具を物色し始めた。

「あのテーブル素敵ね。頂いてもよろしいかしら。まあ、随分とお値段が張りますこと。宇佐木月海の給料から差し引いておいてくださいな。足りない分はツケで」

「は⁉」

思わず月海は声を上げ、余計注目を浴びてしまう。

「月海いたの？　いたならさっさと出てきなさい。お義母さんが来たのに」

（ああ、終わった……。このまま消えてなくなりたい……）

頭を抱える月海を、義母のさらなる砲撃が襲う。

「あら、私としたことが、皆さんにご紹介が遅れましたわ。私、宇佐木月海の義母で、このたび娘は鷹宮専務と婚約が成立しまして……」

「いやあああああ‼」

月海は慌てて飛び出すと、猛スピードで義母の手を掴んで階段を駆け下りたのだ。

最初からそうすべきだったのだと後悔しても、もう遅かった。

新部署に宛てがわれた会議室。そこは早くも、月海の新たな逃げ込み場所となった。

噂が落ち着くまでは、総務課にも顔を出せない。

「課長、わたしはですね。穏便に破談にしようとしていたんですよ。社長の好きな最中も用意して、誠心誠意お願いすれば、きっと専務の抑止力になって頂けるものと。それが……破談前に全社員に知れ渡り、さらには鷹の巣に囲い込まれてしまうとは！」

月海が訴えている相手は、結衣である。テーブルには月海が持参した社長用の最中があり、月海はそれをひとつ手に取ってかじると、ぐすぐすと泣いた。こんなはずではなかったのに、と。

『これ宇佐木のものなの？　鷹が先に食べていろって言うから、包みを開けちゃったわ』

結衣曰く、朝礼中に現れた義母が強烈すぎて社長は具合が悪くなり、鷹宮が自宅に連れ帰ったそうだ。その際、結衣に四十分後の集合と、月海の菓子折を開けて待つことを言い残して。

つまり、最初から月海の手は鷹宮に見抜かれており、打ち負かされたのである。

「あの鷹相手に策など通じるはずがないわよ。ウサギの婚約者を自分に替えてしまうほどだもの。でも強引に外堀は埋めてきたけれど、あんたのことはちゃんと考えていると思うわ。総務課よりもここに来る予定のメンバーの方が、宇佐木を守る力になれるはずだし。女のやっかみは厄介だからね。鷹の婚約者という立場である限り、鷹の威光が宇佐木を守れる」

「……っ」

「あんたが宇佐木母を連れていなくなった後、鷹は堂々と婚約宣言をしたの。その上で、文句がある奴は直接自分に言え、宇佐木に手出しをしたら自分の敵だと言い切った。あの迫力を見たら、誰もなにも言えないわ」

（そんなことがあったなんて……）

「まあ、宇佐木を公然と独占するため、孤立させて囲い込もうとしているとも言えるけれど……」

「……今、さらっとぼそっと、なにかとても恐ろしいことを仰いませんでした？」

「え？　気のせいよ、気のせい。それで……鷹の男気はよかったけれど、これだけで終わらなかった。公私混同でメンバーを選んだのではと嘲笑した副社長相手に、実力で選んだということを証明するために、来月の春コンペに出場し、副社長のシリーズ作品の評価を超えてみせるって」

　春コンペというのは、四月に開催されるファブリックデザインコンペのことだ。参加資格があるのは、インテリア業界で実績がある現役のプロか、インテリア会社所属の者。

チームで競い合う。

コンペでの入賞作はデザイン業界から注目を浴び、市場での売れ行きにも影響が出るため、どの会社も力を入れて、新作を発表している。

ＴＴＩＣは毎回、副社長が指揮する主力シリーズを数点出品していた。が、それらでも奨励賞止まり。もし今回、上位の賞が獲れれば、今まで以上の売上が確約されるも同然だった。

「これで最高賞が獲れたら、ＴＴＩＣの勢力図は変わる。すべてが鷹の掌の上というのも気にくわないけれど、私たちも責任重大よ」

「……課長、突然の話なのに動じていらっしゃいませんよね。もしや事前に聞いていたとか？」

「まあね。だから私とあんたが抜けても総務が回るよう、専務命令で代役は手配して貰ったわ。期間限定とはいえ、研修も受けさせて引き継ぎもちゃんとしているから、仕事は心配なし」

結衣はやる気のようだ。だがメンバーのほとんどは、インテリアデザイン製作に関わったことがない。それでどうやって、副社長が率いるＴＴＩＣ自慢の熟練者たちに対抗しようというのか。

（無謀だ……。副社長の勝ち誇った顔が目に浮かぶわ……）

月海はTTICの派閥争いには興味はないけれど、鷹宮が失脚してしまうのは、TTICにとっても痛手だということはわかる。個人的にも喜べないものがあった。

結衣がふたつめの最中を口に入れた時、ドアが開き、デザイン部の男性ふたりが現れた。

そのどちらとも、月海は仕事で言葉を交わしたことがあった。

ファブリックデザイナーの虎杖司は、月海よりもひとつ年上で、長い髪をひとつに縛っている。眼鏡をかけていつも無表情だ。

(机の上に散らばっていたラフが、凄く素敵だったんだよね……)

月海にとってTTICの家具は、亡き祖母を彷彿させるもの。しかし近年のTTICはデザインに凝りすぎて、縁側でひなたぼっこしながらくつろぐような温かみのある家具がない。

その中で、彼のラフには温かみが感じられたのだ。それで、もしや祖母が好きだったリクライニングチェアの考案者かと思って声をかけたことがあるが、違った。

もうひとりは、月海よりふたつ上の鴨川信義。インテリアコーディネーターだ。かなり厳つい体格をしているものの、気弱で常に猫背である。

虎杖とよく組むらしいけれど、虎杖のデザインが認められないため、実績が少ない。

(このふたりで、最高賞を獲れるものを作れるのかなあ……)

不安になる中、鷲塚が現れ、興奮したサルの如き猿子が追いかけてくる。

（サルくんにはパラダイスだよね……。事態を把握しているのかしら……）

幸せの絶頂にいるかのような猿子を羨ましく思った時、鷹宮が悠然と現れた。

ホワイトボードを背に、机に両手をつきながら、鷹宮は席についたメンバーを見渡して言う。

「現在のＴＴＩＣには華やかな家具が多いが、リラックス重視の家具は少ない。そこでこの新部署において、今後シリーズとして継続可能なリラックス重視の家具を開発し、製品化したいと思っている」

つまりこの部署は、企画と商品開発の両方を兼ねている。

「一ヶ月後の春コンペで最高賞を獲りたい。コンペの公式テーマは『インテリアで創るくつろぎの空間』だ。だからこのコンペに狙いを絞り、新部署を発足させた。コンペでは、家具を配置した六畳ほどの空間を、テーマに沿ってデザイン。コンセプトを打ち立てたデザイン画を元に、当日会場で来場者や審査員にプレゼンする方式だ。なにか質問があれば言って欲しい」

すると虎杖が手を挙げた。名前が呼ばれると、自分で挙手したくせにおどおどと口を開く。

「な、なぜ私なんですか？　私はデザイナーとして末席ですし、未熟者で……」

「ＴＴＩＣの評価が世間の評価ではないと、俺は思っている。きみのラフを見た。温もりがあるあのラフが、俺のイメージを具体化させたんだ。俺は、若い世代向けの家具ばかりではなく、子供から年寄りまで幅広くリラックスできる家具がＴＴＩＣには必要だと思っている」

（専務も、虎杖さんのラフを見て、わたしと同じことを……）

「鴨川を選んだ理由も同様だ。副社長に却下された図案を見たが、虎杖のファブリックデザインのよさをとりいれ、使う側の目線に立って考えている。確かにふたりともまだ課題はあるとはいえ、ＴＴＩＣ社員として、新シリーズ開発の戦力になりえると感じた」

（そこまで買っていたんだ……）

「しかし、デザインに従事しているのは、実質俺たちふたりですよね……」

鴨川が、あたりを見回しながら言う。

「ああ。だが、製作時には他からも応援を頼むつもりだ。鷲塚と猪狩は、シリーズを売り出す戦略担当。猿子は鷲塚からノウハウを学び、営業を頑張って欲しい」

「承知しました！」

月海は自分にも役目があるはずと、なんと言われるのかドキドキして待っていたが、鷹宮は月海を見るとすっと顔を背け、虎杖と鴨川に視線を戻した。

「きみたちは、自分が描いたものを形にしたくないか？　妄想だけで終わらせたいか？」

（あれ？　次はわたしの番だと思ったのに。なんでわたしのことには触れないの？）

「いいえ。是非やらせて頂きたいです！」

「俺もです！　虎杖のデザインを、最高に生かす方法を死ぬ気で考えます！」

ふたりの顔は、まるで別人のようにやる気に満ちたものになった。

「他に質問は？」

すかさず月海が元気よく手を挙げた。しかしまたもや鷹宮はスルーする。

「では今日は引き継ぎがあると思うから、具体的なプランを練るのは明日にしよう。各自、案を考えてきてくれ。明日にはこの部屋も、もっと仕事がしやすい空間にするつもりだ。それでは……」

「あの、専務！　質問が！」

見えていなかったのかと、月海は声を張り上げた。

「では解散。宇佐木は残って」

「へ？」

「質問があるんだろう？　ゆっくり答えてやる、特別にな」

にやりと鷹宮は笑った。

（やられた……）

質問はありませんと退室しようとしたが、鷲塚の目配せで動いた猿子に、椅子ごと献上された。月海は立とうとしたけれど、全力疾走していたツケが出たのか、脹脛に痛みが走る。

月海は涙目で、鷲塚に頭を撫でられ嬉しそうな猿子を睨む。

（裏切りもの！　小動物同盟を組んでいるのに、猛禽類の配下につくなんて！）

にやりと笑った結衣も、興味なさそうなデザイナーふたりも、簡単に月海を見捨てて出ていく。実に薄情なメンバーだと月海は歯噛みした。

会議室には鷹宮と月海のふたりきり。すぐに逃げたいのだが、脚に力が入らなかった。無理をすると攣りそうなので、しばらくは動けない。

（く……。こんな時に）

「今度は逃げないのか？」

腕組みをしながら、鷹宮は愉快そうに尋ねた。月海の変調をわかっているようだ。

（もしや走らせたのは、わたしの脚をオーバーヒートさせて封じるため？）

鷹宮の表情を見るに、すべてが彼の思惑通りの気がしてならない。

「きみは、ウサギというより毛を逆立てたネコみたいだな。そうだ、知っているか。UMAには、ウサギとネコを掛け合わせた『キャビット』というものがいるらしい。上半身がネコで、足がウサギだとか」

「な、なんですかそれ……。気持ち悪……というほどのものでもなさそうですね」

想像してみるに、モフモフは共通しているのだから違和感がない。案外可愛いかもしれないと、笑みがこぼれる。すると鷹宮が微笑んで、月海を見た。

「はは。本当にきみは、ウサギの話になると嬉しそうにするな」

逃げるどころか話に乗ってしまった。このまま懐柔されてたまるかと、月海は気合を入れる。

諸々文句を言いたいが、その前に詫びねばならないことがあるのを思い出した。

「あ……専務。義母がご迷惑をおかけしました。社長、大丈夫ですか？」

「ああ、いいんだ。きみのお義母さんも中々役に立っ……いや、インパクトが強かったようで」

（今、役に立ったって言おうとしたわよね？）

「父にはもう少し、きみの家族に対する耐久力と経験値が必要だ」

「婚約がなくなれば、もう家族が近づくことはありません」

すると鷹宮は顔を歪め、月海にずいと顔を近づけて問う。

「なあ、宇佐木。先日俺が言ったことだが、ちゃんと意味は伝わっているか？　その上で拒んでいるのか？　きみの様子を見ていると、なにか誤解されている気もしてだな……」

誤解という言葉に、月海は目を輝かせて食いついた。

「では、わたしは下心を持った専務に食べられる心配はなく、子供をたくさん産まなくてもよく、婚約とは名ばかりですぐに破棄する予定だと……」

希望を並べたが、鷹宮は眉間に皺を寄せて首を横に振る。

「それはないな」

現実は甘くないと、再確認しただけだった。肩を落として月海は言う。

「では誤解ではなく、ちゃんと伝わっています」

「そうか。……きみは嫌か？　そんなに」

鷹宮の顔は、傷ついたように翳っている。月海は正直な気持ちを話すことにした。

「わたし、ウサギ好きを公言していますが、ただの人間です。今までウサギみたいに子供をたくさん産むことを望まれたこともないし、大体ストレートに体だけを求められたことがなくて。わたし、そういう割り切ったおつきあいをしたことがないので、不向きというか……」

鷹宮は驚きの表情を浮かべる。彼の眉間に、再び皺が刻まれた。

「待て。きみが産む子供目的で、俺がきみの体を欲しがっていると？」

「え？　それ以外になにかあったんですか？」

途端に鷹宮は頭を片手で押さえる。

「そうか、きみには婉曲すぎたのか。……わかった、言い直そう。俺は……」

突然、彼のまとう空気が変わった。真剣な顔を向けられ、月海はびくっと震える。

(なに、なに⁉ 今度はなにを言われるの⁉)

不安に押し潰されそうになる月海を見て、鷹宮は口を開きかけたが、やめた。

「……今言わない方がいいかもな。言ったら、きみは会社に来なくなってしまうかもしれない」

(出社拒否するほどのことって、なに⁉)

「わかった。今はプロジェクトを立ちあげたばかりだし、きみを俺に慣れさせることに力を注ごう。だが大丈夫そうだと思ったら一気にいくから、覚悟しておけ」

「は、い……?」

今の言葉は、死の宣告をされたのだろうか。余計恐ろしくなった気がする。

「あ、あの……婚約破棄は……」

「しない。きみがどんなに抵抗しても、俺はきみを捕まえる」

強い眼差しだった。恐怖を感じるのに、なぜか妙な高揚感も芽生える。

(体を狙われていることには、間違いないのに……)

「ではきみの質問に戻ろう。プロジェクトになぜきみが選ばれたか、だな?」

「そ、そうです。その通りです。わたしだけ説明がなかったから、気になってしまって……」

すると鷹宮は目元を緩め、柔らかな笑みを見せた。

「きみがなぜ選ばれたのかは、きみ自身が模索して欲しい。きみの努力でチームを結びつけることができると、俺は信じているから」

「しかしわたしより、もっと戦力になる社員を選ばれた方がいいかと。副社長が率いるのは精鋭。いくら部署外のヘルプがいるとはいえ……」

「多少の公私混同はあるが、俺はきみがベストだと思って選んだ」

（多少の公私混同はあるんだ……。そこまでわたしの体を狙っているの、このひと）

椅子のキャスターを利用してそろりと後退ろうとしたが、鷹宮も椅子ごと距離を詰めてくる。さらには月海の片脚を、彼の脚で挟んできた。逃がす気はないらしい。

（脚に負荷をかけてまで、逃げきったはずだったのに……）

悔しがった瞬間、月海のお腹が鳴った。しかもそれは細く長く続き、隠しきれない。

お腹を抱えるようにして真っ赤になってしまった月海に、鷹宮は声を立てて笑った。

「朝から運動したものな。だったら食べたらどうだ？　そこに社長が好きな菓子があるから」

意地悪な物言いに、月海は口を尖らせる。それを見て、鷹宮はにやりと笑う。

「それとも、飴でも食べるか？　きみがくれた飴が、ここにあるが」

鷹宮は背広のポケットから、ウサギ型のキャンディを取り出した。

月海のお腹は、包装を見ただけで歓喜の声を上げる。

封を切った鷹宮が、指で飴を摘まんで月海に見せた。

「欲しい？」

その顔が妖艶すぎて、言葉の意味を取り違えそうになる。

「欲しいならやるぞ、手を使わず口で取れるなら。そうだな、それができたら、破談を考えてもいい」

「本当ですか!?」

(口で取りにいくなんて、楽勝よ！)

やや上方にある飴を目がけて、月海は口を近づけた。

「……まるで、ウサギの餌づけをしているようだな」

そう笑った鷹宮は、月海の唇が飴に触れそうになった瞬間、飴を自分の口に放り込む。

「な……っ！」

「欲しいんだろう？　やるよ」

そして半開きになっていた月海の唇は、鷹宮の唇と重なった。

ふわりと漂う、甘いハニーの匂い。

彼の舌が、月海の口の中に飴を運んだ。

飴が落ちそうになってしまい反射的に舌を動かすと、鷹宮の舌がねっとりと絡みつく。

互いの舌に飴をなすりつけるようにして、淫らに舌をくねらせ、おかしな気持ちになる。

飴を舐めたいだけだと言い訳しながら、彼とのキスに酔いしれていく。

「んっ、ふ……」

ここは会社なのに。相手は鷹宮なのに。

（このキスを、嬉しいと思うなんて……）

甘い鷹宮の舌は、まるで媚薬だ。体が熱くなり、なにも考えられなくなってしまう。

鷹宮は月海の舌をじゅっと音を立てて吸った。飴を奪って自分の口腔に月海の舌を誘い、自ら舌を絡めろと挑発してくる。

（飴を舐めるだけだから……）

ざらついた鷹宮の舌をなぞり上げると、鷹宮が甘い吐息をこぼした。

それだけでぞくぞくとした興奮が止まらない。

うっすらと目を開けたところ、蜂蜜をまぶしたような琥珀色の瞳がこちらを見つめていた。

彼はうっとりと目を細め、濃厚に舌を絡めてくる。

「んん、ふぁっ」

月海が声が漏らすと、鷹宮は月海の頭を撫で、いっそう丹念に舌をくねらせた。

会議室に、淫らな水音と、甘い声が交ざり合う。

（専務が、甘い……）

彼の口の中も舌もすべて、月海が好きな甘さに満ちている。自分が舐めているのか、鷹宮に舐められているのかわからない。まるで、溶け合ってしまったみたいだ。

飴が小さくなり溶けてなくなっても、舌は濃厚に絡み合い続けた。自分が欲しいと求めているのは飴ではなく鷹宮の舌だと月海が認めた途端、体が一層熱くなる。

(ああ、たまらない……)

恍惚とするほどのキスを終わらせたのは鷹宮だった。

「……そんな顔をするな。せがまれている気分になるから」

その眼差しはいまだ甘く蕩けているのに、彼は終わりだと線を引く。それが恨めしい。

……欲しい。彼の甘さをもっと、もっと感じていたい。

「せがんで……います」

ああ、今……自分は、鷹宮という男に発情してしまっている。

自分の大好きな香りをまとう、甘い彼に。

理性では抑えきれないほど激しく。

「欲しいのは、飴？　それとも……俺？」

琥珀色の瞳に見つめられ、至近距離で唇が止められる。

鷹宮の親指が、ゆっくりと月海の唇を撫でた。

「答えて」

熱が燻ったままの月海の体がさらに発熱し、切なく震えた。

放置されるのは寂しい。もっと彼の熱で、愛で包み込んで欲しい。

「言わないと、やめるぞ?」

挑発的な琥珀色の瞳が、妖艶な光を宿す。

「専務だと、わかっていらっしゃるのに。……意地悪、です!」

鷹宮がふっと笑った……と月海が思った瞬間、机の上に押し倒された。そして鷹宮の大きな体に包まれながら、息もできないほど情熱的な口づけを受ける。

「ふ、は……っ」

キスだけに留まらず、鷹宮の手が月海のブラウスの下に這う。汗ばんだ肌をなぞり、下着を押し上げた。

「……っ!」

膨らみを包んだ手が、ゆっくりと柔肉を揉みしだいていく。

痺れるような甘い快感が体に広がり、月海はびくつき、声を漏らした。

「ん、んんっ」

歓喜の声は鷹宮の口に吸い込まれ、彼のリズムに月海の体が揺れる。

月海は夢見心地だった。彼の愛撫はいやらしいものではなく、優しいスキンシップのよう。鷹宮に触れられるほどに、警戒心が薄まり、絆されていく。

穏やかな気分でいると、突如胸の突起を摘まれ、快感に体が跳ねた。

「そんなに安心した顔をするなよ。可愛い声は今度聞かせて貰うから。今は黙って、きみが女であることを実感して、俺を男として意識してくれればそれでいい」

鷹宮は蠱惑的に笑い、硬くなる胸の頂きの感触を、指で弾いては楽しんだ。

「あ……ん……っ」

自分の口を手で塞いでいるのに、甘い声が漏れてしまう。たとえ声を押し殺すことができたとしても、これほどびくんびくんと跳ねていては、感じていることは一目瞭然だ。

「悪い子だな、会社でこんなところを硬くして。またキスで感じていたのか？」

月海は真っ赤になりながら、身を捩る。

「図星か。誰にでも気持ちよくなるなよ？　感じるのは俺だけにしろ」

強い語気が、月海をぞくぞくとさせた。

鷹宮の手がブラウスを大きく捲り上げ、胸に顔を近づけてくる。

「ひゃっ、駄目……っ、恥ずかしい……」

「駄目？　今さらだ。ここも飴のような甘い匂いがして、たまらない」

胸に鷹宮の顔が埋まり、胸の頂きに吸いつかれた。感電したかのような強い痺れに、月海は思わず声を上げてしまう。

「あぁ……っ」

胸の蕾は舌で転がされ、甘噛みされる。鷹宮は自分が月海を可愛がる様子を、彼女に見せつけているのだ。

鷹の目に魅入られたまま、月海は手の甲を口に押し当て、もどかしい快感に耐えるしかできない。

「ん……やはり甘い。ハニーラビットの味だ」

あの鷹宮にこんなことをされていると思うと、戦慄に似た震えが走った。

だが同時に、鷹宮だから気持ちいいのだという気もする。

（ああ、わたし……どうなってしまったの）

誰がいつ入ってくるかわからない社内の一室で、苦手だった専務の愛撫を受け入れるなど。

鷹宮に女として扱われることが嫌ではなかった。それどころか男の目を向けられていることに、体が悦びに熱く疼いている。心よりも体が、鷹宮を男として求めていた。

捕食者である鷹宮に、最後まで食べられたいと思ってしまうのだ。

あれだけ、怖がって逃げたくせに。

（わたしは……この行為に、なにを求めているの？）

まるで自分は、部屋の片隅で寂しさに震えている子ウサギだ。

撫でられたい、ぎゅっとされたい。愛されたい――

それは、鷹宮でなくてもいいのか。それとも鷹宮だからそう思うのか。

よくわからないまま、月海は鷹宮の愛撫に喘ぎ、快楽に逃げ込んだ。

「……体みたいに、心も俺を求めてくれればいいのに」

どこか悲哀に満ちた鷹宮の声が聞こえ、無性に泣きたくなる。

（なぜ、専務がそんなことを言うの？）

それは、自分の台詞だというのに。

鷹宮は自らの下半身を、大きく広げた月海の脚のつけ根に押し当てた。

「……や、駄目……っ」

もどかしかったそこが圧迫され、悩ましげな声が出てしまう。

「きみの駄目は、俺の本能を刺激する。逃げずに慣れろよ、俺に。……体だけでも」

鷹宮は月海の秘処めがけて、ゆっくり腰を打ちつけてくる。

本当にセックスをしているような倒錯感と背徳感に、月海はくらくらする。

「ああ、専務。駄目、だ、めっ」

「拒むな、俺を」

「違う、の。へんになりそうだから、駄目っ」

「なれよ、俺に！」

鷹宮はぎらりとした目を向け、より強く、ぐぐっと押しつけてくる。

それはスラックスの上からでもわかるほどの硬さを持っていた。腰を回しつつ、ショーツ越しの秘処をぐりぐりと抉（えぐ）るように刺激され、月海の呼吸が荒くなっていく。

「この会議室に入ったら、いつも思い出すんだ。俺とのキスに酔い、喘（あえ）ぎながら俺を求めたことを」

「……っ、んん、あああ……駄目、その抉（えぐ）るのは駄目っ」

じんじんと蕩（とろ）けていた部分が、容易（たやす）く弾（はじ）けそうになっている。

あまりに切なくて、鷹宮の手を掴むと、指を絡めてその手を握られた。

「俺の前では、きみはただの女だ」

「専務、わたし……ああっ」

すりと頬ずりされ、耳元で囁（ささや）かれる。

「……俺でイケよ。……月海」

名を呼ばれた瞬間、月海の体になにかが迫り上がってきた。

脳裏に鷹宮との思い出が駆け巡る。

『ひとりで専務室に来い』

『本物のウサギの後ろ足だ。きみはウサギが好きなのだろう？』

『お誕生日、おめでとう』

『それも一緒に、可愛がってくれたら嬉しい』

（ああ、わたし……）
『はい。月海さんがいいです』
『逃げようとするから、俺の狩猟本能に火がつくんだ！』
『多少の公私混同はあるが、俺はきみがベストだと思って選んだ』
（わたし……鷹宮グループの御曹司を、まさか本気で……）
しかし、その疑惑がはっきりする前に、月海の意識は一気に弾けた。
「――っ!!　――っ!!」
月海の口から出ようとしていたものは、鷹宮の唇に塞がれる。
疑惑のままにしておけと言われた気がして――月海はひと筋の涙を流した。

「まだ気負いすぎている」
各自が持ち込んだ案を、鷹宮はそう言って却下する。
「求めているのは、もっと客の日常に寄り添ったものだ。これでは斬新すぎて、客が馴染まない」
いつもの冷徹な鷹の王。そこには二日前の、月海に迫った時のような熱はなかった。

『この会議室に入ったら、いつも思い出すんだ』

（ちょろい。本当にわたしってちょろすぎる……）

　その通りになったのだ。

　会議室の椅子を見れば、飴を転がし合った甘いキスを思い出す。机を見れば胸を愛撫（あいぶ）され、服越しの刺激にイッてしまったことを思い出し、体が火照（ほて）って落ち着かない。

　だが鷹宮は至って平然としている。最後まで抱かなかったことからして、あの場限りの戯（たわむ）れだったことは明白だ。そこには、愛などない。

　クールに仕事を進める鷹宮を見ると、あの日のことは夢だったのかもと思うのに、夢にしたくないと思う自分もいる。あの鷹の眼差（まなざ）しに、また熱を灯したいとすら思うのだ。

　体だけの関係は嫌なくせに、忘れられないと引き摺（ず）る淫（みだ）らな自分。

　久しぶりだったせいと言い訳してみたが、猿子に触られても、鷲塚に優しく微笑まれても、動くものはなにもない。だが、鷹の目（ホークスアイ）が向けられただけで、心臓が歓喜に跳ねるのだ。

（どうしよう……。このままだと、食べてくださいって言っちゃいそう）

　自分はやはり、鷹宮が好きなのだろうか。それとも触られたから、好きだと思うようになったのか。だとすれば、ちょろすぎると自己嫌悪に陥（おちい）る。

（あんなに苦手で、逃げまくっていたのに……）

月海がため息をつくと、つんつんと隣から肘で腕を突かれた。

「なに、サルくん」

「なにじゃねぇよ。聞かれているんだよ、お前」

「え?」

周囲を見ると鷹宮だけではなく、全員の視線が月海に向いている。

答えを求められているようだが、なにを聞かれたのだろう。

「……聞いていなかったのか?」

鷹宮の切れ長の目が細められる。

「す、すみません……」

「今は、コンペの基本を決める重要な会議だ。それ以上に考えることがあったのか?」

「……すみませんでした」

原因を作ったのはあなたでしょう、とは言えない。私情を仕事に持ち込んでいいわけがないからだ。頭を切り替えて動かねばならないのが、社会人である。

落ち込んでいると、鷹宮がふっと笑った。

「まあ、いい。きみに聞いたのは、きみはくつろぐ空間になにを求めるか、ということだ。展示としての案ではなく、きみ自身がほっとできるものは?」

宿題として提出した案は、既に鷹宮に却下されていた。あまりにもありふれた、二番だと。

資料として読んだ雑誌の影響が色濃く出たのを、見破られたのだ。

（わたしがほっとできる空間……）

『月海ちゃん。リンゴのウサギよ。お茶も置いておくわね』

「おばあちゃんがいた家ですね。古き良き昭和世代とでも言うんでしょうか。日当たりのいい縁側でゴロゴロしながら、大好きなひとの笑顔を見て、お菓子でも食べてお茶を啜る。嫌なことなんか思い出さない、平和的でほのぼのとしている空気が最高で……あの？」

鷹宮は穏やかな表情だったが、皆が真顔で月海を見ていた。そして虎杖や鴨川はなにか閃いたのか、ラフを描いたりメモをとったりしている。

「いいんじゃないかな。それをアレンジしていけば」

そう呟いたのは腕組みをしていた鷲塚だ。それに結衣も賛同する。

「私も同感。今はわざと古民家風にしているカフェもあるくらいだし。ライバルたちはきっと現代的なモダンさを押し出す。だとしたらレトロ感は逆に目立つし、キャッチーになる」

猿子もばしばしと月海の肩を叩いて、笑顔で言った。

「お前、結構ババくさいと思っていたけれど、それが役に立つな」

（ええと……おばあちゃんとの思い出がなにかの役に立つの？）

鴨川がノートに色々と書き込みながら、月海に頭を下げる。

「宇佐木さん、具体的なイメージをありがとう。縁側を主眼にするのがいいな。ただ縁側は北国にはないものだから、ベランダにした方がいいのか悩むところだけれど。虎杖はどう思う？」

「古民家の和室をイメージするのなら、ソファは合わないな。和室でも洋室でもぴったりの、ゆったりできる家具……。宇佐木さん、おばあさんはどんなインテリアをそこに？」

「祖母の家は質素で、インテリアらしいインテリアはありませんでした。だけど唯一欲しがったのが、ＴＴＩＣの展示会にあった非売品のリクライニングチェアです。それでくつろぎながら、趣味の編み物をしたいと」

「そういえばきみ、前に僕に聞いたよね。ＴＴＩＣの展示会にあったリクライニングチェアは、僕が考案したのかって」

「はい。虎杖さんのラフイメージはとても温かくて、祖母やあのリクライニングチェアに繋がるものがあったので。結局調べても記録がなく、どなたが作ったものかわからなかったんですが」

ふと鷹宮を見ると、優しい眼差し（まなざし）をしていた。

（一体なに？）

「なあ、だったら……メインはリクライニングチェアにすればいいんじゃないか」

　鷲塚が提案する。

「子ウサギちゃんのおばあさんが喜びそうなものが、恐らくは僕たちのイメージの中核になる。具体的であればあるほど、それはコンペ作品としてはプラスだ」

「いいんじゃないの、宇佐木。あんたはそれをきっかけにしてＴＴＩＣへの就職を希望したんでしょう？　商品がないなら作っちゃえ。おばあちゃんが喜ぶリクライニングチェア」

　温かい言葉を貰い、月海の目が潤んだ。

（いいんだろうか。天国のおばあちゃんに捧げるリクライニングチェアを作って貰っても）

「ただし、それを超えてみせろ」

　鷹宮は言う。

「既出のものをそのまま使えばただのパクリだ。俺たちなりの色や工夫を取り入れ、今だから作れるものを。妥協することなく」

　鷹のひと声に、全員が声を揃えて返事をした。

（おばあちゃん孝行が、ようやくできるかもしれない……）

　副社長らベテランチームに、祖母への思慕が打ち勝てるだろうか。

月海は少し前に、突然副社長に声をかけられたことを思い出す。

彼は鷹宮たちがどういった作品を出品するのかどうしても知りたいようで、あれこれと尋ねられた。そこで企画中だと言ったところ、もっと話をしたいと食事に誘われたのだ。彼の魂胆が見え見えだったため、ぞっとしながら断った。

すると拒んだということが気に障ったのか、副社長は月海に陰湿な眼差しを向け『断ったことを後悔させてやる』と冷たく笑った。

そんな脅しをかけるくらいなら、新作開発に情熱を注げばいいのにと、月海は思う。仲間を奮い立たせて、自身もまた熱心に開発に打ち込む鷹宮とは、まるで正反対だ。

卑怯な手を使おうとするひとの作品に、負けたくはなかった。

◆◆◆

「子ウサギちゃん、やる気を出したな。会議室に籠もって、虎杖と鴨川とああでもないこうでもないとイメージを固めている。猪狩と小猿に口出し担当を任せて、僕は休憩しに来た」

十八時。鷹宮が専務室で来客の応対を終えた後、鷲塚がやって来た。

「まあ？　猪狩がいれば、狼化した男メンバーに、子ウサギちゃんが食われることもないし？」

　鷲塚は、いつものように勝手に黒革のソファに座り、鷹宮は向かい側に座って脚を組む。

「とは言っても、鴨川は既婚者だし、虎杖は最近彼女ができた様子だが。……なあ、猪狩が急におとなしくなったのは、お前がなにかしたせいだろう？」

「対価を一部、先払いしただけだ。まあ、珍しく利害関係が一致したというか」

「……もしや、猪狩の代打として、研修までさせられて総務に来た寧々ちゃんの件か？」

　すると鷹宮はにやりと笑う。

「やっぱりなあ。期間限定とはいえ、なんで有能な秘書を専属秘書から外したかと思えば」

「猪狩だけが原因ではないぞ。この先を考えれば、ＴＴＩＣの全体像が見られる総務に就かせるのが一番だ。猪狩のように秘書だけで燻らせたくない」

「それを知らない寧々ちゃんは、いつぞやの猪狩みたいに発狂してたぞ？　寧々ちゃんも、猪狩が秘書課にいた時は猪狩に懐いていたけれど、猪狩が総務に移った途端に態度を変えたしな。その上、子ウサギちゃんにまで敵意を向けるから、猪狩としてはちょっとした意趣返しでもあったのかもな。寧々ちゃんもあれだけ総務の仕事が大変だとは思わなかったろうし」

　鷲塚が言い終わった時、今日担当の秘書が入ってきた。彼女は珈琲を出した後、ちらちらとふたりを見ている。なにか声をかけて貰いたいようだ。だが鷹宮は、冷然と退室させる。

「冷たい奴だな。子ウサギちゃんには少しでも傍(そば)にいて貰いたくて、必死に両翼をばさばさ動かしてアピールしているくせに」

「……うるさいな」

ふたりは珈琲(コーヒー)を飲む。鷲塚が先にカップを皿に戻して、尋ねた。

「……で？ 会議室に入った途端、お前がやけにそわそわし、子ウサギちゃんは心ここにあらずの状態になる理由は？」

その言葉に、鷹宮は思わず噴き出しそうになった。

「宇佐木はともかく、俺がそわそわなど……」

「はは、よく言うよ。猪狩だって気づいているぞ？ にやけ鷹って言っているくらいだ」

そんなに、顔に出てしまっていたのだろうか。

コホンと咳払いをして、鷹宮は答える。

「ま、まあ……マーキングを少々。俺を意識するよう、刷り込んだというか」

「でも子ウサギちゃんが意識しているのって、お前より会議室だよな」

「は？」

「会議室から出れば平然としているし。お前、場所ではなくお前自身を刷り込めよ。そのうち、会議室に子ウサギちゃんを奪われるぞ？」

鷹宮はなにか言いたげに口を開き、盛大なため息をついた。

「一気に囲い込んだくせに、詰めが甘いな。あははははは」

鷲塚に笑われつつ、鷹宮はこのところの己に思いを巡らせる。

ぼやぼやしていると、月海をかっ攫われる——そう思い、彼女の縁談を利用した。

そこで、自分は結婚対象ではないと言われたのが悔しくて、彼女にキス以上のことをした。それくらい女として意識しているのだと伝えたかったのだ。直接的な言葉ではなかったが、告白したつもりだった。彼女が、自分から特別な意識を向けられていたのだだと、ようやく自覚したと思ったのに。

だが結局、パワハラとセクハラ上司に成り下がり、挙げ句、全力で逃げられる。

逃げられると一層火がついてしまい、開き直って囲い込むことにした。

これから何度も利用することになる会議室でふたりの蜜事を行えば、少しでも自分を異性として意識してくれるのではないか——その考えを実行に移したはずなのにこのザマだ。結局捕獲されたのは、自分のような気がする。あれ以来、仕事を進めようとしても彼女の顔が思い出され、悶々としてしまうのだ。

キスに蕩けて続きをせがんでくる月海は、なんと色っぽくて可愛らしかったことか。

童顔のくせに、あのふわふわな胸はなんだ。あのしっとりとした肌はなんだ。

体の芯を刺激してくる、あの色気はなんなんだ。

襲いかかりたい欲望を抑えつけ、平然としたふりをするのが精一杯だった。

「それで感想は？　マーキングっていうことは、少しは進んだんだろう？」

「あれは……エロウサギだ。思っていた以上に、破壊力がありすぎる」

鷹宮は赤い顔を片手で覆う。

「それほどなのか？」

こくりと、鷹宮は頷いた。

「へぇ、見かけによらないものだな。で、我慢できずに最後まで食ってしまったと」

「最後までは食べていない。……これでも、たいらげたいのを最大限我慢したんだ。今だって、距離を詰めたいのに、距離を保たないと自制できない。わかるか、この苦労」

「はは。大変だな、ご馳走を目の前にして。で、いつ頃食べ終える予定？」

「……ちゃんと告白してからだ」

「告白がまだなのに、婚約して味見したのかよ！　ただのセクハラエロ専務じゃないか。言え言え。思い立ったが吉日、今夜いけ！」

「言いたいのは山々なんだが、タイミングの問題がある。思った通り、マーキング程度で仕事に支障がでるくらいだ。なんとか言いくるめて、婚約者という檻の中におとなしく入れて俺に慣れさせているのに、今告白したら、檻を蹴破って逃げる。お前も追いかけてみろよ。捕まえるのがどれだけ大変かわかるから！　俺が必死に走っても追いつけない」

　鷲塚は声を上げて笑った。

「子ウサギちゃんを捕まえ損ねて総務に戻ってきたお前の顔、傑作だったものな。あんなにげっそりと絶望感を漂わせるほど大変なら、追うのをやめればいいじゃないか」

「それができれば苦労しない」

　拗ねたように言いながら、鷹宮は珈琲に口をつける。

「まあ、子ウサギちゃんに走りで負けても、悪知恵でなんとか捕まえているんだから、負け戦と決まったものでもないし。……だが、タイムリミットはコンペだろう？　しかも結果を出さないと、お前……」

　鷲塚の言葉に鷹宮はふっと笑った。

「結果を出せばいいだけだ。大丈夫、俺は結果至上主義の鷹宮家で、自分のやりたいこと、いや自分そのものを殺してでも結果を出してきた。今度もしくじらないさ」

　鷹宮が珈琲を飲み干すのを待って、鷲塚が声をかける。

「……それはそうと、榊。副社長が僕ら同期以外のメンバーに、直接声をかけている。出品がなにかを探るだけではなく、甘い餌を用意して、お前を裏切るようにと動いているらしい」

「相変わらずやることが卑怯だな。俺の手も読めないのか」

「まったくだ。メンバーは全員断ったようだ。今は一致団結して最高賞を獲るのに燃えているし、ムードメーカーの子ウサギちゃんの立ち回りで信頼関係が抜群だからな。誰も裏切らないと知った副社長が次はどんな手でくるか。お前も気をつけろよ。結局はお前潰しに繋がるんだから」

「ああ、わかった。こちらは賞を、向こうは俺を倒すことを目標にしている時点で、作られたものにも違いが出てくるだろう。知りたいのなら教えてやってもいいが、ただでは教えたくないな」

鷹宮の目が鋭く光る。その時、鷲塚のスマホが震えて着信を知らせた。

「……っと、猪狩から電話だ。……ああ、お疲れ。……わかった、気をつけて帰れよ」

そして電話を切ると、鷹宮をからかうように言う。

「彼女とデートの虎杖を除いたメンバーで色々と回りたいから、もう帰るって。残念だな、榊。今夜は告白できないみたいだ」

そう言われると、予定していなかったのに、残念な心地になってくる。

「今日の午後はほとんど来客に邪魔されて、子ウサギちゃんとのスキンシップもできなくて欲求不満だろうし。景気づけに、飲んで帰らないか？」

「ああ、久しぶりに行くか」

「よし。ちょっと総務課に顔出ししてくるわ」

鷹宮は荷物をまとめると、鷲塚とともに総務課に向かう。

鷲塚が室内に入っている間、廊下で待っていた鷹宮は、ふと男性ふたりの話し声を聞いた。

「――はい、大丈夫です、常務。帰ろうとしていた宇佐木をちゃんと倉庫に連れていきました」

月海の名を聞いて鷹宮は目を細める。

「でもいいんですかね。彼女、専務の婚約者なんでしょう？　それに彼女が訴えたら、声をかけた俺だけではなく、常務も捕まってしまうんじゃ……」

鷹宮の顔が、見る見る間に険悪なものとなる。

「これは副社長の指示だ。副社長が鷹宮グループの力で守ってくれる。だからきみたちは安心して、宇佐木月海を会社にいられなくし、そして専務と婚約できなくしてくれれば……」

そこで常務が言葉を切ったのは、肩を掴まれたからだ。不躾な奴だと振り向く常務の顔から、血の気が引いた。

「……どういうことか教えてくださいよ、常務」

常務の肩に指を食い込ませる鷹宮の、鷹の目が殺気を帯びていた。

◆◆◆

『宇佐木さん、助けてくれないかな。総務、皆帰っちゃって、仕事にならないんだ』

月海がコンペのメンバーたちと帰ろうとしていたところ、そう声をかけられた。総務課社員として、困っている社員は放ってはおけないため、後で追いかけるからと他のメンバーを先に行かせたのだ。

男性社員が連れてきたのは、月海が鷹宮と追いかけっこをした時に逃げ込んだ倉庫。なぜこんな場所にと思ったが、言われるがまま中に入ると、パタンとドアが閉まり、案内してくれた社員がいなくなっていた。月海は訝りつつ、部屋の奥にひとの気配を感じて振り返る。

倉庫には男性社員が六人いて、好色そうな眼差しをこちらに向けていた。

月海の危険センサーが過剰に反応する。

「あ、あの。トラブルがあったと呼ばれたんですが」

逃げろ、逃げろと、どこかで声がする。

「ああ、トラブルならあるよ？　仕事がきつくて、溜りまくっちゃってさ」

すると全員がげらげらと下卑(げび)た笑いを響かせた。

「そ、そうですか。では今日はゆっくりとお休みください」

「待てよ。なぁウサちゃん、最近随分と色気出たよね。おかげでウサちゃんを食べちゃいたい男性社員が増えていてさ。その筆頭が俺ら」

またげらげらと笑いが湧く。

「好きに食べていいと言われてるのさ、俺ら。――専務に」

「え……」

「もう飽きたんだって、だからウサちゃんは払い下げ」

(専務が!?)

「――違います」

無意識に、低い声が出た。

「鷹宮専務はそんな卑怯なことをしません」

鷹宮はそんなことはしないという、絶対的な自信があった。

それはなぜ？

自問自答した瞬間、手を掴んでいる男に、床に打ちつけられる。

慌てた月海は、横に転がりながら出口に向かおうとしたが、相手は六人だ。すぐに逃げ場を塞がれて、再び手を掴まれてしまう。月海はその手を振り払うと、ぴょんぴょん飛び跳ねるようにして、六人の手をかわしていく。ドアはすぐそこなのに、ドアノブに手を伸ばす直前、また引き戻される。

「ああ、ちょこちょこうっとうしいな！」

苛立った男に足をひっかけられてよろけたところ、六人が一斉に上から押さえかかってきた。

じたばたと抵抗するが、十二本の手には敵わず、服が破られる。

「やだ……」

為す術もなく蹂躙される月海の目に涙が滲む。

体を這う手が気持ち悪い。蕩けるような幸せや気持ちよさなど、なにも感じない。

誰でもいいわけではない。鷹宮じゃないと嫌だ。鷹宮じゃなければ許さない。

それはなぜ？

（専務が……好きだから）

答えが胸にすとんと落ちた時、月海は口を塞ぐ手を思いきり噛んだ。

そして火事場のなんとかで、押さえられている足を振り上げ、男の股間を蹴り飛ばす。

腕力がなければ、脚力がある。足が無理なら、歯がある。爪がある。

月海は次々に凶悪なウサギのように噛みつき、ひっかく。男たちの悲鳴が響いた。

（やられてたまるか！）

「──子ウサギちゃん、ストーップ!!」

その声は鷲塚のものだ。なぜ彼がここにいるのかという疑問が湧くよりも先に、なにか暴風めいたものが月海の横を通りすぎ、男たちが倒れていく。

「お前もだ、榊！　殺す気か！」

月海はそこで初めて、この場に鷹宮もいることを知った。彼は、失神している男の胸ぐらを掴んでさらに殴ろうとしていた。鷹宮は男を放ると、月海のもとに駆け寄る。

「宇佐木、大丈夫か!?」

「は、はい……間一髪で……。どうしてここが……」

月海の全身を見た鷹宮は、泣き出しそうな顔をして、自分の上着を彼女に着せた。

「来るのが、遅くなってごめん……。こんな姿にさせるなんて……」

月海は上司ふたりの前で下着姿を曝していることに気づいて、鷹宮の大きな上着にくるまる。その上から、彼がぎゅっと抱きしめてきた。

「怖かったろう……」

胸の奥がきゅんと甘く疼く。

（ああ、やっぱりわたし……専務が好きなんだわ……）

彼が助けに来てくれた。こうして抱きしめてくれた。それが嬉しくて、涙が溢れる。

ウサギが恋する鷹の両翼に抱きしめられると、今の自分のように温かな力強さに安心するのだろうか。

　そんなことを思いながら、月海はすっと意識を遠のかせた。

第五章　ウサギの鼻は、甘えるためにひくひくするんです

　月海が目を覚ますと、常夜灯の淡い光が目に入った。

　見慣れぬ部屋のインテリア。頭が朦朧(もうろう)としているため、ここがどこなのか認識できない。

　身じろぎすると、手が繋がれていた。その先には、こちらを見つめている鷹の目(ホークスアイ)。

「専務……？」

「大丈夫か？　気分は悪くないか？」

「はい、大丈夫ですが……ここは……」

　モノトーンで調(ととの)えられた広い寝室。まるでホテルのようだが、ホテルより生活感がある。

「俺のマンション。きみは倒れた後に熱を出したから、うちに連れてきた」

　額(ひたい)には濡(ぬ)れたタオル、頭の下には水枕がある。

　鷹宮は繋いだ手を離さず、反対の手を月海の頬にあてる。

「……微熱というところだな。よかった」

看病してくれたのだ。ほっとしたその優しい笑みに、胸が締めつけられる。

「ご、ご迷惑をおかけしてすみません」

慌てて起き上がり自分の体を見下ろすと、月海は太股(ふともも)まである大きなTシャツに着せ替えられていた。

「さすがに破れていた服はな。それに汗を掻いて辛そうだったから、下着は取らせて貰った。その……着替えに必要な最低限、見たり触ったりした。勝手にしてすまなかったが……」

「謝らないでください」

（というか、言わなきゃわからないし、今さらなのに……）

「ご迷惑をおかけしてすみません。わたし、帰ります」

すると鷹宮は繋いだままの手に力を込めた。

「今日はここに泊まれ。まだ熱も完全には下がっていないんだ。明日も休んで元気になってくれ」

「しかし……」

「頼むから」

自分を見る鷹宮の顔が、辛そうに翳(かげ)っている。

そして月海は、倒れる直前のことを思い出した。

月海の歪んだ表情から、なにを思い出しているのかを悟ったらしき鷹宮が、切なげに口を開く。

「俺のミスだ。俺がきみという弱点を曝して副社長に噛みついたせいで、きみが狙われた」

鷹宮は、引き寄せた月海の手の甲を自らの頬に当て、強い眼差しで言い切った。

「絶対にもう、こんなことはさせない」

「……専務のせいでは」

「俺のせいだ。きみにどう償っていいのかわからない。腹立たしいだろうが、今日は休み、明日元気になったら、俺を殴るなり蹴るなり噛みつくなり、好きにしていい」

真顔で鷹宮は言う。

「わたし、そこまで凶暴では……」

「……少なくとも、あいつらにはそうしていたぞ？」

無我夢中だったため、どんな抵抗をしていたのかあまり覚えていない。

「専務があのひとたちを寄越したのだと、言っていました」

「なんだ、それは！ ありえない」

鷹宮の顔が、怒りで険しくなる。

「はい。だからありえないと、わたしも言いました。わたしは専務を信じていると」

月海は柔らかく笑う。

「助けに来てくださって、そして看病して頂いて、ありがとうございます。専務に感謝こそすれ、怒りや憎しみはありません」

視線が絡む。穏やかでありながら、熱っぽくも感じるのは、自分の熱のせいなのだろうか。

先に視線をそらしたのは鷹宮だった。彼は自嘲気味に口元を歪める。

「……俺はリビングにいる。なにかあれば呼んでくれ」

するりと手を外して行こうとするから、月海はその手を握った。

……離したくなかった。

「ここに……いてくれませんか？」

月海の声が震える。

「……いたら、変な気を起こしそうだ。それでなくとも俺のベッドにきみがいるのに」

月海は、こくんと唾を呑み込み、掠れる声で言った。

「わたしは……もう起こしてます。ここは専務の匂いがするから」

そして、くいと鷹宮の手を引く。

「しかしきみは、あんなことがあったばかりで……」

「だから、求めては駄目ですか？　専務の熱で上書きされたいと思うのは」

「……それはきっと、熱のせいだ。熱が下がったらきみは……」

煩悶に揺れる琥珀色の瞳。

そこには躊躇があり、触れたくないという、彼の意思が見える。

彼から、自分への興味は失われているのだ。そう思うと、月海は悲しくなってくる。

なにがいけなかったのだろう。どんな場所でもすぐに感じてしまうから、呆れたのか。

だから会議室での一件の後、彼は素っ気なく距離をとっていたのか。

（追いかけられていた時が懐かしい……）

彼からの執着がなくなり、用済みの自分はもう見向きもされない。

ならば最後に……一度は彼に求められた者として、我儘を聞いて欲しい。

もうこんな大それた望みを持たないから。今は、決別のために抱かれたい。

「そうですね。きっと……熱のせいです」

鷹宮の言葉を肯定したのに、彼の表情が傷ついたように翳った。

（どうしてそんな顔……）

罪悪感でも覚えているのだろうか。月海はせめて鷹宮を楽にさせたいと、言葉を選ぶ。

「専務から愛など求めていません。だから今だけ……発情を、受け止めてはくれませんか。もう二度とこんな真似はしません。……怖い思いをしたわたしへの、情けだと思って」

泣きそうな心地でそう言うと、鷹宮は困ったように答えた。

「つまり、熱が出ている間だけ、ひとときの快楽が欲しいと？」

（違う。わたしは……）

「駄目ですか？　専務に怖かったことを忘れさせて貰うのは」

鷹宮は笑う。月海の胸が押し潰されそうな悲しい笑みだった。

「きみは俺のせいで怖い思いをした。だから慰めろと言われれば、それに従おう」

月海はぎゅっと布団を握る。

そんな義務のような慰めなんていらない。欲しいのは愛なのに。

「だが……ひとつだけ頼みがある」

「なんでしょうか」

「明日、きみが元気になったらでいい。聞いて貰いたいことがある」

それは真剣な面差しだった。月海の心臓がどくんと大きく脈打つ。

（これは……きっと婚約を解消したいという話ね……。そうか、ちょうどよかったんだ）

理由は訊くまい。惨めで悲しくなるだけだから。

「俺の話を、逃げずに聞いて欲しい」

（わたし自身、解消しようとしていたんだから、逃げるはずないのに）

「わかりました」

月海は硬い表情で頷く。

「……では、仰せのままに」

鷹宮は辛そうに笑うと、静かに唇を重ねた。

「ん……んん……っ」

ちゅくりちゅくりという水音と、荒い息遣いが部屋に響く。

こじ開けられた唇から、鷹宮の舌がねじ込まれ、舌が搦めとられる。

緩急をつけて絡まる舌。それは、月海の脳まで蕩けさせるほど情熱的だった。

「ふ、あぁ……」

鷹宮は月海の手を自分の首に巻きつけさせて、口づけを深めていく。月海は彼の激しさに応えるのがやっとで、体に走る甘い痺れに震えていた。

やがて鷹宮の手は、シャツの中へ入り込み月海の肌の上を這う。

くすぐったい触れ方から官能的なものへと変わり、肌がぞくぞくと粟立つ。

体の芯に火がついて、じわじわと全身が熱くなってくる。

シャツを捲り上げられ、剥き出しになった胸に、鷹宮が貪りついた。

乱れた前髪から覗く、ぎらつく鷹の目から視線をそらすことができない。

彼の瞳に囚われる中、鷹宮の舌がいやらしく動いて、月海の胸の蕾を揺らす。

じんじんとしていた蕾に、鷹宮の舌が触れるだけで快感が走り、体が跳ねた。

「ああ……っ」

鷹宮の指がもう片方の柔肉に沈み、形を変える。荒く扱われると余計に快楽の波が押し寄せ、月海はすすり泣くようにして喘いだ。

（ああ、気持ちいい。気持ちいいのに……）

鷹宮の顔は、苦しげなまま。淡々と自分を快楽の渦に引き込んでいる姿が、月海は非常に悲しくてたまらなかった。自分だけが快楽に溺れているとはっきりわかる。

覚悟していたこととはいえ、これならまだ会議室で触れ合った時の方が、彼の心を感じられた。あの時は月海への優しい言葉もあったのに、これではまるで独り遊びだ。

（そんなに……嫌になった？）

こんなに苦悶に満ちた顔をするくらいに。

しかし月海の悲しみは、快感にすり替わっていく。太股をなぞっていた彼の反対の指先がショーツの中に滑り込んだ。

くちゃりと卑猥な音を立て、濡れた花園がリズミカルに掻き混ぜられていく。

「んぁ、やっ、ああっ」

弾む嬌声が止まらない。目がチカチカしてくる。

乱れていく月海を見ていた鷹宮は、やはり苦しげな顔のまま、無言で唇を奪った。

そして節くれ立った中指を、くぷりと蜜口から差し込む。

「んん、ん……っ」

久しぶりの行為だというのに、淫らに濡れきった花襞は、鷹宮の指を根元まで呑み込むと、ひくつきながら歓迎の意を伝えた。すると、呼応するみたいに彼の指がゆっくりと動き出す。

「んん、あああっ」

敏感な内壁を擦られ、体の奥から快楽の波が次々に押し寄せてくる。

（ああ、おかしくなってしまいそう！）

蜜壷を解す指は二本となり、やがて三本となった。それぞれの指が別々の意思を持っているかのように動き、敏感な部分を刺激してくる。月海は背を弓なりに反らし、悲鳴めいた声を上げた。

「専務、専務……っ、わたし、あ、ぁ……専務……っ」

ぼやける視界の中で、鷹宮がこちらを見ていた。その顔に浮かぶのは、依然として苦悶のみ。

（そんなに……我慢するほど、嫌？）

鷹宮は、月海の要望を叶えているだけだとわかっている。それでもいいと、つけ込んだのは自分だ。しかし、温度差がありすぎて、悲しく寂しい。

この行為に義務感しかない彼には、必要がないのだ。月海が求める、恋人のような優しさなど。その証拠に、彼は言葉を発せず、服も脱がない。

愛が欲しいと悲しみが迸るのに、月海の口から出るのは喘ぎ声のみだ。

（わたし……ひとりで、終わらせられてしまうの？）

せめて最後くらい、慈悲をくれてもいいじゃないか。偽りでも愛してくれたって。あの幸福感をまた与えてくれたって。そう、最後なのだから――

快感で意識が飛びそうになっている中、理性を振り絞り、月海は訴えた。

「専務、ねぇ……繋がりたい」

鷹宮の目が、動揺に見開く。

「専務、指じゃなくて、あなたと繋がって果てたい」

大きな波が自分を呑み込もうとしている。月海はぶるりと震えながら、それに耐えた。

「専務、あなたが欲しいんです」

しかしどんなに訴えても、鷹宮は辛そうな顔をするばかり。

「……イッて、満足したら……眠れ」

鷹宮は最初から、最後まで抱くつもりなどなかったのだ。

もう欲情してくれないんだと思うと、胸が裂けそうだった。この行為を無意味に感じて虚しいのに、そんな彼からの愛撫に体は悦んでいる。心と体がばらばらで、おかしくなりそうだ。

「専務が——欲しい。専務の、心が!」

いつの間にか、蜜壷の中に差し込まれたままの鷹宮の指の動きは止まっていたが、暴走する月海の体は、その指を締めつけ、急速度で限界に向かう。

(このまま終わっちゃう……。わたしの恋も、彼との関係も)

切なくてたまらなくて、月海は涙交じりに言った。

「専務、好……き。好き、でした。最後に、専務に……抱かれたかった!」

白ばんだ景色の中で、鷹宮が驚いた顔で固まっているのが見える。

それほどありえないことだったのだろう、子ウサギの、鷹への恋は。

強烈な波が月海の全身を駆け巡る。理性を手放す寸前、月海は喘ぎつつ泣きじゃくった。

「イキたく、ない。専務をまだ……好きでいたい、のに」

薄れる景色の中で、鷹宮がなにかを言った。きっと、終わりを告げる言葉なのだろう。

月海は泣きながら笑い、口にした。言いたくない決別の言葉を。

「……ありがとう、ございました。……さよう……な、ら」

そして——絶頂が訪れた。

悲鳴のような甲高い声を発しながら、体をバチンと爆ぜさせた月海は、そのまま眠りに落ちたのだった。

「おい、宇佐木っ、眠るのは後にしてくれ。好きって言うのは、恋愛感情か？　宇佐木、寝ろとは言ったが、今寝るんじゃない！　言い逃げするな、寝るのも早すぎる。宇佐木っ！」

……真横で、血相を変えている鷹宮を知らずして。

暑くて寝苦しい。月海はみじろぎをして、少しでも冷たい場所に逃げようとするが、すぐに引き戻され、熱に包まれる。布団を剥がしても暑さはとれず、苛立ちながら目を開けた。

「……おはよう」

そこにあったのは琥珀色の鷹の目。途端に月海の眉間に皺が寄った。

（なんでここに専務が？　もしかしてこれ、夢？　だったら寝なきゃ……）

「目を瞑るな。また寝るつもりか」

鷹宮の手が、月海の頬を軽く叩く。

（この痛さ、夢じゃない……？　だったらなんで隣に専務が……）

そして月海は、うっすらと思い出す。

『イッて、満足したら……眠れ』

『イキたく、ない。専務をまだ……好きでいたい、のに』

（……夢よね。ちょっと昂って、願望が夢に出たのよ）

きっとそうだ。……そう信じたい。

「眠れたか？」

「は、はい」

唐突な質問に、月海は声を裏返らせて返事をした。

「そうだろうな。叩いてもつねっても、ぐっすり。憎らしいくらい爆睡していたし」

じとりと鷹宮が睨んだ。

「す、すみません……」

できるのなら、そのまま目覚めず眠りについていたかった。

「熱は？」

「さ、下がったようです」

「そうか。きみが俺を蛇の生殺しにしてぐうすか寝ている間に、冷水シャワーを何度も浴びて、夜中なのに外を走り、よくよく考えてみた。昨夜、きみが言い逃げしたことについて」

色々と棘が含まれた言葉だったが、月海はそれどころではない。

告白してしまったのはどうやら現実のようだと、悟ったのだ。

顔色を変え、言い訳を必死に考えていた月海に、鷹宮が言う。

「きみに真意を尋ねる前に、きみが元気になったのなら、俺の話を聞いて欲しい」

そういう約束だったことを思い出した月海は、唇を噛みしめる。

これは……先に関係を終わらせてから、ふるつもりなのだ。

月海が彼に未練を残す余地すらなく、きっぱりと。

それならそれでもいい。その方が自分も前を向ける。

月海は覚悟を決めて、堅い声で承諾した。横を向いたままなのも失礼な気がして、起き上がろうとしたが、鷹宮に再びベッドに沈められる。そしてぎゅっと抱きしめられ、耳元に彼の唇が近づいた。

「……好きだ」

「っ!?」

「俺は、きみが好きでたまらない。ひとりの男として」

月海の全身に熱が走り、なにも考えられなくなる。

僅かに体が離れ、琥珀色の瞳がこちらを見つめた。

「ひと目惚れ……なんだ」

弱々しい彼の目は、月海が初めて見るものだ。

あまりに予想外で、衝撃的すぎた。これは、どっきりかなにかかもしれない。

「あ、あの……からかっているのなら……」

「からかってなどいない。真剣に告白してる」

「い、いや、しかし……」

自分は夢を見ているのだろうか。夢でなければありえない。

鷹も子ウサギに恋をしていたなど。理解に苦しむ。しかも、ひと目惚れだなんて。

「……三年前、きみが入社面接に遅れてきた理由、覚えているか？」

（え？　なんでいきなり、そんな昔の話を？）

「は、はい。ＴＴＩＣに向かう途中、おばあさんが転んで腰を打って動けなくなって……病院に送ってから行ったので、それで……」

「その時、男に会っただろう」

「え……あ、はい」

転倒した老婆は立つことができなかった。月海の介助だけではすぐそこの病院に行くのも難しいため、どうすべきか思案していたところ、電話をしているスーツ姿の男性が視界に入ったのだ。

声を上げて男性に応援を求めたが、背を向けている男性はこちらを振り向きもしない。月海はさらに声を張り上げた。

するとようやく男性が振り向き、気色ばんで文句を言った。

『うるさいな、大事な仕事の話をしているんだ。もう少し静かに……』

『おばあちゃんが苦しんでいるんです。それでも緊急性があるのは仕事の方ですか？』

月海に詰られた男性は、横たわる老婆を見ると慌てて電話を終わらせ、こちらに駆け寄ってきた。

『電話に夢中になりすぎて、気づかなかった。……近くの病院に運ぶ？　そうだな、救急車を待つよりもずっと早い』

男性はやけに息が荒く、汗を掻いていた。それを月海が怪訝に思っていた矢先、老婆を抱き上げようとした男性がふらつく。慌てて彼を支えた月海は、彼が熱を出していることに気づいた。

『あなたも一緒に病院で診て貰いましょう。ひどい熱だわ』

『これくらい、大丈夫だ。それに商談があるから、受診している時間はない』

老婆を助けられても、今度は男性の方が倒れてしまうかもしれない。亡き祖母のように、命とりになったら――

月海は根性で老婆を背負い、彼の手を引っ張ると、声を荒らげた。

『今、商談より大切なのは、あなたの体です！』

……そして月海は、ふたりを病院に押し込み、ＴＴＩＣに走ったのだ。

「その男が、当時……営業にいた俺だ」

「え……」

「気づかなかった？」

切なげに笑う鷹宮に、月海は申し訳なさそうに頷いた。

「わ、わたし……、自分のおばあちゃんが倒れた場面が蘇って、半分パニックになっていたんです。わたしのおばあちゃんによく似ていたので……」

「……そうか。あの頃の俺は、仕事しか頭になく、近くで転倒したひとにも気づかない有様だったんだ。家や会社を重んじて生きてきた俺にとって、それより大切にしろと言われたのが、序列最下位にあった自分とは、目が覚める思いだった。そこからだ、きみが特別になったのは」

「……そ、そんな。わたしはただ、普通のことを……」

「きみにとって普通でも、俺にとっては初めてだった。自分を大切にしていいのかと思えた。初めて、息を吸えた気がした」

彼はどんな環境で育ってきたというのか。普通の日常がないとは。

「ご両親とかご家族に、自分を大切にと言われたことはないんですか？」

「ない。かけられる言葉はいつも、鷹宮家の繁栄のために身を賭して頑張りなさい、だった」

「……っ」

「病院で点滴を受けている間にきみは消えていた。病院の書類にサインした『宇佐木月海』という名を残して。その名前を偶然、面接者一覧の中に見つけた時、感動したよ。さらに人伝(ひとづて)で、俺が作ったリクライニングチェアを追ってきてくれたと知った」

「え!?　あのリクライニングチェアって、専務が作られたんですか?」

「展示していた非売品で無名のリクライニングチェアは、俺が作ったあの一品だけだ。もうあれは廃棄されてなくなってしまったから、確認のしようはないが」

「専務が作られた……」

月海の胸の中に、感動が湧き起こる。製作者が、こんなに近くにいたとは。

「ああ。俺は昔から物作りが好きで、知人の作業場でよく触らせて貰っていた。当然、職人の道へ進むことは鷹宮の家では許されない。だから夢を諦めるため、一度だけ自分が作ったものをＴＴＩＣの展示会に置かせて貰った。それがあのリクライニングチェアだ」

願えばなんでも叶う環境に生まれ育ったはずの彼には、諦めなければならない夢があった。それは、平凡だけれど自由に生きてきた月海にとって、胸が痛いことだった。

「先進的なデザインのインテリア家具が並ぶ中、俺が作ったのはあまりに素人(しろうと)臭く、地味でひとの目を引かなかった。だけど俺は、使っていてほっとできるものを作ってみたかったんだ。それは俺が、いつも見栄(みば)えのいい高級家具に安心感を得られなかったから」

「……っ」

「だからきみや、きみのおばあさんが、あの中から俺の作品を見つけて認めてくれたことが、どんなに嬉しかったことか。いつか、きみのおばあさんが喜ぶようなインテリア家具を、きみと一緒に作りたいと思うようになった。それが新部署設立の動機のひとつだ」

月海の目からは、涙がこぼれていた。家族の誰もが祖母を蔑(ないがし)ろにしていたのに、祖母と顔を合わせたこともない他人の鷹宮が、祖母を大切にしてくれたのだから。

(おばあちゃん。わたしが好きになったひとは、いいひとでしょう?)

鷹宮は困った顔をして、涙で濡(ぬ)れた月海の頬を指で拭(ぬぐ)う。

「海外の仕事がとれたのは、日本のメーカーだからこそ期待される部分が大きかったからだ。それはデザインではなく、日本人特有の古(いにしえ)からの感性だと思っている。だからこそ、人生の先輩であるきみのおばあさんの、そしておばあさんの感性を引き継ぐきみが必要だ」

必要とされるのは、なんて嬉しいことだろう。

「ああ、話がそれたな。言いたかったのは、きみがＴＴＩＣに入社した時、既に俺は……きみが好きだったんだ。きみが欲しかった」

「……っ」

「きみとの距離を縮めたくて必死だった。だが俺は口説き方を知らず、きみには不器用で。きみはいつも怖がって逃げてしまうから、どうしていいかわからず、無様なところばかり曝していた」

「いつもクビにしようと、睨まれているのだと思っていました」

「クビにしたかったら、とうにきみはＴＴＩＣにいない。千颯にも睨むなと言われたけれど、きみと仲良く話せる男には嫉妬を隠せなかった。思わず睨みつけてしまうほど」

「……え、睨まれていたのは、わたしではなく？　わたし、専務に嫌われていると……」

「きみを睨んだことはない。今度こそは逃がさないようにと、必死になってはいたが」

（そんな……。わたし今までずっと、嫌われていると確信していたのに……）

「土曜日のホテルでも、暗に告白したつもりだった」

「こ、告白!?　……まさか『そういう目で見ている』って、恋愛感情の意味だったんですか!?」

「ああ。まるで通じていなかったのは、きみを見てよくわかった。ずっと好きだったからきみを抱きたいし、きみとの子供ならたくさん欲しい……そう答えたつもりだったんだ。だから婚約破棄はしたくないと。まさかきみの中で、体と子供目当ての男になっているとは知らず」

鷹宮が深いため息をついた。

「す、すみません。ラビットフットも贈り物も、裏があったのかなとか思ってしまって……」

「……純粋に、俺が選んだものを、きみに身につけて貰いたかっただけだ。それなのにネックレスもしてきてくれないし……」

「し、失礼しました……」

なんだか鷹宮を色々と疑っていたのが、申し訳なくなってくる。

「きみだけだ。スムーズに行かないのは。俺を意識させたくてキスもそれ以上もしたのに、結局意識させられているのは俺の方。会議室に囲った後も、会議室でのきみの可愛い顔を思い出すと今にも襲いかかりそうだった。最後まで奪いたくなるから、あれ以降は手を出せなくなったし」

(素っ気なかったのは、わたしが嫌になったわけではなく?)

「で、では昨夜、なぜ最後までしてくれなかったんですか?」

「それは……最後まで抱くのは、気持ちを伝えてからにしたかったんだ。ひとときの衝動や男の性(さが)ではなく、愛があるために抱きたいという本気を伝えたかったから」

それは、月海が望んでいたものでもあった。

「きみが動揺しすぎて仕事に影響が出ないよう、告白のタイミングを推し量っていた。そんな中、きみが襲われて発熱した。うちに連れてはきたが、病人に手を出すほど鬼畜ではない。だからゆっくり寝かせてやろうと思ったのに、愛はいらないから快楽だけ欲しいとせがまれた。きみに言われるがまま最後まで抱けば、ひとときの男と成り果てる。それは嫌だ」

「わたしは……」

「ぎりぎりの妥協案が、きみを満足させて早く寝かせることだった。そして元気になったら仕切り直しをするつもりで」

鷹宮は悲痛な顔で月海を見つめた。

色々と言いたいことはある。謝りたいこともたくさんある。

でも、一番伝えたいのは――

「わたし……専務が、好きです」

込み上げてくるこの愛情だ。

「最初は苦手だったのに、いつの間にか好きになってしまって」

泣いて震える月海を、鷹宮は優しく抱きしめ、彼女の後頭部を撫でる。

「会議室の一件で、距離を置かれたのだと思いました。専務はわたしへの興味を失ったのだと。だからすべての関係を清算される前に、思い出が欲しかった」

優しく背中も摩られ、嗚咽を上げそうになる。

「専務のご迷惑になりたくなくて、愛はいらないと言ったけど、辛くて。専務は服も脱がないし、なにも言わないし。わたしが望むから仕方がなく触っていると思いました。それは嫌だと、わたし……」

「……俺が悪かったな。きみに声をかけられるほど余裕がなく、理性と闘っていたんだ。服を脱いだら自制できる自信がなかった。きみに欲情していなかったら、冷たいシャワーを浴びないし、外を走らない。俺のベッドに愛(いと)おしいきみがいるのに、平気でいられるものか」

鷹宮の顔はどこまでも優しい。

「きみが、好きだよ」

胸が苦しいほど、心臓が早鐘を打つ。

「ずっときみだけを追いかけてきた。もう観念して俺に、捕まってくれるか？」

「はい！」

月海は泣きながら笑う。

「煮るなり焼くなり、お好きな方法で食べてください」

鷹宮は笑って、月海の唇に、ちゅっと啄(ついば)むだけのキスをする。

「言ったな？　俺は食欲旺盛(おうせい)だぞ？　それでなくても、お預けを食らっていたんだ」

今まで月海を怖がらせていた彼の目は、蜜をまぶしたみたいに甘く蕩(とろ)けていた。

「二言(にごん)はありません。どうぞ飽きるまでお食べください」

すると、またちゅっと唇を啄まれる。

「飽きるはずないじゃないか。きみに飢えていたんだ。俺の体も心も満たしてくれ」

琥珀色の瞳に欲情の炎が揺らめいた。鷹宮の顔が、男の艶を増していく。

「満たせると、いいですが」

その変化を間近に見て、月海の息が乱れていった。

「満たせる。……欲しかった、きみの愛があるのなら」

そして鷹宮は、月海に噛みつくようなキスをした。

◆◆◆

朝を告げる光が、月海の身を照らし出す。

滑らかな曲線を描く小さな体は、鷹宮を昂らせた。

自分のものだと主張するためにつけた赤い華。それが咲き乱れる白い肌に、永遠に頬ずりしていたい気分になる。

「や、あんっ、ん……っ」

少し触れただけでふるふると震える姿は、本当に子ウサギのようだ。

柔らかな肌に舌を這わせ、マシュマロに似た胸を揉めば、月海の呼吸に艶が交じる。

ぴんと尖った先端を口に含むと、彼女はか細い声で啼いて、ぶるっと身震いした。

「ふふ、可愛いな。夜よりも感じているんじゃないか？」

胸の蕾を揺らして、音を立てて吸う。すると恥じらいつつ月海が言った。

「専務が……色っぽくて、おかしくなりそうなんです」

「俺が？　色っぽいのはきみの方だ。こんなに男を誘う淫らな体をして……」

「わたし、そんな体じゃ……あぅ、んんっ」

甘い蕾を甘噛みすると、月海の体が弾んだ。

彼女はわかっていないだろう。

潤んだ目、半開きの口。そのすべてが蠱惑的で、鷹宮の情欲を煽ることを。

「あ、んぅ……んんっ、わたし……胸だけで、イッちゃいそう……。専務……好きです……」

無防備な身を預けながら、月海が切なそうに愛を訴える。

「俺も好きだよ」

「……っ、ああ、専務に愛されて……幸せ」

とろりとした顔で、月海は微笑んだ。

その破壊力がある姿に、鷹宮は赤い顔を背けて、歯を食いしばる。

この子ウサギは、こんな時もおとなしくしてくれない。容赦なく、鷹宮の心の中を引っかき回す。

　せっかく慎重かつ優しく触れているのに、強引に組み敷いて自分のものにしてしまいたくなる。

（本当にこの……エロウサギめ）

　苦笑する鷹宮は、月海の両膝を掴むと、ゆっくりと押し開いた。

　内股に垂れている細い蜜の筋を発見し、鷹宮は嬉しそうに笑う。

「凄いな、脚にまで垂らして。いけない子ウサギだ」

　垂れた蜜を舌で舐め取り、体をずらしていく。

　それでなにをしようとしているのか、月海は悟ったらしい。

「駄目です、見ちゃ……ああ、お風呂に入っていないのに！」

　慎ましやかな花弁を指で開くと、蜜で濡(ぬ)れた神秘的な花園が鷹宮の目の前に広がる。

　陶酔感(とうすいかん)に浸(ひた)る彼は、上擦った声を出した。

「ああ、すごく綺麗だ。光に煌(きら)めいて……蜂蜜をまぶしたようだ。本当にきみは、ここもハニーラビットだな。こんなに甘い匂いを出して……」

「嫌……やめ、て。そんなこと、言わないで……っ」

　両手で顔を覆(おお)い、羞恥(しゅうち)に震える月海を見ていると、鷹宮の加虐心が刺激される。

「どうして？　さっきは俺が喋らなかったのが不服なんだろう？」

「そ、そういうことを言って欲しかったわけでは……はぅっ」

途中で言葉が途切れたのは、鷹宮が、彼を誘う花園に唇を当てたせいだ。溢れ出る蜜を啜ると、月海の体がしなる。

肌を紅潮させ、喘ぐ姿はなんと悩ましいことか。

もどかしげに宙を彷徨う月海の両手を、鷹宮は指を絡ませて握った。

月海を愛するほどに、湧き出る甘美な蜜。自分の愛に応えるこの蜜が愛おしく、舌で掻き出しては吸い、嚥下する。彼女の一部が自分の体に溶けていく幸せに、笑みをこぼさずにはいられなかった。

そんな鷹宮を潤んだ目で見ていた月海が、弱々しい息を繰り返し喘ぐ。

「ああ、あああっ、専務、そんな顔で……駄目、それ……んうっ」

彼女が否定すればするほど、蜜は鷹宮を誘うように溢れてくる。

まるで媚薬だ。一滴残らず自分のものにしたくて仕方がない。

ぱしゃぱしゃと音を立てて舌を動かし、止めどなくこぼれ落ちる蜜を強く吸い上げる。

「やっ、ああぁっ。専務にそんなこと……あ、んんんっ、わたし、駄目。もう、わたし……」

鷹宮は頭を振り、口淫を激しくしていく。

「あっ、ああんっ、専務、わたし、わたし……イク。イッちゃう……イッちゃい、ますっ」

鷹宮は月海に微笑みかけながら、花園を荒々しく吸い上げる。

「やあああああっ」

月海の体が絶頂に反り返るが、両手を繋げているため、ただがくがくと震えただけだ。

鷹宮は体を伸ばすと片手を月海の頭の下に差し込んで、腕枕をするようにして抱きしめた。

そして、荒い息をつく月海の唇を奪い、自らのバスローブを脱ぐ。

唇を離すと、月海は恥ずかしそうに目をそらした。

「ふふ、気持ちよくイケたか？」

「意地悪、です！」

「はは。きみが可愛いのがいけないんだ。で、返事は？」

「き、気持ちよかった……です」

拗ねた顔をしつつも正直だ。鷹宮は嬉しそうに笑い、頬に張りついた月海の髪を耳にかける。そして剥き出しになった耳に口づけ、音を立てて甘噛みする。

「あ、あ……」

「耳まで弱いんだな、月海は」

名前を呼ぶと、彼女の体がぶるりと震えた。

「……っ、な、名前……」

「ん？　きみの名前は月海ではなかったのか？」

わかっていながらわざと尋ねる。

「それとも、恋人の名前を呼んではいけないか?」

月海の顔が真っ赤になった。

「駄目?」

「い、いいです……」

たまらないほど可愛い顔で、彼女は頷く。

「俺の名前も呼んでくれ」

「……そ、それはハードルが」

「きみにとって俺は、恋人になれない? まだ俺のこと、苦手か?」

「ち、ちが……。う……。ぐ……」

色々と葛藤がある様子だ。真剣に思い悩む月海を見ていると、鷹宮は噴き出しそうになる。やがて彼女は、観念したように言った。

「鷹宮さん」

「……それは苗字だ。俺の名前を知らないのか?」

「知っていますが……。う……っ、さ、さか、き……さん?」

その上目遣いの言葉に、今度は鷹宮の顔が赤くなる。

「うわ、専務。お顔が……」

「うるさいな。名前、もう一度!」

「はい、さ、榊さん」

はにかんだように鷹宮の名を口にする月海。その姿が鷹宮の胸に再びぐっとくる。さんづけはやめさせたかったが、聞いたら暴走してしまいそうで、今は我慢することにした。

「ふふ。せ……榊さんも、動じることがあるんですね」

月海は無邪気な顔で笑う。

「わたしなんて両想いだったとわかっただけで一杯一杯なのに、榊さんは余裕だったから」

「余裕？　本当にそう思うか？」

鷹宮は月海の手を取ると、痛いくらいに猛っている分身に触れさせる。そこは悦びに震え、濡れていた。今にも暴発しそうな切迫感に、ぞくぞくとする。

今までこれほど興奮した記憶はない。思わず快感の声が漏れた。

「い、痛かったですか？　ごめんなさい」

声に驚き、手をひっこめようとした月海だったが、鷹宮はその手を強く引いた。

「その逆。気持ちよすぎるんだ。月海の手で触られたら」

そして鷹宮は、彼自身をしっかりと握らせ、一緒にゆっくりと上下に扱いていく。

「ん……、あ、ぁ……」

鷹宮は自らの快感を隠そうとしなかった。うっとりとした顔で、悩ましげな吐息をこぼしてみせる。そして、怯えた眼差しを向けている月海の頬に口づけた。

「ずっと、我慢していたんだ。きみに触れていた時からずっと。これで、余裕だと思うか？」

こつんと額を押し当て、鷹宮は掠れた声で言う。

「もっと触って、確かめて？」

月海の瞳が妖しく揺れ、その手が躊躇いがちに動く。たどたどしい手つきだが、彼女に触られていると思うと、ぞくぞくとした興奮にさらに昂ってくる。

「榊さんの……熱くて、おっきい……」

微かに高揚したような月海の声。鷹宮は月海の顔中にキスの雨を降らせながら、喘ぐ。

「夜にきみが欲しがったこれは、これからは全部、きみが独占するんだ。ここにたっぷり」

鷹宮が月海の腹を撫でると、彼女は甘美な息を漏らした。

月海が欲情してきたことを悟り、鷹宮も月海の秘処に手を伸ばす。少し前に口で愛したばかりの花園を撫でた途端、くちゃりと湿った音がする。

「また蜜を溢れさせて、いやらしい子だ。さっき……あんなに舐め取ったじゃないか」

「そんなこと……言っちゃ駄目、です……っ」

ゆっくりと花園の表面をなぞると、淫靡な水音に月海の喘ぎ声が交ざる。

彼女は鷹宮自身から手を離さず、彼の愛撫に呼応するみたいに擦り上げてくる。

「ああ、榊さんも……ぬるぬるで、えっちな音がする……」

うっとりとしたその顔が愛おしい。鷹宮は桜色の唇を奪い、舌を差し込んだ。

もはや、どこから音がしているのかわからない。

やがて鷹宮が月海の手を取ると、己の分身を彼女の秘処の表面に滑らせた。

「は、はうっ、熱い……っ」

「ああ……たまらないな」

鷹宮は呻きながら月海の手ごと動かし、分身の硬い先端で月海の花園を抉っていく。

「あ、ああっ、榊さんっ」

急くような息を互いに繰り返し、濃厚なキスをする。

鷹宮は時折先端を蜜口に浅く入れてみせ、月海の体に馴染ませようとした。浅瀬なのに気が遠くなりそうなほど気持ちがよく、このままずぶりと奥まで押し込みたい心地になる。

それをぐっと堪え、辛抱強く月海の体に自分を覚えさせていく。

やがて月海がぶるぶると震え、体を強張らせてきた。果てが近づいていることを感じて、鷹宮は彼女から分身を引き抜く。直後、重ねたままの唇の奥で月海の嬌声が迸った。

女の顔で果てる彼女を見ていると愛おしさが募り、鷹宮のキスは止まらなくなる。

理性など吹き飛んでしまいそうだ。

月海の呼吸が整うのを待って、彼女の耳に囁いた。

「……もう限界。きみの中に、挿(はい)ってもいいか？」

月海は照れたように頷くと、鷹宮に抱きついた。

◆　◆　◆

月海を見据えながら口で避妊具の包みを破る鷹宮は、一段とセクシーだ。

筋肉がついた裸体を見ただけでもたまらなくなるのに、妖艶(ようえん)さを色濃くされると、月海はどうしていいのかわからなくなってしまう。

「外を走っていた時に、買っておいてよかった。そうでなければ今頃、切羽(せっぱ)詰まって買いに行く羽目になっていたところだ」

鷹宮は苦笑する。

（買いに行ったんだ……。家にあったら、もやもやするところだったわ）

支度(したく)を終えて、鷹宮は月海を胸に掻き抱いた。

汗ばんでしっとりとしている肌と肌が密着する。彼女の感触でさらに発熱しそうだ。

互いの体温を感じながら情熱的なキスを繰り返した後、鷹宮は月海に囁(ささや)く。

「月海、いい？」

「はい」

鷹宮は上体を起こすと、月海の両脚を開いた。

そして、月海と熱を分かち合った分身を蜜口にあてがい、ゆっくりと押し進めてくる。

（ああ、あの熱くて大きいのが、中に入ってくる……）

狭い中を擦り上げられ、ざわざわとした感覚に全身の肌が粟立ってしまう。

「は……ぅ」

圧迫感があるものにじりじりと侵蝕され、月海の呼吸が弱々しくなった。

「キツ、いな……。まだ……半分も入ってないけど、痛く、ないか？」

なにかを耐えるような顔で、彼が月海に訊いてくる。

垂れた前髪の間から覗く目には、心配と情欲が入り混ざっている。

「わたしは、大丈夫、です。だから……一気に……来て？　榊さん……を、早く感じたい」

すると鷹宮は切なそうに笑い、月海の顔の両横に手を置き、腰を沈めていく。

互いを体内で感じる声が重なり、額同士がこつんと合わさった。

息もできぬほど内側から征服される感覚に、月海が引き攣った息を吐いた直後、ずんと奥まで押し込まれた。

その衝撃に思わず声を漏らすと、鷹宮にきつく抱きしめられ、唇を奪われる。

（ひとつに……なった……）

感動と愛おしさが込み上げている月海は、泣きながら彼に応えた。

「繋がった……な。もうこれで、距離はない」

鷹宮が月海の涙を拭って、笑う。

「ようやく、月海を手に入れた……っ」

鷹宮は、背を反りつつ天井を仰ぎ見る。光を浴びた彼は、しなやかな肉食獣のように、とても美しかった。

そして片手で顔を覆い隠して、荒い息を整えること数秒。

「きみの中に、俺がいるの、感じる？」

鷹宮は再び月海に寄り添った。

「はい……」

自分以外の大きな存在が、息づいているのが感じられる。愛おしい、我が子みたいだ。

「俺も。月海の中……熱く蕩けて、たまらない。気持ちよすぎて……おかしくなりそうだ」

仄かに上気した鷹宮の顔が、気怠げな色香に満ちている。あまりにも色っぽくて、あてられてしまった月海の心が跳ねた。

「……締めるな。俺、かなり久しぶりだから……もたなくなる」

呻きながら笑う鷹宮に、月海も声を震わせて尋ねる。

「久しぶり、なんですか？」

「ああ。それに、好きでたまらない女を抱くと、こんなに……幸せなものだと、初めて知った」

　見下ろしてくる鷹の目（ホークスアイ）が細められ、和（やわ）らいだ笑みになる。

「今まで、彼女さんは……？」

「いないよ、そんなもの。こんなに愛（いと）おしくて、何度も抱きたいと思ったのも、きみだけだ」

　自分が初めての恋人だとわかって、月海は嬉しくてたまらなくなった。

（わたしも伝えないと）

「わたしも……こんなに気持ちがよくて、幸せな抱かれ方、したことがなかった。こんなに好きになったのも……」

　しかし鷹宮が月海の首元に噛（か）みついたため、最後まで言えない。

「幸せに思えない男に簡単に捕まるんじゃない。俺がどれだけ苦労したと思ってるんだ」

「……っ」

「これからは、ずっと俺の腕の中にいろ。きみを幸せにする」

「……はい」

　鷹の求愛にウサギは咽（むせ）び泣いた。

　苦手でたまらなかった天敵から、逃げきれるはずなどなかった。

　きっと最初から、琥珀色（こはくいろ）の瞳に捕まっていたのだ。

　視線が絡んで会話が止まると、ふたりは顔から笑みを消した。

そしてどちらからともなく唇を求め、互いを貪るような激しいキスをかわす。

鷹宮は月海の頭を抱えるようにしながら、腰を動かした。

月海に馴染んでいたものが、すっといなくなり、また押し込まれる。

喪失感と充実感が繰り返しもたらされる律動に、月海は次第に声を甘くさせていった。

「榊、さん……あんっ、あんっ、ああんっ」

鷹宮のリズムに揺さぶられる。粘膜と粘膜が擦れ合う感触と淫猥な音が、月海を昂らせていく。

月海が喘ぐほどに、出入りする灼熱の杭が、猛々しい強さを放つようだ。

「ああ、榊さんが、大きい……。そんなに擦っちゃ駄目！　気持ちよすぎて、わたし……」

その言葉に悦んだ鷹宮が、中でさらにぐぐっと質量を増し、強烈な存在感を示して月海を底なしの快楽の渦に引き摺り込もうとする。月海は鷹宮にしがみついて喘いだ。

頭を優しく撫でられつつも、容赦なく攻め立てられる。月海は快楽にぶるぶると震えた。

「ああ、月海の中……たまらない。絞り取られ、そう……だっ」

鷹宮の髪先は、汗で濡れている。男らしい首元を時折反らして感じている様は、壮絶に色っぽかった。半開きの唇から漏れる吐息。苦しげに歪む端整な顔。そのどれもが月海を魅了する。

（彼が、わたしで感じてくれているなんて……）

嬉しくてたまらない月海は、自ら鷹宮の唇をねだる。

鷹宮はキスをしたまま、座位に体勢を変えた。

角度を変えた灼熱の杭が、月海の奥に突き刺さってくる。

「ああ、深い。榊さんが、もっと奥まで……ああ、あああっ」

「きみは、奥がいいんだな。きゅうきゅう悦んでる」

跳ねる月海の体を、鷹宮は眩しそうに見つめ、胸に吸いついた。

「や、あ……っ、わたし、わたし……もう……」

押しては寄せる波みたいに、快感が止まらない。

「ああ、俺も……月海、一緒にイこう」

切羽詰まったような顔をする鷹宮に、月海はガクガクと震えながら頷く。

彼は月海の尻を抱えると、突き上げ、自分の腰にぶつけた。

より深いところを刺激する肉杭に、月海は悲鳴じみた声を上げる。体の深層から湧き上がってくる強い快感が、水紋みたいに全身に広がっていく。愛おしさとともに。

「榊、さんっ、好き。好きっ」

鷹宮は、懸命に愛を訴える月海に、やるせなさそうな顔をして微笑んだ。

「俺も好きだ。月海、月海……俺を見て。可愛い顔を俺に見せて」

ぱちゅんぱちゅんと音が響く中、喘ぎ声が重なっていく。

さらに膨張した鷹宮自身は、月海の弱いところを刺激し、猛々しく擦り上げてくる。

「ああ、榊さん、イク、イク――っ!!」

月海は鷹宮を見つめたまま、嬌声を迸らせた。

意識が白くなり、体が浮いたように思えた。そして――落下する。

「く――っ、あ、は……っ、月海っ、俺も……!!」

月海のしなる体を強く抱きしめた鷹宮は、荒い息を吐き出してぶるりと震える。

一瞬、月海の中で膨張したそれは、圧倒的な存在感を示し、弾けた。

膜越しに吐き出された鷹宮の欲が、止まらない。

(ああ、熱い……)

それが愛の証だと思うと、月海はより愛おしくなり、鷹宮に抱きついた。

長いキスを堪能して唇を離すと、鷹宮と目が合う。

その目には愛情が溢れていて、月海は幸せでたまらなくなる。

彼の体に頬をすり寄せて微笑むと、鷹宮はぎゅっと月海を抱きしめたまま、何度も彼女の顔に唇を落とすのだった。


月海がベッドから出て食事を作っていても、食事をしていても、鷹宮はずっと月海を後ろから抱きしめて離れない。頭に口づけたり頬を摺り合わせたりと愛情を表現し、時には口移しで甲斐甲斐しく食べさせてくる。

（鷹が、これほど愛情深く、絶倫な動物だったとは……）

寝室や浴室で、何度抱かれたかわからない。体力が自慢の月海も腰を摩っているというのに、鷹宮は元気で絶賛発情中。まだまだ愛を刻み足りないらしい。

（持久走ではわたし、負けるかも……）

「本当に月海は罪なエロウサギだな。愛情が止まらないじゃないか。俺、この先、月海が傍にいないと寂しくて死んでしまうかも……」

「大丈夫、榊さんは元気すぎで死ぬことはありません。だから安心して、会社に行く支度をしましょう。わたしも一旦家に……」

「まだ駄目だ。もう少し俺の腕の中にいろって」

話を切り上げて立ち上がっても、腕を引かれて再び鷹宮の膝の上。しかも今度は雁字搦めに、彼の腕が巻きついてきた。彼は巣ごもりをしたいらしい。

「今日、休むと連絡していたんだし、俺が休めと言っているのに。どこへ帰る気なんだよ」

「何度も言っておりますが、服を着替えに我が家へ、です」

「俺の服を着ればいいのに。彼シャツっていうのを……」

「無理です！　遊びに行くのではなくて、会社ですよ？　鷹宮専務の居城です」

「……きみは嫌なのか？　俺とこうしているの」

「嫌なわけ……いえ！　さっきと同じ手には乗りません」

先刻、このやりとりの後、リビングで散々啼かされて抱かれたのだ。

鷹に甘えてごろごろとしたい気分をぐっと堪えて、月海は言った。

「おかげさまで熱は下がって元気になりましたので。……腰は痛いですが」

最後は恨み節だったが、鷹宮はにやりと笑うばかりだ。

「今度は脚だけではなく、腰も鍛えないといけないな」

月海の腰を撫でる手の動きがいやらしい。

「会社に行く前に、鍛え直すか」

冗談に聞こえなかった月海は、ぞっとする。

「も、もう完全に動けなくなる！　わたしからすばしっこさを取ったら、なにが残るんですか！」

「俺への愛情？」

横からねっとりとした口づけをされると、脳まで蕩けそうになった。

体のすべてが鷹宮の愛撫に従順になって悦ぶように、作り替えられてしまったみたいだ。

琥珀色の瞳は、いまだ熱情を宿して濡れている。

それに見惚れていると、啄むようなキスが繰り返されて、最後にまた濃厚なキスになった。呼応し、彼に何度も貫かれた下腹部が熱く蕩けてくる。唇を離した後、鷹宮の耳元に「好き」と囁いた。すると鷹宮は嬉しそうに笑う。

この笑顔を見ると、きゅんきゅんが止まらない。

求められると嬉しいのは、月海も同じなのであった。


庶民とは縁遠そうな黒い高級車が、東京を走る。

初めて後部座席のない外車に同乗した月海は、緊張に体を強張らせていた。

片手でハンドルを切る鷹宮は眼鏡をかけ、いつもとはまた違う精悍さがある。

「どうかした？」

「いえ、眼鏡……されているんだなと」

「ああ。運転だけはな。元々そんなに目はよくないんだ。コンタクトをするほどではないが。それに今は、月海を乗せているんだから、安全に運転したいし」

彼は笑いながら、月海の頭を優しく撫でた。

別々に出勤しようとした月海だが、婚約者なんだからと押し切られて、一緒に出勤する羽目になってしまったのだ。途中月海の家に寄って着替えたため、なんとか昨日と同じスーツで出勤する事態だけは免れた。女性社員はなにかと目敏い。昨日のことが露見すれば鷹宮に迷惑をかけることにもなるし、あらゆる災いの種は摘み取っておきたいのが本心である。

「一緒に出社したいのは九割以上が俺の私情だが、残る一割以下は副社長への宣言でもある」

「宣言？」

「副社長は、未遂であっても、それなりに俺にダメージを食らわせられたとほくそ笑んでいるはずだ。だから、そんな程度では俺ときみは揺るがないことを宣言する」

普段通り、いやそれ以上に仲睦まじく出社してきたら、副社長も焦るだろう。

「きみを誘導した社員と、襲った社員たちは、今朝にはもう、千颯によって左遷の宣告を受け取っているはずだ。行き先は日本語が通じない海外、部下の教育に厳しすぎて新人が長続きしないところ。どこも難題を抱える場所ばかり。女遊びができるところではないさ」

鷹宮は超然と笑った。

「きみの思いを汲んで、警察へ突き出さずに内々に収めるんだ。警察を相手にした方がマシだったと、せいぜい後悔させてやるさ」

月海が思わずぞっとするほど、剣呑な眼差しだ。

あの事件で、月海は怖い思いをして一過性の熱は出したものの、心も体も鷹宮に救われ傷はないし、彼と結ばれるきっかけにもなった。それに事件を蒸し返したところで、鷹宮が抱える自責の念を強めるだけだ。

　そう考えた月海は、警察沙汰にせずひっそり終わらせたいと鷹宮に訴えたのだが、彼は関わった社員たちを無罪放免にする気はないようだ。

「部長に人事権がありましたっけ？」

「あいつをなぜ総務においたと思う？　総務はすべての部署と繋がっていて、色々な情報が入るところだ。無論、全社員の弱みもな。人事権のある役員でもちょっとつつけば、すぐになんとかできるだろう。まあ今回は、あえて副社長の傀儡である常務に処分をさせたようだが」

　それでなくとも常務は鷲塚を目の敵にしていた。その鷲塚に圧をかけられ、副社長を裏切る羽目になるとは、相当な屈辱のはずだ。

「ということは、常務は専務派に転んだと？」

「はは。ありえない。でも千颯なら、そうして生き残る道をちらつかせているはずだ。俺は希望すら持たせずに切るが、あいつは望みを持たせて切る。あいつだけは敵に回したくないよ」

（さすがは、鷹の腹心。にこにこして仕事ができるだけのひとじゃないんだ……）

「ただ……副社長が今回の件を常務に命じたのは悪手だ。こうした結果となるのを見越していなかったわけではないだろう。……待てよ。威嚇が目的ではないのだとすれば……」

前方を見据える鷹宮の目は、猛禽類特有の鋭さを宿している。

「もしかすると、大変なことになっているかもしれない」

鷹宮が速度を上げる。月海はぞくりとしたものを感じずにはいられなかった。


鷹宮と一緒に、名実ともに重役出勤をした月海。

しかも彼は月海の肩に手を回し、浅からぬ仲であることを見せつけている。

（……女性社員、敵に回したこと決定）

『思うところがある。だからきみは抵抗しないでくれ』

そう言われているため、好奇の視線を浴びながら、月海は顔を引き攣らせて鷹宮と会議室に向かう。

「……遅くなった。鷲塚は？」

中には結衣が書類にまみれて座っていた。

「まあ堂々遅刻の鷹さんと子ウサギさん。鷲さんは、虎さんを専務室に連れていったわ」

（虎さん……虎杖さんのことね）

そして結衣は顔から笑みを消す。

「——鷹宮。緊急事態発生」

「……どうした？」

鷹宮は慌てる様子もなく、落ち着いた声音で訊いた。

「副社長が、ＴＴＩＣ春の新作展示会を前倒しにして、コンペに出す作品を六畳ほどのブースで再現し、来展者にどちらを買いたいか投票で選ばせようと言い出したの」

ＴＴＩＣ春の新作展示会とは、月海が祖母と一緒に見に行った展示会のことだ。いつもはこの展示会に、春コンペで入賞した作品を出して宣伝していた。

「コンペ前に開催されることで、作品の完成度を求めるだけではなく、票を入れて貰えるような購買促進活動（プロモーション）もする必要がある。さらに結果次第では販売となるから、先を踏まえた手配の一切を自前でやれと」

「自前？　ＴＴＩＣの広報を通さず、ということか？」

「ええ。まだ製品化が決定していないのに、広報部が動くのはおかしいと」

（おかしいのかしら。同じＴＴＩＣで開発された作品なのに）

月海の疑問は、鷹宮も感じているようだ。腑（ふ）に落ちないと言わんばかりの顔をしている。

「展示会はコンペ五日前からコンペ発表当日まで。コンペ結果と展示会での投票結果を見て、勝った方が新作の販売権を持つ。もしも結果が引き分けなら、社内で社員に投票させる。これらはすべて、社長の了承済みだそうよ」

「社長が、俺に相談もなく許可したと？」

鷹宮の顔が険（けわ）しくなった。

「ええ。なにか条件を持ちかけたんでしょう。つまりはコンペ用として考えていたデザインを、急いで現実のものとして製品化し、ＰＲもしないといけない。あと三週間もないのに」

まだコンペ用のデザインも確定していないのだ。それなのに、製品化と広報をすべて自分たちで手配し、三週間以内に終わらせないといけなくなった。

（でも……こっちには、榊さん、部長、課長がいる。サルくんだってコネがあるだろうし）

「……前振りはわかった。で、緊急事態とは？」

（まだなにかあるの⁉）

結衣は強張った顔で頷いて、重々しく口を開く。

「もう察しているかもしれないけど、副社長は既に手回ししていた。向こうのフライヤーやネット広告は準備できていて、今日早速、コンペ作品を告知したわ。新作として発売予定の……レトロなリクライニングチェアを」

月海の心臓が不穏な音を立てる。

（レトロなリクライニングチェア？　それって……）

「私たちの案が、そっくりそのまま副社長に流れていた。それを副社長は、自分たちが考え出した新作として発表したの。……これ見て。ネット広告を印刷したのだけれど」

結衣は、印刷した写真を見せた。

「同じだわ……」

それは、虎杖が中心となって形にしていたリクライニングチェアが、鴨川がデザインしていた空間に置かれた画像だった。

先にＴＴＩＣの新シリーズとして打ち出されてしまえば、同じものは発表できない。

（そんな……おばあちゃん……）

鷹宮は目を細めて言う。

「なるほど。残るは展示会に向けた製品化のみ。俺たちには強行軍でも、副社長は余裕なわけだ。……千颯が専務室で虎杖を尋問しているのは、虎杖を疑っているのか」

（虎杖さんが情報を流したと⁉）

「ええ」

結衣は頷いた。それを見て月海は思わず叫んだ。

「部長の勘違いでは？　だって虎杖さん、精力的に頑張っていたし、皆に支持されて凄く嬉しそうだったし、打倒副社長に燃えていたじゃないですか。なにかの間違いだと……」

「うん。鷲がなぜそう考えたのか、いまいち私もわからないのよ。虎杖も、副社長の発表に相当ショックを受けていたようだったし」

すると腕組みをした鷹宮が答えた。

「千颯が聞きたがっているのは、恐らく女についてだ。最近、虎杖は恋人ができて浮かれていただろう。その女が副社長と繋がっていたのではと、睨んでいるんだ」

（確かに美人で気立てのいい、初めての彼女ができたと、いい笑顔で語っていたけれど……）

「虎杖が副社長に情報を流した自覚がないのなら、考えられるのは、恋人に語ったという可能性だ。その事実があったのかまず確認しているんだろう。……他の奴らは？」

「猿と鴨は、広告代理店と製作所の手配に行かせたわ。何事も早めがいいから。あ……と、鴨からメッセージ。……こちらが考えていた広告代理店や製作所は全部、副社長の息がかかっている……⁉　再来月なら製作可能って……間に合うわけないじゃない！　副社長、どこまで陰湿なのかしら。すべて押さえてから動いたのね！　どうしてこのタイミング……もしかすると、宇佐木の件？　鷹の注意が、完全にそれる時を見計らって……とか⁉」

「そのためだけに、月海を襲わせたのか！」

鷹宮はガンと壁に拳を打ちつけた。

「専務室に行ってくる」

鷹宮は身を翻し、憤然として出ていく。

「宇佐木……。ごめんね、あんたが怖い思いをしたのに、こんな話になってしまって」

「わたしはもう大丈夫です！　ご心配おかけしました。宇佐木、完全復活です！」

そうとびきりの笑顔で言ったが、結衣は辛そうな眼差しを向けてくる。

「本当は鷹との惚気話を聞いて、あんたと鷹を思いきりいじりまくってやりたいところなのに、なにもしてあげられなくてごめんね……」

月海はその場で飛び上がって、ぎこちなく笑った。

「そんなの全くいりませんので、お気持ちだけで十分です。専務も同意されると思います！」

（いじりまくって……って、なにをされることか！）

「でもね……あの鷹が……」

結衣がプラチナ同期のグループチャットの画面を見せる。そこにはデフォルメされた鷹がウインクをして親指を突き立て、たくさんハートを飛ばしているスタンプがあった。

「いつも……『了解した』のひと言しかない鷹が、自虐にしか見えないスタンプを事前に用意して、使う機会をひたすら待ち続け、ようやく使うことができたのだと思ったら……。同期としては、いじってあげなくちゃいけないでしょう？」

「別に専務、いじって欲しくて送ったわけではないかと！」

彼の『了解した』は、仲がいい同期にも使われる定型文だったらしい。

「一段落したら、たっぷり構ってあげるから。待っていてね」

「い、いりません！　いつも通りでお願いします！」

「大丈夫。鷲もきっといじり倒すと思うけれど、私も負けないから」

「課長、そこは競わず、部長を止めてください!」

重苦しかった会議室に、月海の叫び声が響き渡る。

この瞬間だけは、月海から仕事の不安は薄れていた。

……それこそが結衣の狙いなのだとも知らず。


それから一時間後。会議室では肩を落としながら、虎杖が泣きじゃくっていた。

「僕……、彼女にいいところを見せたくて。だからついつい、僕が自信を持って取り組んでいるこのプロジェクトの話をしたんです。そしたら、彼女……デザイン図面がどんなものかわからないと言うから、せがまれるまま見せて。製品化前のレアな図面だから記念に写メしたいと言われて、つい、いいと……。でも彼女が、寧々ちゃんがスパイとは限らないのでは……」

会議室にはチーム全員が揃っている。

「残念ながら、志野原さんはクロだと思う」

鴨川の言葉に、虎杖を除く全員が頷いた。

(まさか……元専務専属秘書が、虎杖さんの彼女だったとは)

虎杖が彼女——志野原寧々とつきあったきっかけは、チームが発足した日、彼女に告白されたことだとか。寧々は今日から、最大限の有給休暇をとっており、虎杖の連絡を拒否している。

それを聞いただけで、月海も寧々が虎杖に作為的に近づいたとしか思えなかった。愛する鷹宮から専属秘書を外されて、逆恨みをしたからかとも考えたが、鷹宮と鷲塚は、副社長が寧々を利用したのだろうと推測した。彼女の休暇申請を、なぜか副社長が許可していたためだ。

「よりによって寧々とは。……総務をやらせたのが裏目に出たか」

結衣が頭を抱え、鷲塚はため息をついている。厳しい顔をした鷹宮は腕組みをして言う。

「今となれば副社長がメンバーに内容を聞いてきたのは、カモフラージュだったんだな。副社長側に企画の内容を知られていないという、俺の慢心が招いた結果だ。すまない」

「専務のせいじゃないです！」

猿子が、キッと虎杖を睨みつけながら口を開いた。

「悪いのは、ぺらぺら部外者に喋ったひとです！」

月海は空中分解してしまいそうな不穏な空気を感じ取り、猿子の説得にかかる。

「サルくん。虎杖さんを責めても、解決しないよ」

「でも宇佐木……」

「今考えるべきは、してしまったことについてじゃない。挽回方法だよ。最悪の状況を、いかに逆転できるか。時間は限られているんだから」

猿子は言葉を詰まらせた。彼の肩を軽く叩いて、月海は笑う。

「ここにはブレーンである専務も部長も、課長もいる。デザインアイデアの宝庫である虎杖さんがあれ以上のものを作れないわけないし、鴨川さんがあれ以上のくつろぎ空間を考えられないわけがない。サルくんだって、指針にしている部長の心得に諦めるという文字はないのを知ってるでしょ？　わたしも取り柄の足で、東京を駆け回ってもいい。営業は未経験だけれど、総務の仕事のように誠意を見せれば、協力してくれるところがあるかもしれない。なにも努力しないで負けを認めたくないよ」

「宇佐木さんの言う通りだ！」

鴨川が興奮気味に言った。

「皆がいるんだ、頑張ろう。俺だってあの素案が全力ではない。虎杖もそうだろ!?」

すると虎杖が立ち上がり、深々と頭を下げた。

「すみませんでした！　彼女ができたと浮かれ気分だったからこんな結果になりました。必ずあれ以上のものを考えますので、またデザインを立案させてください。僕を男にしてください！」

それを受けて、今度は鷲塚が言う。

「デザイン組が本気でとりかかるのなら、営業もふて腐れているわけにいかないだろう。……よし、小猿。僕と営業して顧客を増やすか。僕のコネも紹介する」

「本当ですか⁉　是非！　うわ、鷲塚部長の営業が見られる！」

（……サルくんは、わたしが説得するより、部長のひと声があればいい気がする……）

そう考えていた月海の肩を結衣が叩く。

「だったら宇佐木！　総務課社員の意地と根性にかけて、私と広告代理店を探しに回るわよ。私がへばったら、おんぶして走るのよ！」

「あははは。了解です！　任せてください！」

やる気を出したメンバーを嬉しそうに見つめていた鷹宮は、上着を脱いでネクタイを外した。

「だったら俺は、上との折衝をして、知り合いの製作所に声がけしよう。同時に、デザイン監督も引き受ける。虎杖と鴨川、本気で食らいついてこい。俺も容赦しないから」

ふたりは若干怯えながら、元気よく返事をする。

「メイン家具はなにでいくんだ？」

鷲塚の問いに、鷹宮は悠然と笑った。

「勿論、リクライニングチェアだ。レトロな空間もそのまま使う。……目には目を、歯には歯を。どちらが上か、証明してやる」

好戦的な鷹の目――月海はぞくぞくした。

今まで怖かったその目は、今では愛おしく、頼もしいものとなっていた。

第六章　ウサギのヒゲは、元気さを見せるためにぴんとしているんです

情報が流出してから、一週間が経過した。

その日は朝から天気が悪く、暴風が吹き荒れて外回りが大変だった。

一時避難で飛び込んだ喫茶店にて、月海は結衣と作戦会議をする。

「これだけ回っているのに、成果なしとは腹立たしいわね。あの副社長、業界全体にお触れでも出したのかしら。ＴＴＩＣの名前を聞くだけで、皆逃げ腰になるなんて」

ＴＴＩＣは大手企業だ。本来ならば仕事を貰えるだけで広告代理店にとってはメリットのはずなのに、どこも申し訳なさそうに拒絶の意を示す。専務がバックにいる自分たちにそんな態度をとるくらい副社長からの妨害があったのだと、月海たちは考えていた。

「副社長はＴＴＩＣというより、鷹宮の力で脅したんでしょうね。鷹宮グループは色々な業種に影響力がある。それが一斉にそっぽを向けば、どんな企業も孤立してしまうし」

「でも副社長は、会長の庶子であって、社長の息子ではないですよね。直系でもないのに、そう簡単に鷹宮グループの力が使えるものなのでしょうか」

「うん。問題はそこなのよ。勝手に権力を振りかざしていれば、社長からなんらかのお咎めがあるはず。それがないということは、鷹の推測通り、社長も一枚噛んでいるのではないかしら。ということは、事実上、私たちは、ＴＴＩＣで孤立無援の状況だということになる」

「しかし義弟と息子、どちらをとるかと言われれば……」

「普通なら息子と言いたいところだけれど、鷹宮家は結果主義みたいだからね。使えないものは子供でも捨てる家のようよ」

『かけられる言葉はいつも、鷹宮家の繁栄のために身を賭して頑張りなさい、だった』

月海のひと声で、呼吸ができるようになったと言っていた鷹宮である。愛とは無縁の過酷な環境にいたことは間違いなかった。とはいえ、彼は不出来な息子ではない。

「専務は会社に尽力して、成果を上げてきたじゃないですか。社長がその功績から目を背け、副社長の口車に乗っているのなら、社員としては許せる事態ではないです！」

結衣は珈琲を飲みながら頷いた。

「同感。副社長がどんな条件を出したところで、それに乗った社長の能力を疑ってしまう。ＴＴＩＣから鷹が消えることになれば、ＴＴＩＣは潰れるわ。汚い手を使う副社長の独裁でね。副社長は社長の黙認と会長の援護を受けて、鷹宮本家をも乗っ取る気かもしれないわ」

（そんなことをさせてはいけない）

月海は強く思う。元はといえば、会長と社長の確執から生まれた争いのはず。そのとばっちりを受けた鷹宮が、なぜ本拠地から追い出されないといけないのだろう。

「……宇佐木。もしも鷹が鷹の王国から追放になり、片翼になってしまっても、今と変わらず……ううん、今以上に愛せる？」

真剣な結衣の眼差しを受け、月海は微笑む。

「勿論です。わたしは専務が鷹の王様だから好きになったわけではありません。もしも飛べなくなってしまったら、鷹をおぶって駆け回り、地上のよさをゆっくり教えてあげますよ」

「うう……。これがあの鷹から逃げ回っていた子ウサギかと思うと、泣けてくるわ」

月海は声を上げて笑った。

「しかし、風が凄いわね。窓硝子がガタガタ揺れているわ」

結衣に言われて月海は窓を見た。窓の外の街路樹が斜めになっている。

「春一番ですかね……」

通行人の女性がスカートを押さえていた。月海は今日、結衣とともにパンツルックでよかったと思う。スカートを気にしていたら仕事にならない。

「部長やサルくんは、うまくいっているんでしょうか」

「鷲がいるから門前払いではないけど、かなり難航しているみたい。鷲とサルなら、鷲と鷹よりも初対面の相手へのウケはいいはずなのにね。忙しいボスに営業をやらせたくないとはいえ、こんな感じならお願いすることになるかも」

「なにか突破口はないものでしょうか」

鷹宮グループの影響力が、ここまで大きいとは想像していなかった。対抗できる力を持つ企業は、いないものなのだろうか。

（いるはずなのよ。きっとどこかに。それを見つけられないだけで）

連日駆け回り、さすがに足がぱんぱんに張っている。しかしそれは皆、同じだ。

それでも全員が諦めていない。

「鷹からメッセージが来たわ。おおっ、鷹宮の圧力に屈しない製作所、確保したって」

「やりましたね！」

（そう。いるのよ、絶対に。こちらの情熱をわかってくれるところが）

鈍色（にびいろ）の空には、僅（わず）かに陽光が差していた。これと同様に、この状況だっていつかは晴れるのだ。

（よし！　わたしも頑張るぞ！）

「あらら、窓の外。OLさん、やっちゃったわね」

結衣の声に誘われて、月海は窓の向こうを見た。すると暴風が吹く中で、スーツ姿の女性が書類を派手に撒き散らしてしまったようだ。風に翻弄されているせいで、書類をすんなりと回収できない。

(あ、街路樹の枝にも引っかかっている……)

「課長、すみません。ちょっとお手伝いしてきます！」

言うが早いか、月海は外に飛び出した。

そしてまずは宙に舞う紙を、ぴょんぴょんと跳ねるみたいにして集め、女性に声をかける。

「あ、ありがとうございます！」

泣き出しそうな声を出したのは、愛らしい顔をした若い女性だった。

「それと枝に引っかかっちゃっているので……」

月海は助走をつけて柵の上を蹴りつけ、二段ジャンプ。取った紙を女性に手渡した。

それは有名な化粧品会社、アムネシアの広告だ。

(これだけのチラシを持っているなら、アムネシア化粧品の営業のひとなのかな)

女性は月海を見つめて感嘆の声を出す。

「ありがとうございます！　凄い跳躍力ですね、ウサギみたい。助かりました！」

「どういたしまして。こんな風の日にお仕事お疲れ様です。あのこれって、アムネシア化粧品の広告ですよね」

「はい！　ご存知なんですか？」

「勿論です。ＣＭも素敵だったけれど、なによりこの広告がよかった。ピンク色のグラデーションを作るハート型の薔薇の花びらの海が、もう素敵すぎて！」

「きゃ～、嬉しいです。頑張った甲斐がありました！」

（頑張った？　広報に勤めているのかな）

女性は嬉しそうな笑顔で言った。

「『伝えたい想い』をテーマにして、自分の持てるすべてで表現した最初の作品でしたので」

女性の仕事は、広報とも違う気がする。

「え、と……。失礼ですが、どのようなお仕事を……」

すると女性は笑って名刺を出した。

「私、アラウドデザイン事務所というところでデザイナーをしている、桐嶋陽葵といいます」

（デザイナー……。デザイナー!?）

月海の頭に、閃くものがあった。

「き、桐嶋さん。わたし、ＴＴＩＣというインテリア家具会社に勤める、宇佐木月海といいます。実は折り入ってご相談が！　ここでお会いしたのもなにかの縁！　あそこの喫茶店に上司がいますので、どうかお話を聞いてくださいませんでしょうか！」

「つまりフライヤー一切、広告代理店ではなくデザイン事務所に頼むと？」

会議室で腕組みをして考え込む鷹宮に、月海は結衣とともに頷いた。

「はい。これが桐嶋さんから貰った、アラウドデザイン事務所のパンフレットです。広告代理店を通さず、大企業と直接仕事をしているのだとか。桐嶋さん自身が、アムネシア化粧品の大人気商品の広告制作者だったんです」

鷹宮はパンフレットを捲り、中身を見ている。結衣が彼に声をかけた。

「あんたも知っているでしょう、アムネシア。あの色が変わる口紅。宇佐木にプレゼントしようと鷲に相談して、キスをしたい下心がばればれだと突っ込まれて断念した」

「……黙れ」

鷹宮は顔を上げずに、低い声で制した。

（そうだったんだ……）

ここは反応をしないでおくことにして、月海は仕事の話に戻す。

「桐嶋さん、凄く正義感に溢れるひとで。身内は協力すべきものであって攻撃し合うものではない。そんなあんぽんたんな奴にはひと泡吹かせてやろうと、秘密兵器を用意してくれるそうで」

「秘密兵器？」

結衣がパンフレットに書かれている、アートディレクターの写真を指さした。

「喜多見響(きたみひびき)。あんたも聞いたことあるでしょう？　喜多見コンツェルン社長の三男で、若くして賞を総なめにした天才デザイナー。ちなみにそこの事務所の社長は、長男らしいわ」

鷹宮は目を細める。結衣の言いたいことがわかったらしい。

「なるほど。鷹宮の力に屈することはないな、喜多見の力があれば」

「でしょう？　ただ問題は、超売れっ子の喜多見響が引き受けてくれるか。今は桐嶋さんが説得にかかってくれているの。だからもし喜多見響がいいと言ったら、ふたりに会ってよ」

鷹宮はパンフレットを閉じ、目を瞑(つぶ)って答えた。

「言いたいことはわかるが、喜多見響にこのコンセプトがわかるかだな。売れっ子は傲(ごう)慢(まん)な輩(やから)が多い。うちの発注がなくても生き残れる会社に勤めているなら、余計。……実力があるのかないのか、見定めさせて貰う。こちらも遊びで頼むわけではないのだから」

鷹宮がそう言った一時間後、陽葵から月海に電話がかかってきた。

彼女は喜多見響の捕獲に成功したらしい。そこで月海も鷹宮を拝み倒した。

陽葵との出会いから数時間後に、喜多見響は陽葵とともに、個室がある待ち合わせの喫茶店までやって来た。専務室で対面しなかったのは、万が一秘書を通して、秘密兵器の存在を副社長に知られるようなことがあってはならないからだ。

（すご……美形……）

喜多見響は、鷹宮や鷲塚にも引けをとらない美貌の持ち主だった。

野性的というよりは都会的。冷ややかな美形だが、鷹宮同様、威圧感が半端ない。

「はじめまして。喜多見と申します」

喜多見が差し出した名刺の裏には、びっしりと賞歴や経歴が書かれている。

「はじめまして。鷹宮です」

そう言って鷹宮の名刺を渡したのは、鷲塚だ。鷹宮は鷲塚として、月海とは反対隣に座っている。

『俺と鷲塚を入れ替える。真贋を見抜く力があるのなら、わかるはずだ』

（ごめんなさい、桐嶋さん。喜多見さん）

鷲塚が鷹宮のふりをして、コンセプトを説明するのだ。副社長に奪われたものを印刷物で見せながら、それを改良した現段階のイメージ画も見せる。しばらくそれを見つつ説明を聞いていた喜多見だったが、やがて静かな口調で口を開いた。

「確か、専務が新シリーズ……仮にレトロシリーズとしましょうか。それを打ち出されたのだとか」

「はい、そうです」

「絶対、ここだけは譲りたくないと思われるところはなんですか？」

「今、お話ししたはずですが……」

　鷲塚が困惑気味に答えると、喜多見は目を細めて言う。

「デザインに長く携（たずさ）わっていると、クライアントのデザインに込めた熱情というものが、僅（わず）かなりとも伝わってきます。ですがそれが専務のお話からはわかりづらい。たとえばここ」

　喜多見は身を乗り出すと、改良版チェアの一部を指さした。

「なぜアームをこの形でこの角度に？　なぜ素材をラム革に？　クッションの硬さをなぜこれに決めたのか。室内イメージ画についても同様。なぜここに余白をおき、なぜこの小物を選んだのか。この案を推し進めてくる決め手やこだわりが、一般論を述べられる専務のお話からはわからない」

　喜多見の指摘に、鷲塚は答えることができない。それは、月海もだ。

　確かに毎日ラフを見て、それがいいか悪いか討論してきた。だが、どうしてそれがその形である必要があるのかまでは、考えなかった。鷹宮とデザイナーとの間で意味があって決定されたものに、異議など芽生えなかったからだ。彼らへの絶大なる信頼感ゆえに、そこに至った過程を知ろうとも思わなかったのだ。その過程を、明らかにして欲しいと喜多見は言うのである。

「し、師匠、ちょっと……」

陽葵が喜多見を制する。彼女は喜多見を師匠と呼んでいるらしい。

「発案者の想いを聞いていないのに、仕事をお引き受けするわけにはいきません。私も真剣にデザインの仕事をしていますので。――ご説明を頂きたい、鷹宮専務」

喜多見は、鷲塚と名乗っていた鷹宮をまっすぐに見据えた。

（わかって……いたんだ）

驚く陽葵の前で、鷹宮がくつくつと喉元で笑い、そして頭を下げた。

「試すようなことをしてしまい、申し訳なかった。こちらもどうしても、あなたが本物だという確証が欲しかったんです」

「事情は桐嶋から聞いております。私としては本物だと認めてくださったのならそれでいい」

喜多見はぐいと身を乗り出す。

鋭さを秘めたその瞳は、吸い込まれそうなほど神秘的なヘーゼルだ。

「では仕事の話を。そこで私がすべきことが見えてくるはずですので」

喜多見と陽葵を交えた打ち合わせは、三時間以上にも及んだ。

「ハードだった……」

月海は会議室の机の上に突っ伏した。疲れ切った顔をした鷲塚がぼやく。

「ただのデザイナーじゃないよな。彼だけで喜多見グループを背負えるんじゃないか？」

「でもあれだけ的確な指摘や、こちらが言葉で表現できないことを、パパッと描いてみせるところを見て、経営者よりもデザイナーでいて欲しいと思っちゃったわ。天才というのも頷けるし」

結衣がお茶出しをしながら言った。

「いい縁が見つかりました。桐嶋さんも感性が豊かだし、盲点をズバッと指摘してくる最強コンビでしたね。この感じでいけば、こちらの案が確定次第、すぐ制作に取りかかってくれそうです」

すると鴨川と虎杖が、羨望（せんぼう）に満ちた声を出す。

「俺たちも、あの喜多見響に直接会ってみたかった。彼、空間デザインも手がけていて凄いんですよ、もう本当に。同じぐらいの年代なのに……リスペクトです」

「喜多見響がインテリアに進出していなくてよかった。コンペでかちあっていたら、もっていかれたかもしれない。いや、間違いなくもっていかれたと思います」

月海はよくわからなかったが、業界ではかなり実力のある有名人だったらしい。

それまで黙って考え込んでいた鷹宮が、ぼそりと呟いた。

「喜多見響と話していて、弱点も見えてきた。指摘をしてくれていただろう。プロの目、審査員の目がどこにあるのか。俺たちが自己満足な作品を生み出して終わらぬようにと」

全員の視線が鷹宮に向く。

「まず喜多見が言っていたのは素材だ。触り心地と柔らかさでラムとしたが、もっと……無難ではない、別の素材を探した方がいいのかもしれない」

(確かに喜多見さんは素材のことでも渋い顔をしていた。普通すぎるのかしら……。でもそれ以上に柔らかで、ほっとできる素材なんて……)

そんな時、猿子が戻ってきた。雨でも降っていたのか全身びしょ濡れだ。

「やりましたよ！　専務のご紹介で行ってきた『Cendrillon』……音羽副社長が、俺たちのインテリアと、『Cendrillon』の新作をタイアップしてプロモ展開してくれると！ちょうど旧華族のような、和風シンデレラのイメージで新作を出そうとしていたようで」

(大好きなブランドとタイアップ!?)

「猿子、よくやった！　喜多見同様、音羽コンツェルンなら鷹宮の力に負けない！」

鷹宮は笑顔でガッツポーズをした。

月海の全身がぞくぞくとした高揚感に包まれる。

（これは……もしかして副社長の力を超えられるのでは？）

なにせ上流界の名だたる者たちが、力になってくれるのだ。

（ああ、凄い。わたしたちは、まだ神様に見捨てられていなかった！）

「やったね、サルくん！　まずは背広脱いでよ、風邪引いちゃうから。確かここに頒布品のタオルがあったはず……」

（タオル……）

「宇佐木、どうした？」

タオルを手にしたまま月海が固まったため、猿子が訝しげに声をかける。

月海はくるりと振り向き、タオルを両手で広げながら皆に言った。

「あの……椅子、タオル地はどうでしょう」

それは閃きだった。

「無論、こんなガサガサの硬いタオルではなく、もっとほわっとふっとした、ウサギみたいなタオル地です。そういうのならわたし……ずっと座っていたい」

「タオル……か。体に良さそうな天然素材を使えば、赤ちゃんでも安心と謳えるわね」

結衣が言うと、鷲塚や鷹宮も同調する。

「体にも環境にもいいリクライニングチェアか。夏でも涼しそうだな。僕はいいと思う」

「ああ。いけるかもな。布を敬遠して革ばかりに目がいっていた。洗えるような仕様にしておけば、清潔さも保てるな。だが洗濯すれば、ふわっと感が失われるか……」

「形状記憶的なものって作れませんかね？　乾くとふわっとなるような。化学物質や編み方で」

虎杖が言うと、鷹宮は電話を取り出した。

「知り合いの繊維会社に聞いてみる」

虎杖と鴨川は頷き合い、タオル地と仮定してまた新たな案を練り始める。

（作品が進化している。もう決定して告知してしまった副社長のとは違う）

確かな手応えを感じて月海は嬉しくなった。

くしゃみをする猿子に気づき、月海は慌てて握りしめていたタオルを彼に渡し、熱い珈琲（コーヒー）を淹（い）れる。そして、猿子にその珈琲（コーヒー）を差し出した時だった。スマホに非通知で電話がかかってきたのは。

首を傾げながら電話に出ると、女性の声がした。

『宇佐木さん？　覚えていらっしゃるかしら』

間違い電話ではなさそうだ。名乗らないのは気味が悪いが、聞き覚えがある声音だった。

『私、陵頼子です。うちのパーティーで会った』

月海と同じ誕生日で、同じ赤いドレスを着て、月海を嘲笑（あざわら）った女性――

（なんで頼子さんが、わたしに電話を……？）

『ちょっとお時間頂ける？　ひとりで、これから言う喫茶店に来て貰いたいの』

嫌な予感がした月海は、忙しいのでと早々に切り上げようとした。

『手短にすますわ。こちらにはお客様も呼んでいるし、鷹宮専務の進退に関わることなの』

そう言われると、受け入れるしかなかった。

鷹宮が電話中のため、結衣に許可を貰って月海は外に出る。

外は雷雨。置き傘をしていたおかげで、雨に濡れずにすんだ。

「お久しぶり、ここよ」

赤いドレスではなくとも肉食系の美女は、ひと目を引く華やかさである。

「なにか御用でしょうか」

席について硬い表情で尋ねると、彼女は優雅な仕草で紅茶を飲んで言った。

「単刀直入に言うわ。……榊さんと別れて」

月海は目を冷ややかに細める。ある意味想定内だったため、衝撃はない。

「あなたのためよ。あなたと彼との結婚は、実現しないの。傷つく前に退場して」

「パーティーでは、確か〝鷹宮さん〟だったはず。馴れ馴れしくなった理由をお聞きしても？」

月海の棘ある言葉に、頼子の目が剣呑に瞬いた。

「元々彼には縁談があったの。それを断り続けて、彼はどこの馬の骨かわからないあなたを相手にすると押し切った。なぜそんな茶番に、ご両親が納得されたと思う？」

確かにそれは、月海も疑問であった。

「今、あなたは彼と新たな仕事をしているんでしょう？　その結果が出るまでという、彼とご両親の期限つきの約束のため。そしてそれが終わると彼は、ご両親が決めた相手と結婚する。だから今は我慢して、ご両親は息子の茶番に乗っているの。大体、あなたのあんな家族なんかと親戚になりたいなんて思わないでしょう？」

すべてを知っているのだと言わんばかりに、意味深に頼子は笑う。

（彼も、別れる前提で演技していたと？）

彼の蕩けるような愛し方を思えば、違うと言い切れる。

彼は、そんな男ではない。

「仮にそうだとして。なぜあなたが訳知り顔でしゃしゃり出るんですか？」

「察しの悪いひとね」

カランと鐘が鳴り、喫茶店のドアが開いた。

こちらに近づいてくる、黒ずくめのひとがいる。

その人物は足を止めると、月海へ冷ややかに会釈した。

「私が榊さんと結婚するからよ」

その人物は――鷹宮の母親。

（頼子さんが強気なのは、榊さんのお母さまがついているからか）

思えば鷹宮の母親は、最初から冷ややかな面持ちを崩さず、こうして目を合わすのは、初めてだ。

鷹宮によく似た顔から放たれている拒絶感に、底冷えしそうである。

……わかってはいた。あんな家族つきの庶民の娘を、快く受け入れてくれるはずがないと。

当人たちの愛だけではどうにもできないほど、鷹宮家は大きすぎる。

だからあえて考えないようにしていた。名だけの婚約が、いつ終わるのか。

愛があっても、彼が鷹宮の御曹司である限り、いつかは関係に終止符が打たれる。

（そうか。終わりが来たんだ……）

頼子ではなく鷹宮の母親の登場で、月海はそう思った。

「然るべきところの令嬢と婚姻するのが、直系である榊の務め。それは榊も十分に承知しています」

母親は淡々と言う。

「榊と約束した、コンペ結果が出るまでは目を瞑りましょう。それが終わったら、お引き取りを」

頼子は鷹宮の母親に寄り添うようにして、悪意ある笑みを月海へ向けた。

「それと、あなたのご家族にはもう話しております」

母親は一枚の紙を取り出して、月海に見せた。

「念書です。慰謝料を払い妹さんによき縁談をご紹介することで、婚約破棄にご同意くださいました」

そこには義母のサインがある。元より実娘に良縁を欲しがっていた義母だ。不思議はない。

「ひとには相応しい場所があります。可哀想ですが、あなたは鷹宮家に入れるだけのものを、なにも持ち合わせていない」

握りしめた月海の拳が震える。

「舞台から下りなさい。もう十分に、いい夢を見たでしょう」

泣くな。泣くな。泣いてもなにも解決しない。

「榊も、副社長に敗北を喫してわかるはず。必要なのはひとときの遊びではなく、力だと。あの子が専務になって、ようやく鷹宮は安泰と思いきや、敵の排除に乗り出さなかった。それが負ける結果になったのです。今後はきっと、これを教訓に頑張ることでしょう。縁談はあの子の力になる。あの子の力となる家柄の女性でないといけないの」

月海は、まっすぐに母親を見据えた。縁談云々より、どうしても気になることがある。

「負けると仰いましたが、榊さんの勝利を信じてあげないんですか？」

「当然でしょう。まさかあなたたち、あれだけ鷹宮の力で押さえつけられていながら、勝てるチャンスがあるとでも思っているの？」

その返答で月海はわかった気がした。

「つまり……。息子さんにお灸を据えて、ご両親が望む縁談を敢行させるために、副社長に協力なさったのですね。鷹宮グループの力で邪魔立てできるよう」

母親は、片眉を跳ね上げた。

（図星か。わたしとの縁談を進めたせいで、榊さんはご両親にも裏切られたんだ……）

月海は鷹宮に授けられる力がない。彼のためにできることがあるとすれば――

「ご両親から信じて貰えないのは、子供にとってあまりにも惨いことです」

「あなたに、なにが……」

「わたしの家族はいつもわたしを出来損ないだと嘲笑い、爪弾きにしていました。どんなに訴えても真実はねじ曲げられ、わたしは刃向かうことをやめました。言っても仕方がないから。わたしの味方だった祖母が亡くなっても、誰も悲しみませんでした。彼らにとって、宇佐木家に富をもたらさない、貧乏な祖母はお荷物だったようです」

母親はじっと月海を見つめている。

「血筋が大切なのはわかります。血が繋がらない母と妹から家族に入れて貰えないわたしにとっては、血の繋がりのある鷹宮家は羨ましい。それなのになぜ、血が繋がる彼の思いをさせるのですか？」

意思を、彼の力を認めようとしないのですか？　どうして彼に、わたしのような悲しい思いをさせるのですか？」

「まあ、お義母(かあ)さまにたてつくなんて、育ちが悪い証拠ね」

頼子の野次をものともせずに、月海は言った。

「いずれ夢は覚めるもの。榊さんの幸せのためならわたしは喜んで身を引きます。それくらいの覚悟はしているつもりです。ただ……身を引く代わりに、ひとつお約束して頂けませんか？」

喜ぶ頼子を、鷹宮の母親は片手で制する。

「なんです？　お金？」

「いいえ。榊さんを、愛してあげてください。鷹宮家の子供としてではなく、ただの息子さんとして。彼がひとりで背負ってきたものを、お母さまの前では下ろさせてあげてください。彼が息をできるような、優しい言葉をかけてあげてください。彼が小さい頃から求め続けてきたものは、お母さまならおわかりになるはずです」

「……っ」

「頼子さんもです。鷹宮の肩書きがなくなって文無しになったとしても、地の果てまで彼についていけるほど、榊さん個人を心から愛してください。彼に鷹宮家の名だけにしか価値がないのだと思わせないように。どうか、お願いします」

月海は嘆願し、頭を下げた。

◇　◇　◇

鷹宮のマンションのリビング——

幻惑的な夜景が広がる窓を背に、黒いソファにゆったりと鷹宮が座っていた。はだけたワイシャツから覗く逞しい胸板は、荒い呼吸に上下している。

『今夜は、わたしに榊さんを愛させて欲しいんです……』

彼の足元では、しゃがみ込んだ月海が、猛々しい彼の剛直を小さな口で愛していた。筋張った太い軸に舌を這わせ、優しく包み込んだ手を上下に動かす。硬い先端をぐるりと舐めてから頂点に吸いつくと、鷹宮がふるりと震えた。

「……あぁ」

鷹宮は悩ましげに顔を歪め、官能的な声を出す。

切なげなその声はどこまでも艶めき、月海の子宮を刺激する。

口で愛しているものはこんなにも雄々しいのに、無防備な姿を曝す鷹宮は繊細で美しい。

半開きの口からは絶えず吐息がこぼれ、月海を見下ろす琥珀色の瞳は欲情に蕩けている。

なんて色っぽい男なのだろう。

月海が彼の分身を愛するほどに、月海の口の中にいる彼は、悦びに大きく脈打つ。

普段のクールな彼とは違う、剥き出しの彼を感じられるのが嬉しい。

「は……ぁ、きみにこんなことさせているのに、気持ちがいい……」

彼が感じているのがダイレクトに伝わり、自分も愛撫されているような錯覚に囚われる。

体の深くまで何度も繋がったところが、じんじんと疼いて熱い。

（ああ、好き……）

肌を重ねるようになって、余計想いが増している。

こんなにも好きになっていたのかと、泣きたくなるくらいだ。

彼の何もかもが愛おしくてたまらない――

もっと彼を堪能したい。彼の感触、彼の味、そのすべてを体に刻みたい。

目を瞑っていても、彼を細部までリアルに思い出せるように。

月海は上目遣いで鷹宮に微笑んでみせると、口をすぼめて頭を動かす。

下手くそなりに、愛のある行為だとわかって貰いたかった。

「あっ、月海……そんなことしたら、俺……」

上擦った声を出す鷹宮は、切羽詰まった面持ちになる。そして眉間に皺を寄せて懸命に息を整えると、月海の頭を撫で、頬も撫でる。

「いいよ、ありがとう……。もう十分だ……」

無理をさせていると思っているのか。

月海は鷹宮自身を口に含んだまま緩やかに首を横に振り、さらに奥まで彼を迎え入れた。

「ああ、月海……っ、駄目だ、これ以上は……」

途中えずきそうになり涙目になったが、離したくないと目で訴える。視線を絡めたまま口淫を続行すると、鷹宮から漏れる息が忙しくなった。

「あぁ、月海……イキそうになる。だから口を離し……」

震える声。果てが近いとわかり、月海はさらに情熱的に愛撫をする。

「駄目だ、月海っ、俺……ああ、月海……っ」

口の中の彼がぶるりと震え、青臭い白濁液が広がった。

「吐き出せ！」

しかし月海は、ごくんと飲んでみせる。

それは決して美味しくはなかったが、彼が自分の体に溶け合ったと思うと甘美に感じられた。

「どうしてきみは……。口を漱ぐんだ」

鷹宮は泣きそうな顔をして、月海を抱きかかえてキッチンに連れていき、水を入れたコップでうがいをさせる。そして月海を抱きしめ、頭に頬をすり寄せた。

「ごめん。きみが俺を愛してくれるのが、あまりに嬉しくて気持ちよすぎて……直前で抜くつもりだったのに、我慢できなかった」

「榊さんのものだから、吐き出したくなかったんです」

(ずっと、体に残しておきたかったから)

すると鷹宮は、苦笑した。

「たまらないことを言うな。今度はきみの口ではなく、胎内に直接注ぎたくなる」

「……注いで、ください」

(これからひとりで生きるわたしに、あなたの忘れ形見が欲しい……)

あれだけ彼の子供を産みたくないと拒んでいたのに、今では欲しくてたまらない。

彼に愛されたという証が欲しい——

「まだ駄目だ。子供はそんな衝動的に作るものじゃないだろう?」

鷹宮は微笑むと、月海をなだめるように何度もキスを繰り返す。

(……やっぱり、駄目だよね)

ほろりと泣きそうになってしまうのを、月海はぐっと堪えた。

鷹宮がぎゅっと抱きしめてくるせいか、月海の腹に硬いものが当たる。

「え、もう……？」

驚きの声を上げると、鷹宮は月海を横抱きにした。

「……誰のせいだと思ってる、天然エロウサギ。責任をとれ」

そしてそのまま寝室に向かおうとする。

「榊さん……リビングがいい」

彼の首根にしがみつき、月海はせがんだ。

鷹宮が自分の拙い口淫に感じてくれた記憶に、もっと愛を付加したいと思ったのだ。

「駄目？　榊さんを愛した場所で、わたしが愛されるのは」

すると鷹宮は、僅かに顔を赤く染める。

「本当にきみは俺を煽る天才だ。そう言われたら、嫌とは言えないじゃないか」

濃厚な口づけを交わしながら、リビングに戻る。服を脱ぐ余裕もなく、鷹宮は再びソファに座った。そして、彼に跨って抱きついている月海を誘う。

「自分で、挿れてごらん」

「自分で？」

「ああ。今度はきみが、俺を求めて。感じている顔を見せて」

どこまでも甘く妖艶に誘う鷹宮に導かれるまま、避妊具が被せられた剛直を手に取る。

下着を横にずらして、月海はゆっくりと腰を沈めていく。

くぷりと音がして、質量のあるものが月海の深層を目指して押し入ってくる。

「ああ、ん……」

身震いしつつ、月海は最後まで腰を落とした。

相手の熱を敏感な部分で感じ取ったふたりは、同時に声を上げて苦しげな息を漏らす。

しがみついて息を整える月海の頭を撫でつつ、鷹宮は言う。

「まったく。俺のを口にして、こんなに濡らしていたとは。なんてエロウサギだ」

「……っ」

「もっと奥まで欲しいって、俺のをきゅうきゅうに締めつけているのがわかるか？……いいぞ、きみの好きなように動いてみろ」

鷹宮に甘く囁かれ、月海はそろりと腰を動かすが、すぐにやめて首を横に振った。

「無理、です。動かしたら、気持ちよすぎてどうにかなっちゃいそう」

鷹宮の猛りもいつも以上だ。喋る際の震動ですら、快楽の波が押し寄せてくる。

「どうにかなればいい。そして、俺のことしか考えられない体になれ」

情欲に濡れた鷹の目。見つめられるだけで、月海の体はさらなる火を灯す。

『舞台から下りなさい。もう十分に、いい夢を見たでしょう』

庶民に生まれていなければ。もっと自分が有能であれば。

彼から身も心も求められる幸せな夢から、覚めずにすむのに。

「……なぜ泣く?」

「好きすぎて、切なくなりました……」

「ふふ、幸せだな、俺は。ずっときみから、愛されたくてたまらなかった」

彼に必要なのは、ひとときの幸せではないのだ。

彼を守る強靱な力——それは、癒やすことしかできない子ウサギには、与えることができない。

(だけど今だけは。わたしにできる癒やしを……)

月海はそろりと腰を振った。口で愛したあの太くて大きいものが、月海の奥を目指して突き上げてくる。自分の愛を刻んだもので、自分の体に愛を刻まれることに、倒錯的な快感を覚えた。

「あっ、あっ……」

「気持ちいいか? そんな顔をして……たまらないな」

鷹宮に唇を奪われ、ねっとりと舌が絡まる。

全身に感じる彼の存在。幸せに酔いしれながら、月海はぎこちなく動いた。

湿った音に、月海の喘ぎ声が交ざる。やがて鷹宮の呻き声も重なっていく。

「榊、さんも……気持ち、いいですか?」

「ああ、気持ちいい。溶けそうだ」

蕩けた顔で彼が答え、月海は嬉しくなって微笑んだ。

快感に耐えながら懸命に腰を振ると、鷹宮の色香が濃厚になっていく。

苦悶しているようにも見える、彼の悩ましげな表情。

熱を帯びた瞳で見つめられているだけで、ぞくぞくが止まらない。

「ああ、榊さん……好き……っ」

愛の言葉がこぼれ落ちると、鷹宮はぎゅっと月海を抱きしめて彼女の動きを封じた。

そして、掠れた声で月海の耳に囁く。

「ごめん。きみが恥じらいながら感じる姿を見ていたかったが、俺が限界。動くぞ」

鷹宮は、月海の腰を抱き、ずんと腰を大きく突き上げた。

「あああ……」

快感が一気に駆け抜け、目の前にチカチカと星が散る。

リズミカルに力強く内壁を擦り上げられ、狭い蜜壷の深層が抉られていく。

子宮口を突かれると、月海は全身を総毛立たせて、啼いた。

「ああっ、榊、さ……んっ、気持ちいい……っ」

鷹宮の熱と快楽に支配されていく。もう彼しか感じられない。

「は、月海……いつも以上に、締めつけてくるな……。これは、やばい……」

もっともっと。鷹宮しか感じられない快楽に耽って、嫌なことは忘れたい。

月海は激しくよがり泣きじゃくり、果てに向かって上り詰める。

『私が榊さんと結婚するからよ』

「あぁんっ、わたし、わたし……もう」

『舞台から下りなさい。もう十分に、いい夢を見たでしょう』

体の限界が、まるで自分に与えられたタイムリミットのように思え、月海は首を横に振った。

「嫌、嫌っ、イキたくない。まだ榊さんと……繋がっていたい」

「……月海？」

「榊さん、もっともっと愛して。わたしから離れないで」

「どうした？　なにかあったのか？」

心配そうな琥珀色の瞳を見て、月海の理性が僅かに戻る。

「……なにもない。わたし、幸せすぎて怖くて……」

すると鷹宮はふっと優しく笑い、月海の頬を撫でた。

「なにも怖いことはない。きみがひとりでイクのが怖いなら、俺も一緒にイクから。きみをひとりにして、寂しく不安な思いはさせないよ、この先も」

寂しい。寂しい。

彼がいなくなってしまうことが。別れないといけないことが。

「だったら、どこまでも一緒に……ずっとずっと一緒に」

「ああ、一緒だ」

鷹宮に揺さぶられ、怒濤のように快感が押し寄せてくる。

制御不能な快楽は、彼への愛にも似て。止まらない――

「榊、さ、ん、さか……あああっ」

月海は鷹宮を強く求め、そして弾け飛んだ。

「月海、……愛している」

鷹宮から注がれる愛。

このまま時間が止まって欲しいと思いながら、月海は秘めやかに涙した。

第七章　ウサギの愛は、蜂蜜のように甘いんです

四月。季節は桜が舞い散る春となった。花見にも行けないまま、月海たちは一週間後に迫った展示会用の作品作りと、コンペ作品の完成に追われている。

先日鷹宮が電話をした繊維会社は、ちょうど再現性と吸水性に優れたタオルの新繊維

を研究していた。繊維物質や繊維の編み方を変え、色々とサンプルを作ってくれたおかげで、理想的な素材が見つかっている。月海たちのリクライニングチェアだけにしかない、強力な武器を手に入れたのだ。

繊維会社はメンバー全員に、その素材でハンカチを作ってくれた。それを頬にあてると、ウサギの毛並みに頬ずりをしたような錯覚に陥（おちい）る。しかも、洗って乾かしてもふわふわは失われない。半永久的にこの幸福感に浸（ひた）れるなど、なんと贅沢なことだろう。

リクライニングチェアの名は『Lapin（ラパン）』——フランス語でウサギと名づけた。

今日はそのタオル地を使った試作品のお披露目（ひろめ）だ。そこで全員が工務店へ向かう。

木の匂いが立ちこめる作業場の中、純白のタオル地と白木でできたチェアが鎮座していた。

その形になるまで、虎杖や鴨川は何度も小さな模型を作っては、ＣＡＤで検証を繰り返している。それを思い出して涙ぐむふたりの前で、月海は結衣と飛び上がって喜んだ。

代表して鷹宮が座る。満面の笑みを浮かべていた彼だったが、時間が経つにつれ、渋い顔つきになった。ぎしりと音を立てて起き上がると、ため息をついて言う。

「残念だがこれでは駄目だ。低反発のクッションが柔らかすぎて、思った以上に体が沈む」

一同は顔を見合わせた。柔らかさを追求してクッションは低反発にしている。鴨川の同期が郊外の素材開発工場にいたため、こっそりと協力して貰い、耐久性の面からも理想的な低反発の度合いを検討してきた。ベストな数値を弾き出したはずだったが、体感では違うようだ。

鷹宮は厳しい顔で続けた。

「このままでは、長時間座ると腰に負担がかかる。腰や背中に痛みがあったまま座ると、症状を悪化させてしまうかもしれない。つまり老人や病人向けではないんだ。使うひとを選ぶくらいなら、硬めだが高反発を使う方がいいのかもしれないな」

「しかしそれでは、タオルの柔らかさが半減されてしまいます」

月海が思わず口を出した時、考え込んでいた猿子が指を鳴らした。

「老人や病人向けならば、ただの高反発よりもいいものを手に入れられるかもしれません。高反発の前に試したいものがあるんで、ちょっと交渉しに行ってきます。……あ、鷲塚部長、すみませんが一緒にいいですか。上司がいれば話も早いので」

猿子は鷲塚を連れて、走って出ていった。

「クッションは猿子たちに任せてみようか。その他に気づいたことがあったら言って欲しい」

各々がチェアに座ってみた。月海も座ったところ、確かに体が沈みすぎる。そのため起き上がりにくいが、柔らかくて気持ちがいい。この感触は却下してしまうには惜しかった。しかし難点が見つかった以上、改善しなければならない。

（少しでもいいものを作りたい。せめて意見を出そう……）

チェアから起き上がった月海は、感じたことを口にした。

「リクライニング操作が思った以上に難しく思いました。アームが掴みにくいというか。お年寄りの目でもわかるようにアームを引き上げる形で、単純な動きにしたはずですが、結構筋力がいりますし。あと、ぎしりと音がするのも、起き上がる際に上着が捲れてしまうのも無粋だなと。いちいち気にしないといけないのなら、安心感があるものとは言えないかも」

すると皆もため息をつきながら同意する。鷹宮は腕組みをして言う。

「軋んだ音がするのは、リクライニングのアジャスターやスプリングが原因かもな。通気性を気にしてクッションを薄くしたから余計音が響くのか。上着が捲れるのは、体とチェアがフィットしていないのが原因だろう。アームやリクライニング装置も、もう一度見直した方がいいかもしれない」

そんな時、奥から工務店の親方が現れた。鷹宮が慕う親方は七十代。頑固一徹な職人気質で、木工技術においては一流である。

「どうした、暗い顔をして。気に入らなかったのか」

「年寄りの体に辛い椅子ではないかと、話していまして」

すると親方は首に巻いてあるタオルで、額の汗を拭いつつ答えた。

「あの直線状の肘置きを引き上げねぇと背を傾けられないというのは、結構ストレスかもな。年寄りの体は曲がって筋力も衰えがちだし。それに大体年寄りは、特別なことをしないといけないと思うと、途端に億劫になるものだしな」

(長く使って貰えないのなら、意味がないわ……)

鷹宮はリクライニングの設計図を広げ、睨みつけるみたいにして考え込む。

「リクライニング装置を手動にするのをやめ、たとえばアームの上に手を置いたり、寝そべったりするだけで、チェアの方が自動的に動くような仕掛けにするのはどうだ？重みでリクライニングが連動するというイメージだ」

鷹宮の提案に皆は顔を見合わせた。そして虎杖が尋ねる。

「人工知能を搭載するんですか？　電動にすると？」

「いや、電気は通さない。装置を縮小し、歯車からしてもっとシンプルにする」

「これ以上装置を縮小して、高性能にする？　小さな装置を開発している暇はないわ」

結衣の言葉に皆が頷きかけた時、鷹宮が親方を見て言った。

「ある。木だけで歯車すら作れる宮大工の技術だ。俺が昔、物作りに魅入られたのは、親方の技術で作ったからくり箱を見たからだ。ネジもバネも一切なく、触るだけで蓋が開いて動き、別の形になった。そんな親方の技術があれば可能だと思う」

鴨川が感嘆の声を響かせて、賛同する。

「親方には宮大工の技術が……。歴史もあるし、いいかもしれません」

「ああ。コンセプトにも合うだろう。チェアの形状を変えるのではなく、ただ背凭れが理想的な角度に動くだけ。物理的に無理な部分は、通常の部品で補佐する。親方、腕はなまってませんよね？」

鷹宮がにやりと笑うと、親方は困ったように笑い返した。

「本当にひと使いが荒い奴だ。だったら、お前も手伝え。急ぐんだろう？」

「急いでくださるのはありがたいですが、俺は宮大工の技術は……」

「お前は昔から、見よう見真似でプロ顔負けのものを作っちまう嫌味な奴だ。大丈夫、元跡継ぎ候補だったお前なら、勘をすぐに取り戻して手伝いの戦力くらいにはなれる。正直なところ、お前もまた作りたいんじゃないか？　この作業場に立つと、やけに活き活きしているくせに」

鷹宮は珍しく言葉を詰まらせる。

（親方も随分と榊さんを買っていたのね……。不思議な縁だわ）

御曹司でなければ、今頃この工務店は鷹宮が継いでいたかもしれない。

月海も鷹宮の製作を見てみたかった。なんといっても、祖母を魅了したリクライニングチェアの製作者なのだ。だから率先して鷹宮の背を押し、皆もそれに倣う。

「……月海、覚えていろよ」

笑いながらも鷹宮は腕捲（まく）りを始めた。童心に返ったように、彼の顔は輝いている。

（本当に物作りが好きなんだな。……大丈夫、乗り切れる）

やがて猿子と鷲塚も戻ってきた。彼らは様々な大きさのマットを数種、抱きかかえている。

彼らが行ったのは、介護用素材を開発している研究所で、猿子の兄が所長をしているのだとか。長時間寝たきり状態の老人は褥瘡（じょくそう）になりやすい。それを防止するための、通気性がよく体圧が分散するマット素材を、兄が開発していることを、猿子は思い出したのだ。

そして一緒に持ち帰った小さな機械とマットを接続し、人間工学の面からマット利用者の負担がかかる部位などを分析してくれる。

「兄貴も、家具に応用できたらと思っていたみたいで、もし使えそうであれば全面的に協力してくれるようです。俺ひとりなら門前払いの兄貴も、鷲塚部長には大歓迎モードでした」

（兄弟揃って、部長が大好きなのね……）

鷹宮はマットの可否の判断をメンバーたちに任せた。実際にチェアに敷いて試したり、データを見たりしながら真剣に討論した結果、ある薄いマットが、ウレタンマットよりも体にしっくりときて、柔らかいのに腰にも負担がかからないという確信を得た。起き上がりもスムーズだ。

（サルくん、いいコネを持ってきた！　こっちの方が絶対いい！）

大喜びの月海は、偶然目が合った親方に手招きされて、そちらに走った。

「今、肩慣らしに肘置きを作らせてみているんだが、榊は技術があってもセンスがない。姉ちゃんが、いい肘置きのデザインを考えてくれ」

「え、デザインなら、プロがいるので……」

「きっと姉ちゃんのデザインなら、榊も持てる以上の力を発揮する。なにせ久しぶりに会う俺への挨拶もそこそこに、姉ちゃんへのお触り禁止令を全社員に出させたぐらいベタ惚れしているようだから」

鷹宮を見ると、ごほごほと咳き込んでいた。

メンバーたちからも許可を貰い、月海は鷹宮と懸命にアームのデザインを考える。

チェアやタオル地に違和感なく、時代遅れでもない使いやすい形――

それは素人がその場で考えるには難しいものだったが、月海の脳裏に閃くものがあった。

「……そうだ。ウサギの耳をイメージしたらどうでしょう！」

大好きなウサギを思うと、いくらでもイメージが湧く。長い耳をイメージした流線型を何種類も描き、鷹宮と議論を重ねた。その白熱ぶりに、やがて親方やメンバーも顔を出し、そして皆がひとつのデザインを指さした。

「よし、これでいこう」

デザインは決まり、あとは鷹宮が設計図を作って形にする番だ。彼は何度もサイズや木目の位置を確認しながら、慎重に輪郭を作り出す。ヤスリで磨かれ、ニスを塗られたアーム。傾斜がつけられたそれは、鷹宮の手でモダンな家具の一部になった。月海は思わず声を上げる。

「うわあああ！　素敵！」

自分が考え、鷹宮が形にする。この共同作業を、この感動を絶対忘れない——月海はそう思いつつ、歓喜にずっと笑顔だった。


メンバーが迅速に動いた甲斐あって、試作品の第二弾は展示会の二日前にできあがった。しかし月海は完成品の確認に作業場を訪れていない。絶対、いいものができあがっているという確信がある。展示会で作品を見る客と同様に、新鮮な気分で見たかったのだ。

「すっごくいいわよ～。めっちゃ最高！」

上機嫌の結衣にそう言われて、月海は展示会の日が待ち遠しかった。

副社長に辛酸をなめさせられた教訓で、情報が漏れないよう展示会場のブースには鍵をかけた。その上で念を入れて、すべてのインテリアは当日の朝一番に搬入することにしている。それまでは鍵をこじ開けたとしても、どんな空間にしたいのか見当もつかないだろう。

副社長に流れた案では、昭和世代を想定していたが、今度は大正時代を想定している。和と洋が調和した、華やかでいながら慎ましやかな空間演出だ。

これには、タイアップ予定の『Cendrillon』側の意見も尊重したが、やはり直接年配者の意見を聞こうと、月海と結衣と猿子が、連日街頭アンケートを行った結果も考慮されている。

質素なものを望んでいる年寄りは意外に少ない。時代が目まぐるしく移り変わり、取り残されたという思いはあっても、輝きは失っていなかった。

それが、西洋化の風潮に流されつつも、日本美も意識した大正時代にマッチしたのだ。

高潔さを失わない空間に、自分を解放できるようなほっとするものを——長年走り続けた年配者に捧げる敬意と労いを、そこに込めてもいる。

喜多見との最終打ち合わせを終えた印刷物は、それから数日というスピードで完成した。

ポスターやパンフレット、チラシやリーフレット。すべての印刷物は、ＴＴＩＣ作品だけがメインのもの、『Cendrillon』と共用で使用できるコラボイメージ用と二種ある。さらに展示会告知用と、展示会が終了しても使えるものを頼んでいた。

この大量の印刷物は、どれもが素晴らしい。メンバーたちは感動に心を震わせた。

色彩感覚や構図などのデザイン技術もさることながら、客のこだわりを追求し、個々のイメージをより芸術的に表現してくれている。これは喜多見響の作品でありながら、完全に彼は裏方だった。

間違いなく、TTIC史上最高の印刷物だと言い切れる。

メンバー全員は広告から力を貰った気分になった。そして予定通り、コネをフル活用し、手分けして自慢の印刷物を持って挨拶(あいさつ)に行く。

月海と結衣は、ひと目につくような場所や施設でのポスター掲示の依頼の他、利用する飲食店や行きつけの店に、広告を置いて貰うように頼みに行った。

営業職ではないから自分にはコネはないと思っていた月海だが、日常利用するすべての場所が舞台。さらに、チェアに興味を持って貰えたところをリストアップして、それを猿子に渡す。

「俺、今期もまた営業一番取れるかも！」

猿子も一段と元気に、跳ねるみたいにして営業に出かけた。

「宇佐木。あんた、引っ越しでも考えているの？　不動産屋の店員と仲良かったけど」

「はい、課長。いい物件がないか、少し探して貰っていたんです。結構今のところ古くて」

「鷹の巣に引っ越せばいいのに。セレブマンションに住んでいるんでしょう？」

「あんな大きなお城に住むことになったら、部屋の隅でびくびく震えてしまいますよ」
不相応すぎます――そう言った月海は、悲しげに視線を落とした。

鷹宮が外出先から戻ってきたのを見計らい、鷲塚が専務室に入ってくる。

仕事の拠点は会議室ながら、鷲塚にとってはここも拠点であるらしい。

彼が定位置のソファに座ったため、鷹宮もその向かい側に座って脚を組んだ。

「榊、事前告知の手応え、どうだった？」

「俺がしくじるはずないだろう？　確約はとった。さらに『Cendrillon』の音羽副社長へ挨拶(あいさつ)に行ったら、その日に新作をぶつけて客を流してくれるそうだ。お前は？」

「元営業をなめるな、と言いたいところだが、実は担当が喜多見響のファンでさ。彼が展示会でサインくらいくれるかも……と言ったら、社内の女性社員を大勢引きつれて来るって」

「お前……。喜多見が来るわけないだろう、忙しいんだから」

「あはは。そうしたら僕たちで相手しよう。案外小猿も、愛嬌があるとウケるかもしれないし」

「使えるものはなんでも使えということか」

「当然だろう。皆だってあんなに頑張っているんだ。僕たちだって使えるものは使わないと。ま、お前の貞操だけは守ってやるよ。子ウサギちゃんのために」

「俺のために守れよ」

そしてふたりは、顔を見合わせて笑い合った。だがその直後、鷹宮が悩ましげなため息をつく。

「おいおいどうしたよ。音羽と喜多見の協力を得て、プロモは成功間違いなし。さらにリクライニングや小道具も最高。コンペのデザイン画もプレゼンのリハも完璧だというのに」

「そっちは大丈夫。問題は月海だ。……お前、最近の月海をどう思う？」

「いつにも増して元気だよな。あちこちぴょんぴょん跳ねて駆け回っているし。小さいのにタフだよなあ。若さか？ 僕たち、もう年なのか？」

鷲塚は笑わせようとしたが、鷹宮は乗ってこない。それどころか思い詰めた顔をしてぼやく。

「元気だろう？ 毎日抱いているのに、日増しに元気になる。腰を摩（さす）って重そうによたよた歩いていた時が懐かしいというか……」

「お前、惚気（のろけ）話を始める気か？」

鷲塚は呆れたようにして笑う。

「惚気ならいいけど。最後の頑張りというか、刹那的なものを感じるんだよ。わざとハイになってなにかから逃げているというのか。最近やけに自分の家の掃除をしたがるし。手伝おうとすれば断固拒否するから、ほぼ毎日、時間を見て連れ戻しに行っているが。さっさと家を引き払って、同棲してくれればいいのに」

本当に逃げるのが好きなウサギである。捕まえたと思っても、安心していられない。囲い込む予定だったのに、放し飼いしているのが現状だ。常に誰かを護衛代わりにつけているものの、社内の所々で男性社員が月海の噂をしているのを聞くたびに、腸が煮えくり返りそうになっている。

婚約者だと宣言していても、最近さらに増した彼女のフェロモンが、男を誘き寄せるのだ。

「男たちを牽制しているのがばれて、月海に引かれたのか。それともふたりきりになると、会社でもキスが止まらなくなるのがいけないのか」

「……お前、忙しい最中になにをやっているんだ」

「愛情表現だ。ウサギには愛を伝え続けないと、寂しさで死んでしまうだろう？」

「ウサギなのはお前の方だよ……。で？　彼女の元気すぎる理由に、心当たりはないのか」

「……あの後だな、タオル地を提案した月海が、俺が電話をかけている間に出かけただろう。戻ってきてからだ。その夜、なにか泣きそうな顔をしながら、家の掃除がしたいと言うので、一度帰したんだ。だけど真夜中、気になって迎えに行って……」

悲しみの原因を口にしようともしなかった月海に、無理矢理にでも口を割らせて、彼女の憂い(うれ)を取り除くべきだったのか。

あの日、彼女が初めて自分から愛したいと言ってくれたことに感動し、至上の幸福に酔ったせいで、彼女の悲しみの件はうやむやにしてしまったのだ。

一夜明けると、彼女は元気だったから、彼女の中でふっきれたものだと考えていた。まさか彼女の元気さに、拍車がかかって止まらなくなるとは思わず。

思えば連日の掃除も、あの日から始まった。元気さと掃除が、彼女が発するSOSなのだろうか。

「あの日、なんで子ウサギちゃんは外出したんだ？」

「頑な(かたく)に言わないんだ。誰に聞いても、月海が電話していた相手は知らないと言う」

「電話の主に呼び出されたのかな。子ウサギちゃんの毒家族の可能性は？」

「それなら気軽に教えてくれそうなものだが。……しかし月海の家族か。そういえばあれ以来、突撃がないな。忙しさにかまけて気にしていなかったが、おとなしすぎる」

「確かに。あの母親だったら毎日のようにやって来て、鷹宮ファミリーの一員になることを強調してもいいよな」

「なにか……理由があるのか？」

鷹宮は訝しげに目を細めると、指でトントンと机を叩いた。

「それと榊。社長はどうだ？」

「様子がおかしい。俺の言うことを聞き流し、理由をつけて決定を見送っている。副社長と繋がっている感があるから、社長にはPRや製品作りが厳しいと言っているが」

「それで副社長は安心して、不気味に沈黙を貫いているんだな。勝利を確信しているのだろう。とはいえ、社長がお前を次期社長の座に据えようとしているのは、断念したのか？」

「いや。黙っているのはこのコンペに関してのみだ。コンペで負けた時のことを考えろとうるさくなった。俺なら副社長に勝てると言っていたのが、勝てないと見込んだのか、今では支援する気もない」

「だけど副社長の力にはなり、息子の仕事を受けないよう他企業に鷹宮の圧力をかけた、もしくは副社長が力を使うのを許したと？　副社長はどんな切り札で社長を懐柔したんだ？」

鷹宮はしばし考えていたが、やがて低く呟く。

「……もしや結婚か？　結婚をやめさせようと、親に持ちかけたのか？」

「子ウサギちゃんとの？」

「ああ。一ヶ月の猶予期間がもう少しで終わる。俺の親が縁談ラッシュをストップし、宇佐木家との結婚を認めるふりをしたのは、俺が副社長を打ち負かすのが条件だった。俺としては月海とのことを認めさせるための時間稼ぎでもあったが、月海の親のインパクトがありすぎた。俺を鷹宮に相応しい血筋の娘と結婚させたい俺の親に、副社長はそれを最短で叶える方法を示したんだろう。俺が副社長に負けると見込んだなら親は新たな縁談を用意し、月海の排除にかかるはず」

「とすれば。子ウサギちゃんがあの日に会っていたのは……」

鷹宮はそれには答えず、その目を剣呑に細めた。

◆◆◆

展示会当日。月海たちは朝から全員で、鴨川のデザイン画に沿った空間を作る。

小道具を作ってくれたのは、工務店の親方だ。大正時代に活躍した先々代棟梁の技術をしっかり受け継ぎ、当時のものと現代のものを組み合わせた、モダン美を魅せてくれた。

「凄い。ステンドグラスがパッチワークのようにおしゃれで、しかも障子に三日月が！」

そして硝子製の障子紙をよく見たところ、洒落た波模様になっている。

「え、デザイン画にありましたか？」

　すると鷹宮が、月海の隣に立って言う。

「きみは工務店に差し入れするだけではなく、資材運びまで手伝っていたんだって？　きみを気に入った親方の提案で、なにかサプライズをということになった。きみが見ていたデザイン画はダミー。月と海……日本の風情があるものを組み込んだこの空間こそが、完成作だ」

「……っ、この空間に……わたしを入れて貰えたんですね……」

　体力と脚力しか自信がなかった自分が、ＴＴＩＣに受け入れられたように思えて、嬉しかった。

「名前に、月と海という漢字をあてたのは、おばあちゃんなんです。おばあちゃんが好きなものを名前にしてくれたのだと、聞いたことがあります」

　月海は障子に手を触れる。

「元華族だったおばあちゃん。もしかするとおばあちゃんの部屋も、こんな感じだったのかなあ。……おばあちゃんが泣いて喜んでくれていそうです」

　月海は目を潤ませて、鷹宮に微笑んだ。彼は苦笑して、月海に耳打ちする。

「……こら。そんな目をすると、キスしたくなるだろう？　それとも、してもいいのか？」

「だ、駄目に決まっています！」

　月海は真っ赤になって、飛び跳ねた。

鷹宮は、こうして変わらない愛情を注いでくれる。それが嬉しくもあり、辛くもあった。

『コンペ結果が出るまでは目を瞑りましょう。それが終わったら、お引き取りを』

(コンペ終了までは……、彼の恋人でいさせてください)

月海は、決心を鷹宮に悟られないように、元気に笑い続ける。そう、決めたのだ。

やがてメインのリクライニングチェアが運ばれてきた。

肩に負担がかからないような傾斜で考えられたアーム。現代的な流線を描いたそれは、月海が発案したウサギ耳のデザインで、鷹宮が形にしたものだ。アームは動き、ちょっとした台にもなる。

そのアームに置く手の力と背にかかる力の加減で、背凭れは自然な角度にゆっくりと傾く。木だけで精巧に作られたチェアは、宮大工だった親方と鷹宮の渾身の合作だ。

体にぴたりとフィットするクッションは、猿子と鷲塚と結衣が中心となって作り上げた。高反発ほどの硬さはなく、十分柔らかい。何時間座っていても腰に負担がかからず、起き上がる際もスムーズで、服が捲り上がることはなかった。

なにより、こだわりのタオル地がいい。まるで新しい柔らかなタオルの山に飛び込んだ時のような感触。座ればウサギを抱えているみたいな温もりと柔らかさを、肌で感じることができる。これは月海が考えたものだが、再現性に一番こだわったのは虎杖と鴨川だ。

和にも洋にも合う『Lapin』は、最高の出来だった。

ブースが完成するとメンバーたちは円陣を組んで気合を入れる。

「絶対、勝つ！　最後の最後まで、気を引き締めていこう！」

そして――展示会が開催された。

今年は例年以上にひとの入りがいい。それは副社長側の広い告知と、月海たちの頑張りの成果でもあった。一般客と得意先の客が半々。メンバーたちは各々、客対応に追われた。

「なぁ宇佐木。お前、ついさっきまで専務が応対していた老婦人を見たか？」

客を見送って戻ってくると、猿子が興奮気味に尋ねてくる。

「見ていないよ。わたし、別のお客さまに説明していたから……」

「多分、専務が応対していたのって、鷹宮ホールディングスより歴史がある東城グループの前会長夫人の東城月乃だと思う。鎌倉時代から続いているという、東城家現当主の母親」

「へぇ……」

「反応薄いな、お前！　普通は近づくこともできないんだぞ？　それをどうすればあの専務、展示会に呼びつけられるコネを作れるんだよ。鷹の王族特権かよ、羨ましすぎる！」

（特権というより実力というか。そういうのを聞くと、副社長はどうか気になるけど……）

忙しくて副社長のブースを見に行く余裕がなかった月海だが、副社長ブースにもかなりのひとが流れ込んでいるのはわかった。

（やはり現役の主力シリーズの『新作』となれば、強いな。告知も前々からしているし）

さらに来場者を月海たちの方に流さないため、豪華な頒布品を渡し、即時投票を促している。

そのせいか、副社長チームの方が集客がよい気がした。

だが『Cendrillon』の新作発表がなされた後は、客足の流れは変わってきた。頒布品の魅力以上に、『Cendrillon』のブランド力と広告のイメージは、訴求効果があったようだ。

月海たちのブースは大盛況。たくさんの投票をして貰って、一日目は終了した。

メンバーたちは鷹宮の指示にて、建物が施錠される時間まで、ブースの巡回を強化した。

鷹宮の予想が的中し、怪しい男が夜、刃物を持ってブースに近づいてきたが、それを取り押さえて警備員に引き渡す。やはり副社長の指示で、ブースを破壊しようとしていたらしい。

『自分たちの作品は、自分たちで守る』――メンバーたちは、細部まで自発的な警戒を怠らなかった。

展示会最終日であるコンペ当日は、朝から快晴だった。

展示会は早めに終了する予定で、投票結果は客の前で発表される。双方のチームはコンペ会場に直行し、結果は司会役の社員からの連絡を待つことになった。

春コンペは話題性があるため、コンペ関係者以外にも多くの来場者が集まり、マスコミも多く見受けられる。その中にはＴＴＩＣの社員や、鷹宮の両親の姿もあった。

このコンペは一次選考を突破した、規定基準以上の前年度販売実績がある二十組で競い合う。

一チーム十五分のプレゼンテーションを、審査員と来場者の前で行わなければならない。

三人までプレゼンに立てるので、説得力ある話術が得意なプラチナ同期が担当した。

（おばあちゃん、力を貸してね）

月海の手にはラビットフットが、首には修復されたネックレスがつけられている。

先に発表したのは、副社長チームだった。

デザイン画が大きなスクリーンに映し出される。

それは月海たちが考えていた前案そのものであり、副社長側の新たな色はついていなかった。

ＴＴＩＣきっての精鋭デザイナーがマイクで喋っているが、本心はどうなのかと月海は思う。デザイナーなら、自分で考え出したものを発表したかっただろうに。

（副社長にとって、デザイナーもインテリア家具も、自分の出世のための道具なんだわ）

ヒット商品を作り上げた功績があるのだとしても、時代によって受け入れられ方が変わっていく。客が商品に魅力を感じなくなった時、意見を出し合える仲間がいないことは、ワンマンな副社長にとって致命的だ。それでＴＴＩＣが成長できるとは思えない。

鷹宮もかなり強引だが、それでも部下の意見は吟味し取り入れる。取り入れない場合も、どこがいけないのかをきちんと述べた。その結果、気弱そうに見えた虎杖も鴨川も、最初の時とは見違えるほどに成長したのだ。彼らはできないという言葉を使わず、よりよい作品作りに、貪欲に挑戦しようとしている。

そしてそれは、鷺塚から営業ノウハウを学んでいる猿子も、鷹の左右の腕となる鷺塚と結衣も同様だ。彼らは全員、諦めることをしない、不敵な鷹の姿によく似てきた。

もしメンバーがＴＴＩＣの中心となれば、商品とともにＴＴＩＣは進化していく予感がする。

（榊さんは、この先を思ってメンバーを選んだのかもしれない）

彼の意志を継ぎ、自発的に動ける社員たちを育てるために。ＴＴＩＣに新たな風を取り入れるために。

（わたしは、その中に入っているのだろうか……。入っていればいいなあ……）

そんなことを考えていると、あっという間に副社長チームの発表は終わった。

拍手は湧いたが、月海はそこまで心を打たれるプレゼンではなかったように思う。耳に心地のいい言葉を並べているだけで、なにか上滑りな気がしたのだ。

(自分たちの作品ではないから、熱が入っていないというか。違和感があるよね)

喜多見が最初に、こだわりという思いを鷹宮に求めたのは、こんな感覚だったのだろうか。

鷹宮たちの番が来た。まずはマイクを握った結衣が、こう宣言する。

「これは、発案メンバーである宇佐木月海と、彼女の亡き祖母の愛情物語がベースになっています。天国にいる彼女の祖母が、喜んで使ってくれるよう心を込めました。激動の時代を生き抜き、慣れぬ土地で苦労をしてきた祖母。その祖母はウサギが大好きでした。頑張り続けるひとたちに、ウサギのような心地と癒やしをもたらす、そんな家具であるよう――」

結衣のアドリブから滲む優しさに、月海の目にぶわりと涙が溢れた。

「作品名は『Lapin』。コンセプトは『忘れられない優しさ』」

デザイン画がスクリーンに大きく映し出される。

祖母のことや、このプロジェクトのことを思い出して、涙が止まらない。

一言一句聞き漏らさずに記憶に留めたいのに、涙が邪魔をしてくる。

「宇佐木、これ使えよ」

猿子がハンカチを差し出す。頷く月海はそれで目を拭き、鼻もかんで返した。なにか猿子が騒いでいたが、月海は彼らの発表に真剣に聞き入った。

実際の写真や動画を用いたリクライニングチェアの解説に話が移る。鷲塚が開発したタオル地のことを、鷹宮がアームやクッションのことを説明すると、そのたびに観客がざわめいた。

『あのふわふわタオル、気持ちよさそう。洗っても感触が続くって凄くない？』

『ウサギ耳のアーム、動いても可愛い。子供も和むデザインよね』

『ただの家具としてだけではなく、医療用にもいいかもな。患者も喜びそうだ」

『ウッドスプリングを始め、宮大工が作った木製リクライニングって興味をそそられる。どういう仕掛けで動くのか、実際試してみたいわ。それにデザインがお洒落ね』

……漏れ聞こえる感嘆の声に、月海の目頭がさらに熱くなる。

何度も改良を重ねてきた。ひとりだけの力ではなく、メンバー全員で力を合わせてここまで仕上げてきたのだ。勝ち負けよりもまず、使うひとに寄り添うことを忘れずに。

（もっと見て！　家具の原点に立ち返った、誰にでも優しい自慢のリクライニングチェアを！）

聴衆の反応に虎杖と鴨川が手を取り合って喜び、月海は猿子の手を鷲掴みにする。

「サルくん、いけるよ。これ絶対いけるよ！」

すると猿子のスマホが震えた。メールを見て、小声で月海に言う。

「……今、会社からメールで連絡が来た。投票、俺らが勝った。あとはコンペで優勝だ！」

月海が虎杖と鴨川にもそう伝えると、ふたりは驚喜に固まった。

そして月海は発表中の鷹宮に、あらかじめ決めていた丸のサインを送ってみせる。

それを見た鷹宮の声が、心なしか弾んだ気がした。

（プレゼン頑張れ、頑張れ！）

ひとの上に立つべき素質を兼ね備えた三人のプレゼンだ。観客は身を乗り出すようにして聞き入っている。ひとの心に訴える言葉で、好印象を確実に植えつけていた。

十五分があっという間に終わる。湧いた拍手は、副社長チームよりもずっと大きかった。

ただ気になるのは、ふたつ前に発表した東亜家具のリビングボードだ。スタイリッシュで見栄えもよく、使い勝手もよさそうに思えた。プレゼンも魅力的だったため、当然、拍手も大きい。

（最優秀賞を獲りたいけれど、最悪、副社長よりも上の賞でありさえすれば！）

結果発表の時がやってくる。

奨励賞で副社長チームが呼ばれた。彼らに喜んでいる様子はない。

「次は優秀賞と最優秀賞だ。どちらかに呼ばれれば、俺たちの勝ちだ」

もしも呼ばれない場合、展示会とコンペ結果は引き分けとなり、勝敗は社内投票へ持だと。

鷹宮は社内投票になれば、負けると見込んでいた。副社長は既に根回ししているはずち越しになる。

そして、奨励賞(しょうれいしょう)の上である優秀賞作品が呼ばれた。

だからどうしても、コンペでも勝って二勝しなければ、副社長を倒せないのだ。

だが『Lapin』は呼ばれなかった。

残るは、最優秀賞か選外。月海たちは自然と手を繋ぎ合い、祈りを込める。月海は、ごくりと唾を呑み込む。

(お願い。どうか、どうか……勝たせてください！　ラビットフット、幸せを頂戴)

「最優秀賞は——」

息を詰めて、その続きを待った。

「東亜家具からの作品『フリューゲル』！」

体から一気に血の気が引いた。

「そんな……」

勝利どころか敗北。しかも、まさかの選外だったのだ——

歓声がやけに遠くに聞こえる。視界の中で副社長が笑っている。

(おばあちゃん。わたしたちのリクライニングチェアは、気に入らなかったの？)

月海は悔し涙を流しながら、ラビットフットを強く握りしめた。

司会のアナウンスが続く。

「えー……今回は次点として、特別に審査員特別賞を設けます。最優秀賞作品と最後まで競い合った……ＴＴＩＣからの作品『Lapin』」

「……へ？」

月海は間が抜けた声を出した。すると猿子が月海の肩を掴んでぶんぶんと揺さぶる。

「宇佐木！　奇跡が起こったんだ。勝ったんだよ、俺ら！　最優秀賞ではなかったけど、副社長に勝てたんだよ！　二番目、次点だよ！」

（副社長に勝ったの？　認められたの？）

月海の口から歓声が迸り、彼女は飛び跳ねて叫んだ。

「やったあああああ!!」

舞台の上では鷹宮が表彰を受け、こちらに向けて破顔し、ガッツポーズをしてみせた。

「社長、奥さま。ちょっとお話が……」

コンペが終わり、月海は人混みにまぎれて帰ろうとしていた社長夫妻を見つけた。メンバーとの待ち合わせ場所から見えない場所に夫妻を案内すると、バッグから一通の封書を取り出し、社長に渡す。そこには『退職願』と書かれてある。

「奥さまと約束しました。期限はコンペ終了まで。専務が勝つところを見届けましたので、これで安心して身を引けます」

月海は笑うと、頭を下げた。

「今までわたしを専務の婚約者として扱って頂き、ありがとうございました。そしてわたしの家族が大変ご迷惑をおかけしましたこと、深くお詫び申し上げます」

「……妻から聞いたが、きみはいいのかね？」

「それが専務の幸せのためですから。奥さまが仰ったことはごもっともです。わたしは、専務に相応しい相手ではありませんので。……専務を愛せたことは、わたしの一生の宝物です」

月海は笑顔を絶やさなかった。

そんな月海に対して、社長夫妻の方が顔を強張らせている。

「このことを、榊は……？」

「ご存知ありません。お別れの手紙はご自宅に置きましたので、今夜わかるでしょう。あ、ですが、夜に祝賀パーティーが開かれるなら、それが終了してからになると思います」

コンペ前、鷹宮から突然言い渡されたパーティー。彼は勝利を確信していたから、密かに手配をしていたのだろう。自分もメンバーとして出たかったけれど、約束は約束だ――

「本来ならば直属の上司に退職願を出すのが筋ですが、どうしても専務に行き着いてしまうので、社長にお渡しします」

「うちを辞めて、どうするんだ？」

「これから決めます。実はもう引っ越しの準備は終わっているので、荷ほどきしながらでも」

引っ越しを決めたのは、鷹宮の母に呼び出されたあの日。それ以来、掃除だなんだと理由をつけて自宅に戻っては、少しずつ準備を進めてきた。

場所は東京から離れるつもりだ。

「他にも方法はあるんじゃないのか？　たとえば子会社に出向するとか」

「……わたしは不器用ですし、専務から完全に離れた場所でなければ、立ち上がることができません。今ですら、笑うのが辛くて仕方がないんです。本社にいる専務に、結婚おめでとうございますと笑顔を向けられない。せっかくの慶事を、心から祝福することができないのは申し訳ありませんから」

笑顔で心情を語る月海に、社長は妻と顔を見合わせた。

「社長、奥さま。専務……榊さんを産んでくださり、本当にありがとうございました。榊さんは、落ちこぼれのわたしに幸せな夢を見せてくださいました。だからどうか、榊さんの幸せを……」

月海の声が震える。

「ご家族で、専務の幸せをお守りください」

頭を下げた月海は、きゅっと唇を噛みしめた。漏れそうになる嗚咽を封じたのだ。

少しの沈黙を経て、社長が言った。

「今夜のパーティーには、私たちが認めた榊の婚約者を呼んでいる。陵くんの娘さんはお断りした。妻もきみの言葉に心打たれるものがあったらしく、鷹宮とは関係なく榊自身を愛してくれそうな娘さんを選んだんだ。愛情深くて奥ゆかしい素敵な女性で、家柄も申し分ない。彼女なら、榊は幸せになれると私たちは自信を持っている。きみも安心できるだろう」

「そう、ですか」

頼子に対して、ざまあみろという気持ちは湧かなかった。

彼の結婚が具体的に進んでいることに、倒れないようにしているのがやっとのことで。

「それに、榊が唯一興味を示した女性だ。きっと榊は、彼女と結婚してくれる。今日のパーティーは、彼女のお披露目を兼ねるつもりだ」

「彼が幸せになるのなら、よかったです」

月海は笑い続けた。笑い人形のようだと自嘲しながら。

「きみも来るといい。本来ならきみもパーティーに出席できる立場だ。榊だけではなく、一緒にやってきた仲間とも、これで最後になるんだから。……場所はホテル東城。きみが見合いをしたホテルだな。三階飛燕(ひえん)の間、十八時からの予定だ」

「お心遣いはありがたいですが、行きません。皆様のご健勝をお祈りしております」

月海はきっぱりと断り、頭を下げた。そしてそのまま、裏口から会場を出る。

スマホを見ると、鷹宮やメンバーからたくさん連絡を受けていた。

月海はグループチャットに、最後の言葉を打つ。顔を見て、笑ってさようならは言えなかった。

会議室には、メンバーひとりひとりへ書いた別れの手紙を置いてきた。それで許して欲しい。

『このチームに加われたことは、わたしの名誉です。この先のご活躍(かつやく)を、心から祈っております。専務、皆さん。今まで色々とありがとうございました』

送信を終えると、会場にある大きな花瓶の中にスマホを落とした。ぽちゃんと水の音がする。

「さようなら。榊さん、ごめんね。皆も……薄情でごめんなさい！」

月海は唇を震わせ、会場を走り去った。

込み上げてくる激情に目をそらしながら、無我夢中で駆ける。

だが、どこに向かえばいいのだろう。逃げ込める場所はない。

住んでいた部屋は、引き払った。今日、すべての荷物は新しい家に届いている。月海自身も最終列車で、新たな自宅に向かうつもりだったが、時間を繰り上げて向かいたいとは思わなかった。

今、思いを馳せるのは新天地ではない。居場所をなくしたこの土地だ。愛するひとと仲間との思い出が詰まったこの東京だ。ここから離れたくなかった。

その時が来たら、諦めがつくと思っていた。大切な者とはいずれ別れるものと、諦め癖がついていたから。母も祖母も父も皆、ずっと傍にはいてくれない。

だから一期一会、せめて別れる時まで、笑顔でいたいと思って生きてきた。

それなのに——どうして、割り切れないのだろう。なぜ、こんなにも未練が残るのだろう。

車のクラクションが聞こえる、街の一角。地下鉄の看板を目にしつつ、見慣れぬ場所を走り続ける月海は、涙を止めることができなかった。納得したはずの別れなのに、辛くてたまらない。

月海は胸を掻きむしるようにして、その場に屈み込んで泣きじゃくった。

『……ただの男性として、見て欲しい。俺もきみにただの女性として接したい』

『俺は、きみが好きでたまらない。ひとりの男として』

蘇るその声に縋りたいのに、縋ることはできない。会いたいのに、会うことができない。

(専務、専務……榊さん……)

彼への狂おしいまでの愛しさが、月海の胸で暴れている。

もう二度と彼を見ることができないと思うと、心が痛い。

「会いたい……」

月海の口から、抑え込んでいた真情がこぼれた。

「やっぱり最後に、ひと目だけでもいい。会いたいよ……。このまま、さようならはできない……」

彼を見てから駅に向かっても、最終列車には十分間に合う……そう自分に言い訳する。

愛おしい鷹の顔を見たいという激しい情動に突き動かされ、月海は駆け出した。


ホテル東城に足を踏み入れるのは、二度目になる。

どちらも楽しい訪問ではないが、月海は不思議な縁を感じずにはいられなかった。

しかし、もう二度と足を踏み入れることはあるまい。そう思うと無性に寂しくもなる。

三階の飛燕の間の前には、盛装をした紳士と色とりどりのドレスを着た淑女がいた。

インテリア業界のひとや関係者が呼ばれているにしては、規模が大きすぎる。

まるでこれから舞踏会でも始まりそうな雰囲気だ。

（ドレスコードがあるパーティーだったの？　一体、どれだけのひとに上位入賞を祝って貰いたかったんだろう。別に内輪だけでもいいのに）

パーティーは招待制にしたらしい。受付を通さなければ中に入れないようで、月海は関係者だと告げて名前を言う。だが、関係者名簿にも招待者名簿にも、月海の名前はなかった。

メンバーは、名簿に載せていないのかもしれないと、メンバーの名前を挙げてみる。

「その名前の方々は関係者一覧にありますね。宇佐木さんだけが、ありません」

月海は愕然とした。自分だけがパーティーに呼ばれていないとは。

(わたし……来なければよかったかな。仲間として認められてなかったなんて……)

「あの……こっそり覗かせて頂けませんか？　数秒でいいんですが」

「無理です」

受付嬢はにっこりと笑い、きっぱり切り捨てる。

鷹宮に会いたい一心でここまで来た。それが、扉一枚隔てた距離で会うことができないとは。

(誰か呼び出して、事情を話して協力を求めてみる？)

しかし連絡を絶った女に、こっそりと協力をしてくれるだろうか。絶対に鷹宮のもとへ引き摺られる気がする。そして社長夫妻にも見つかり、未練がましい女とレッテルを貼られるだろう。

そうなれば最後の思い出は、二度と思い出したくもない最悪なものとなってしまう。

（かといって、ここまで来て帰るのも……）

煩悶していた時である。

「トウジョウさん？」

後ろから、見知らぬ初老の男性に肩を叩かれたのは。

「トウジョウツグミさんですよね。どうしてこんなところに？」

「いえ。わたしは宇佐木……」

「もしかして受付に名前がないのですか？　この方はトウジョウツグミ。関係者一覧にあるはずです。もしないのなら、私、三笠照彦が彼女の身元を保証しますが」

すると受付嬢は関係者の名簿を指で追い、あるところで動きを止めた。

「トウジョウさん……トウジョウツグミさん。ちゃんとございました」

受付嬢は怪訝な顔をしたものの、男――三笠に押し切られ、入場許可証となる黄色のリボンを月海に渡したのだった。

（よくわからないけど、助かった。いるんだ、わたしによく似た、同じ名前の女性が）

ホテル名と同じ響きの苗字を持つ女性。その名を騙ることで、この後現れる本人に迷惑をかけるだろう。わかっていながらも利用してしまうことを許して欲しいと、月海は心の中で詫びる。

（偽者だとばれて騒がれる前に、すっと中に入って、榊さんを見たらさっと出て……）

「トウジョウさん。ちょっと大切なお話があるので、先にこちらに来て頂けませんか？」

三笠は強引に月海の腕を取ると、彼女を引き摺るようにして歩いた。凄い力だ。

「あ、あのわたしは……」

「トウジョウ家の大切なお話です。すぐ終わりますので。……ここです」

三笠が傍のドアを開けると、ホテルの女性スタッフがふたり、待ち兼ねていた。

（一体なに!?　わたし、なにされるわけ!?）

「ではトウジョウさん。後ほど」

三笠がにっこりと笑っていなくなり、代わってスタッフがにこやかに歩み出る。

「トウジョウさま。このパーティーではスーツはいけません。ちゃんとドレスに着替えましょう」

「い、いえ。わたしはトウジョウでは……」

月海が目を見開いたのは、スタッフが持っていたドレスを見たからだ。

それは、『Cendrillon』の赤いドレスだったからである。

「な、なぜこれがここに……」

月海のドレスは今、引っ越し先にあるはずだ。だったらこれは別なドレスなのだろうか。しかしドレスの丈は、月海にぴたりとあっている。これは一体、どういうことなのか。

「ちょ……わたし、なんでこれに着替えさせられるんですか!?」

何を聞いても、スタッフは無言で笑顔の圧。素晴らしい手際のよさで、着替えだけではなく、化粧や髪型まで整えられた。

やがて三笠が迎えに来ると、彼は実に朗(ほが)らかに言った。

「トウジョウさん。とてもお似合いです」

「あ、ありがとうございます。ですがわたし、実は宇佐木……」

「会場まで歩けますか？　歩けなさそうなら、私が……」

ひとの話を聞いてくれない上、勝手に抱き上げようとしてくる。

それは勘弁と、月海は自分の足で飛燕の間まで歩いた。

「あの……、三笠さん。わたし、本当は宇佐木月海と言いまして！」

「トウジョウさん。さあ、会場の扉を開いてください。あ、そうそう。ご紹介が遅れました。私はトウジョウ家の顧問弁護士です」

（だからなに？　せめて会話のキャッチボールをして〜！）

しかし、ここで不毛な会話をしている暇はない。とりあえずは中に入ろう。

大きな扉を両手で押し開いたところ、中は暗かった。なぜ照明がついていないのかと訝(いぶか)っていると、突然にスポットライトがついて、月海に光が当てられる。月海は驚きに飛び上がった。

（な、なんでわたしに光が⁉　目立ちたくないのに、目立っちゃうよ！）

扉を開けて一旦外に退避しようとしたが、扉が開かない。その間にも月海はスポットライトを浴び続ける。焦っていると、突然大きな拍手が湧く。

(今度はなにごと!?)

びくつく月海に向かって、歩いてくる者がいる。その者にも光が当てられた。

それは——笑顔の鷹宮だった。礼装用のブラックスーツを着て、シルバーの幅広のネクタイを締めている。その姿は、惚れ惚れ(ほぼ)してしまうほどに凜然(りんぜん)として美しい。

「……きみは今になってもなお、逃げるのか。そんなにびくびくしていないで、もっと堂々と俺の腕の中に飛び込んでこい」

「い、いや、その……」

「行くぞ。……きみが帰る場所に」

そう言った鷹宮は月海の腕を引き、部屋の中央に連れていった。

鷹宮が立ち止まると、部屋に明かりがつく。

大勢の招待客がふたりを見ている。その中には鷲塚や結衣、猿子や虎杖、鴨川のメンバーや社長夫妻もいる。特に夫妻には、会いに来ないと啖呵(たんか)を切った手前、見つかりたくなかった。

小さくなる月海の横で、鷹宮が周りを見回しながら言う。

「皆さまお待たせしました。こちらが、私の婚約者、東城月海さんです」

「ちょっと待ってください！」

月海は慌ててストップをかけた。

きっと鷹宮は、別れの手紙を読んでいないから、月海を婚約者として扱おうとしている。しかしこの場には新たな婚約者が来ているはずだ。揉める前に、なんとかしなければならない。月海は社長夫妻を見たが、彼らはまるで慌てている様子がなかった。

頭の中が混乱している。それになぜ鷹宮までもが、自分をトウジョウと呼ぶのか。

「ひと違いをなさっているようですね。わたしは宇佐木月海ですが」

新たな婚約者を傷つけないための苦し紛（まぎ）れの策は、ひと違いを貫（つらぬ）いて逃げ出すこと。

しかし、鷹宮はそれを見越したように月海の腕を掴む手に力を込め、にこやかに言った。

「ひと違い？　いいや俺は、恋人を間違えはしない」

「わ、わたしは宇佐木家の月海です！」

「きみの『実家』にあたる家族は、これからは東城家だ」

「なぜですか？　それにそのトウジョウっていうのは、一体……」

その時、ひとりの老婆がふたりの前に出て来た。その顔を見て月海は驚く。

「お、おばあちゃん!?」

死んだ祖母にそっくりだったからだ。すると老婆は、上品に笑う。

「私の名は東城月乃。倒れたところを、あなたに助けられたババです」

「ああ……。あの時病院に運んだおばあちゃんでしたか。その後お加減はどうですか？」

月海は中腰になりながら、小さな老婆の目の高さで微笑む。

「おかげさまで。すぐに手当して貰えたおかげで、大事に至らず。あの時はありがとう」

「どういたしまして。お元気になられてなによりです。長生きしてくださいね」

しかし、改めて見ると、ますます祖母にそっくりだ。さらには東城月乃という名前にも聞き覚えがあった。あれは確か――

『専務が応対していたのって、鷹宮ホールディングスより歴史がある東城グループの前会長夫人の東城月乃だと思う』

猿子の言葉を思い出した瞬間、鷹宮が月海を見つめて、ゆっくりと言った。

「東城家は、ここ……ホテル東城のオーナーでもあり、旧華族。成り上がりの鷹宮とは違う、生粋の名家だ。そして月乃さんは、きみのおばあさんにそっくりだろう？」

「ええ、驚きました」

「月乃さんは、きみのおばあさん――雪乃さんの妹さんだそうだ」

「ええええ!?」

確かに、祖母は旧華族の実家から駆け落ちした。だがこんな偶然があるものだろうか。

「彼女たちには弟がひとりいる。もう亡くなられたが、海人さんという名前だったそうだ」

月海はかつて、自分が口にした台詞を思い出す。

『名前に、月と海という漢字をあてたのは、おばあちゃんなんです。おばあちゃんが好きなものを名前にしてくれたのだと、聞いたことがあります』

「まさか雪姉さんの孫だとは。姉さんは駆け落ちしても、私たち妹弟を気にかけてくれてね。私たちの誕生日には名乗らずに、大好きな金平糖入りのオルゴールを贈ってくれた、優しい姉でした」

月海は、祖母が金平糖を食べる時、優しく微笑んでいたことを思い出す。

「私が結婚をしてから音信不通になってしまったけど、鏡を見るたびに、私によく似た姉さんを思い出していたわ。そしてあの日、あなたが病院に連れていってくれたことで、ご縁ができた榊さんに久しぶりに声をかけられたの。私の恩人が、姉さんの孫ではないかと」

鷹宮は月乃とともに、優しい笑みを月海に向けている。

「展示会にあなたがいると聞いて、彼に案内して貰ったの。雪姉さん好みの素敵なお部屋にいたあなたは、若き日の私たちにそっくり。血の繋がりがあると確信したわ。これからは雪姉さんに代わって、私を本当のおばあちゃんだと思ってね。辛い思いをしてきたと聞いたけど、もう大丈夫よ」

（本当のおばあちゃんのように……？　大丈夫って？）

「きみに相談しないで進めて悪かったが、きみを東城家の養女にさせて貰った。あとで弁護士の三笠さんに従い、必要な書類にサインをしてくれ」

「は、はい⁉　養女⁉」

「きみの家族に、僅かなりとも良心の欠片があることを願っていた。だがはした金で、簡単にきみを手放す書類にサインしている。きみはもう、あの毒家族から解放されるべきだ」

「いや、で、でも……」

不思議と、家族が家族でなくなることに抵抗はない。それくらい、月海にとってあの家族は他人だったのだ。ただ、父が――

「これはお父さんからだ」

そんな戸惑いを見越していたのか、鷹宮は手紙を月海に渡す。

『不甲斐ない父ですまなかった。これからはおばあちゃんの分も幸せになってくれ』

月海は唇を戦慄かせた。父からも捨てられたことには違いない。それでも、祖母のことに触れてくれたこと、父としてひさしぶりに言葉をかけてくれたことは嬉しかった。

だが同時に、そう思ってくれていたのなら、親である祖母を大切にして欲しかった。そうすれば祖母亡き後も、父の愛を信じて孤独を感じず、なにがあっても父の子でいたいと思えたのに……今さらだ。

その時、すっと男女が前に出た。

「月海ちゃん。私たちは娘が欲しくてね、家族になってくれたら嬉しい」

東城家の当主夫妻だ。彼らは、祖母を思い起こさせる……とても優しい笑みをした男女だった。

母が生きていた頃のような温かさが感じられる。

いいのだろうか、幸せな家族に恵まれても。祖母の面影(おもかげ)を持つ縁者に、祖母にできなかった孝行をしても。

恐る恐る鷹宮を見る。鷹宮は月海へ柔らかな笑みを向けて、静かに頷いた。

「ふ、ふつつか者ですが、よろしくお願いします！」

途端、どっと笑いが起こり、拍手が鳴り響く。

鷹宮が咳払いをして、月海に言う。

「それでだ。きみとの結婚をクリアするためには、いくつか条件があった。ひとつは俺が勝負に勝つこと。ふたつめはきみの血筋。最後にきみがこの舞台に上がること。……だから待っていた。きみがどんな決心をしていても、必ず俺のもとに戻ってくるのを。そしてきみは来た。きみの意思で」

「……っ」

「きみの荷物は俺の家に転送してある。無論、きみが見つけた物件は契約を取り消している」

「な……っ」

見破られていたのか、自分が秘密裏に動いていたことは。

(だからドレスがここにあったのね。ああもう……敵わないな)

社長が歩み出た。

「悪いがきみから渡された退職願は、破らせて貰う。きみはＴＴＩＣにおいても、戦力になっていることを示したばかりだ。まだまだうちで……榊のもとで、頑張って欲しい」

「しゃ、社長⁉」

「言っただろう、私は。榊の相手は、私と妻が認めた……家柄もいい素敵な女性だと」

にやりと社長が笑う。その顔は鷹宮によく似ていた。

「家族の一員として、きみも榊の幸せを守ってやってくれ」

月海は慌てて鷹宮の母親を見る。彼女は、慈愛に満ちた笑みを浮かべた。

「自分の身を犠牲にしてまで、榊の幸せを望んでくれてありがとう。そして、追い詰めてごめんなさい。初めて感情を剥き出しにした榊に、主人とともに怒られたわ。それくらいあなたによって榊は人間らしくなったのね。親として、この年で考え直させられたわ。子供の幸せを」

(ああ、ご両親は榊さんを、わかろうとしてくれたんだ……)

じーんと感動している月海に、鷹宮が向き直る。

「ということで、俺ときみとの結婚にはなにも障害もなく、むしろこうして祝われているのだけれど。いい加減逃げるのは諦めて、俺の手を取ってくれないか？」

　鷹宮が手を差し出してきた。

「わたしでいいんですか？」

「きみがいい。きみしかいらない」

　鷹宮は断言する。捕食者の逃れようのない強い眼差しに、僅かに懇願の光がある。

　月海は静かに深呼吸をすると、社長夫妻に頭を下げた。

「社長、奥さま。申し訳ありませんが、前言を撤回させてください。わたし……榊さんがいないと、寂しくて悲しくて、生きていられない。諦めるためにここに来ましたが、やはり駄目です。榊さんが好きでたまりません。少しでも榊さんの力になれるよう、死ぬ気で走ります。彼の幸せのひとつに、わたしがなれるよう頑張ります。だから――」

　そして月海は涙を流しながら、鷹宮の手を取った。そして真剣な顔で、彼に言う。

「わたしも、榊さんがいいです！　わたしの人生、榊さんしかいりません！」

　すると鷹宮はふわりと笑い、内ポケットからなにかを取り出した。

　それは――燦々と輝くダイヤの指輪。鷹宮は月海の左手の薬指に嵌めた。

「きみが好きな『Cendrillon』の指輪だ。今度は首ではなく、きみの人生を縛るよ」

　彼の眼差しはとても甘やかで、愛情に溢れたものだ。

すべてに先手を打たれてしまった。だが、してやられたという気分ではない。膨れ上がり続けるこの愛おしさを、これからは我慢しなくてもいいのだという安堵があるだけだった。

子ウサギに幸せを与えられるのは、鷹だけだ。

どんなに脚を鍛えたところで、彼がいなければ幸せになれない――

月海は鷹宮に抱きついて泣いた。鷹宮に頭と背中を撫でられ、嗚咽を漏らす。

「皆さん、長らくお待たせしました。これより祝賀会と、息子の婚約披露パーティーを始めます」

社長の声に、静まり返っていた会場は喜びに湧いた。

「宇佐木、よく帰ってきた!!」

結衣が泣きながら月海をもみくちゃにする。他のメンバーも取り囲んでくる。

誰も、勝手にいなくなろうとした月海を責めない。ただ、戻ってきたことを喜ぶだけだ。

(わたしの居場所……。もう、さよならをしなくてもいい、アニマルな仲間たち……)

自分は決して独りではなかった。もうなにも、諦めなくてもいいのだ――

鷹宮は繋いだ月海の手を離さず、公然と月海を婚約者として皆に紹介した。

それが面映くて、居たたまれないが、それでも彼が嬉しそうだから、彼の傍にいる自分が幸せだから、少しずつ慣れていきたいと思う。

そして、ずっと一緒にいたい――子ウサギの小さな望みを叶えるために。

パーティーが終わると、ふたりは月乃が用意していた特別室にもつれ込んだ。

窓から見えるのは、夜の帳が下りた東京。

今夜、月海が背を向けるはずだった、思い出深い故郷である。

夜景に向けて伸ばされた月海の手は、やがてベッドのシーツを掴んで渦を作る。

「やっ、あんっ、榊、さん……っ、激し、い……っ」

一糸まとわぬ姿で、月海は後ろから鷹宮に貫かれていた。

揺れる胸には執着を示す赤い華が刻まれ、滑らかな背に鷹宮の舌が這う。

彼の灼熱の鉄杭は、露を垂らす蜜壺を激しく擦り上げて、月海を追い詰めていた。

否応なく全身を襲う、強烈な快楽の波。

月海は呆気なく果てるが、鷹宮は動きを止めない。飛びそうな意識が引き戻される。

「や、ああっ、わたし、イったばかりで……駄目っ、ああ、駄目っ！」

果てた直後で過度に敏感になっている部分に、容赦なく新たな快感を刻まれる。

月海はぶるぶると震えながら、鷹宮の腕を掴んで訴えた。

「わたし、壊れちゃう。もう……無理です！」

すると鷹宮は、汗ばんだ前髪を掻き上げ、口角を吊り上げる。

「宴が終わったら、お仕置きだって言っただろう？」

パーティーで笑いつつ耳打ちをされた時は、冗談だと思ったのだ。

……まさか、こんなことも有言実行してみせるとは。

「俺から離れようとしたことを、後悔させてやる」

唸るような声とともに、崩れかけていた月海の尻が持ち上げられ、深く穿たれた。

情欲の蜜が滴る蜜壷から、ぐじゅ、じゅぽっと卑猥な音がする。

「……ああっ、やっ、奥まで……駄目っ」

四つん這いの格好は、あまりに動物的で刺激的だった。

覇者である鷹宮に、心身ともに服従させられているようだ。

それでもいい。自分のすべてを支配して貰いたい。

もう二度と、彼から逃げないように、心ごと捕まえていて欲しい——

「……くっ、俺を捕えなくてもいいんだよ。そんなにせがまれると、お仕置きにならないじゃないか」

苦笑交じりの声が、月海の耳を掠める。

鷹宮は片手を月海の前に回し、黒い茂みの奥に潜む秘粒を探ると、摘まんで揺らした。

途端、月海の体にびりっとした強い刺激が走り、引いたはずの官能のうねりがまた大きくなる。身悶える月海を、鷹宮は容赦ない獰猛な抽送で攻め立てた。

「ああっ、駄目……！　これ以上は、本当に駄目！　お願い、榊さん。許して！」

悲鳴のような嬌声(きょうせい)を上げ、月海は鷹宮の情けに縋(すが)る。

「だったらもう、俺から離れようとしないな？」

「もうしません！　ごめんなさい！」

すると鷹宮は、律動を緩やかにして、月海の耳に囁(ささや)いた。

「聞こえるか？　きみと俺のが混ざる音。きみの体はこんなに俺を求めている。俺だってきみが欲しくてこんなになっている。溺れろよ。俺がいないと、駄目になれ」

鷹宮は後ろから抱きしめるみたいに密着すると、そのまま座位に体勢を変える。回した手で月海の胸を揉み、首筋に舌を這(は)わせる。月海からか細い声が漏(も)れた。

彼はずっと体で告げていた。もう二度と離れるなと。

それを感じた月海から、ほろりと涙がこぼれる。

姿を消すのが最善だと思っていた。しかしそれがどれだけ、鷹宮を傷つけていたのだろう。連絡を絶って消えようとした自分を、彼はどんな気持ちで待っていたのだろう。

独りになるのがどんなに辛いのか、自分はよく知っていたはずなのに。

鷹宮が、月海の指輪を触った。そしてその手を持ち上げると、口づける。

「月海。きみなしでは、俺は幸せを感じない。他の女に、きみの代理は不可能だ」

「……っ」

「俺はきみに、俺の人生……最初で最後の本気の恋をしている」

「榊さん……」

「きみとともに未来を歩むためなら、どんな不可能なことでも可能にしてみせる。だから、俺の幸せを願ってくれるのなら、どんな問題が起きても俺の前から姿を消すな。傍で俺を頼ってくれ」

「……はい」

「それと……、両親が考えを曲げるくらい、きみが俺を愛してくれていることはわかったから。これからはもう、俺のいないところで俺への愛を説かず、すべてをもれなく俺にくれ」

独占欲の強い言葉に、月海は思わずくすりと笑ってしまった。

「はい！　わたしの愛のすべてを、榊さんに捧げます」

「よろしい」

鷹宮は嬉しそうに笑いながら、月海の向きを変え、正常位の形をとった。

見上げれば彼の顔があるのが嬉しい。見つめ合うと、ゆっくりとした抽送が再開され、月海の唇から吐息のような甘い声が漏れた。

「愛してる。きみだけをこの先も……」

瞳の奥に激情を湛えつつ、切なそうに愛おしそうに彼は愛を告げる。

彼が向けるすべての感情が、月海の心を震わせた。

「わたしも……ずっと愛してます。心から」

鷹の目が優しく細められ、同時に月海の中の剛直が、凶悪なまでに大きくなる。

激しさを増した抽送にベッドが軋み、擦れ合う部分からこぼれる蜜が、シーツを濡らしていく。

「やっ、あっ、あっ」

鷹宮の律動に合わせ、小刻みに声を上げながら、月海は彼にしがみついた。

「大分……中、俺の形になってきたな。……ああ……、やばい、よすぎる……」

鷹宮は苦悶に満ちた表情をした後、切なそうに月海の耳に囁いた。

「だけど、もっと……、きみを味わいたい……」

鷹宮に両脚を掴まれ、頭の方に折りたたむようにぐっと持ち上げられる。そしてその脚は鷹宮の肩にかけられ、より深いところを抉るみたいに、激しく穿たれた。

角度が変わった抽送は、それまでとはまた違った鮮烈な快感の波を生み、月海は狂おしく翻弄された。歯を食いしばる鷹宮に激しく揺さぶられながら、広い背中に爪を立てる。

「ひ、ぁ……ん、んんっ、それ、駄目……」

押し寄せる快感の波に意識ごと浚われそうだ。自分が自分ではなくなってしまいそうになる。

「駄目？　こんなに喜んで……いるのに？」

切羽詰まっているのは、自分なのか。それとも息を荒くさせている鷹宮なのか。

上り詰めても、否応なく快楽に引き摺り込まれる感覚は、恋にも似ている。

ここからはもう、抜け出すことはできない。彼がいるのなら、抜け出したいとも思わない。

「榊……さんっ、わたし、またっ、またイク……イッちゃう！」

「ああ、イこうな。ずっと一緒だ……っ」

鷹宮の熱。鷹宮の匂い――全身で感じる彼のすべてが愛おしい。

猛りきった剛直は容赦なく内壁を擦り、月海を最果てに押し上げていく。

狂おしい激情が全身を駆け巡る。白く染まる意識の中、消したくない想いを叫んだ。

「あぁ、ああんっ、榊……さん、榊さん、好き――っ」

やるせなさそうに見つめてくる切れ長の目が細められた瞬間、月海を追い込んでいたものが、一気に弾ける。月海の口から、悲鳴めいたか細い声が迸った。

「俺……も……。ああ、イ、く……っ」

ほぼ同時に、咆哮のような呻き声を出した鷹宮も爆ぜた。さらに腰をぐっと押し込まれ、最奥を突いた姿勢のまま、薄い膜越しに彼の熱が注がれる。

鷹宮は横たわって荒い息をついたが、月海の中から自身を引き抜こうとしなかった。

腕の中に月海を掻き抱き、ぎゅっと力を込める。

「きみが俺の腕の中にいるだけで、幸せだ」

鷹宮はいつも以上に、幸せに満ち足りた顔をして微笑んだ。

「……おかえり、月海」

「ただいま……です」

月海が目を潤ませると、唇を奪われた。

まるで飴を転がし合っているような、濃厚な甘さが広がる、至福の口づけ——

息が苦しくなり月海から唇を離したが、鷹宮は名残惜しいのか、何度もキスの雨を注いでは、照れる月海を柔らかい表情で見ていた。だが次第に、その顔を強張らせていく。

「……きみに辛い思いをさせて、すまなかった。身内の暴走を許してしまったのと、俺がきみと離れても幸せになれると、きみに思わせてしまったのは、俺の責任だ」

お仕置きと称して攻め立てたくせに、彼は自らの非を詫びる。そうやって彼は、抱え込まなくてもいい責任まで背負い込んで、窮屈に生きてきたのだろう。それが悲しくもなる。

「そんな！　謝るのはわたしの方です。どこかで、榊さんと別れることになると思っていたんです。父も母も祖母も、わたしの大切なひとは、いつもわたしの傍からいなくなってしまうから……」

すると鷹宮は悲哀に満ちた眼差しを向け、月海を強く胸に掻き抱く。

「俺はいなくならないよ。どんな手を使おうと、たとえきみに嫌われようとも、きみを俺のもとに連れ戻すための手段は選ばない。……もう十分、俺のやり方はわかっているだろう？」

月海は鷹宮の胸に頬をすり寄せて、笑った。

「……はい。どんなに逃げ足が速いつもりでも、先回りする鷹には敵わないと思い知りました」

「子ウサギに、負けるものか」

「社内での全力疾走は、わたしが勝ちましたけれど」

「違う。きみはエレベーターで逃げたから、勝敗は持ち越しだ」

鷹宮がむきになってそう答える。直後、ふたりは顔を見合わせて笑った。

「あの……もしも、わたしがホテルに行かなかったら、どうするつもりだったんですか？」

「駅で待ち伏せる。それでも無理なら、警察でも自衛隊でも動かして、子ウサギ捕獲大作戦の決行だ。俺が鷹宮の息子だということを、嫌というほど思い知らせてやるさ」

（危なかった……。わたし、全国に指名手配されるところだった……）

スケールの大きな鷹から逃れるためには、命がいくつあっても足りないようだ。

「だがそれは、万が一の話。皆で信じて待っていたんだ。俺たちの知る子ウサギは、逃げるのはお得意だけど、群れの中で愛を知ったのだから、寂しがって必ず戻ると」

鷹宮の笑顔は優しい。信じてくれていたことに、泣きそうになる。

「でも……関係者リストにわたしの名前がなくて、凄く落ち込みました。皆の名前はあるのに」

「ははは。あれは意趣返しだ。コンペが終わった途端、グループチャットへのひと言だけでさっさと逃げた、薄情なきみへの。でもちゃんと、中に入れる手筈は整えていただろう？」

月海はにやりと笑う鷹宮に、苦笑した。

本当に鷹には敵わない。仲間に対しても、もう二度と不義理なことをして逃げたいとは思わない。

「……しかし、よくおばあちゃんの実家を突き止めましたね。わたしですら知らなかったのに」

「きみのおばあさんが旧華族の出で、きみが昔助けた老婆が彼女に似ていたという話を思い出してね。あの老婆が東城月乃だとは既にわかっていたから、もしやと思い、会いに行ったんだ」

「そうですか。わたしは他人の空似だと考えていたのに、本当に血の繋がりがあるとは。ホテル東城に来た時も思ったんですが、不思議な縁があったんですね、おばあちゃんの家族だったなんて」

「きみのおばあさんのおかげだ。あの世からも可愛い孫娘を守りたくて、縁を結んでくれたんだ。……今度の休みにお墓へ案内してくれないか。きちんとご挨拶して、色々とお礼を言いたい」

「はい！」

祖母は喜ぶだろう。祖母が生きた証を、誰よりも大切にして形にしてくれたひとなのだから。

「東城家で家族愛を満喫して欲しいが、ちゃんと俺のところに戻ってこいよ。俺の方が一番のきみの家族になるのだから。戻ってこない時には……」

鷹の目が剣呑になる。ぞっとしながら月海は言った。

「ちゃんと戻ります、はい！」

長年の怯えは、簡単には抜けきれないものらしい。きっと今後も。

（だけど今は、その奥には優しさがあることを知っている……）

「そうだ。副社長はどうなるんですか？」

「……手を組めないか、検討中。無論、月海にしたことはきっちりと断罪するが」

「え、味方に引き入れるんですか!?」

「あの悪賢さは、味方になれば役立つからな。……一応は叔父だし。きみを見ていたら、血が繋がる者を蔑ろにしてはいけないという気分になってきたというか、教訓を得たというか」

「ふふ、同じ血が通った家族なんですもの。仲良くしていけたらいいですね。副社長が緩衝材になって、いつか会長と社長が仲直りし、家族皆が一丸となればＴＴＩＣも無敵ですし」

「なにを他人ごとのように。きみだって俺の家族となって、俺を幸せにしてくれるんだろう？」

それは絶対的な確信に満ちた、極上の笑みだった。

月海は力強く頷き、破顔する。

「勿論です。このリアルラビットフットが、お傍にいますので！」

「だったら、俺たちの幸せのために魔の手から逃げ続けろ。でも俺は、捕まえてやるからな」

「捕まえられたら幸せになれないじゃないですか。でしたらわたしは、逃げきるのみ！」

「逃げきってみれば？　今度は負けないぞ？」

鷹宮は笑いながら月海に口づけ、芯を持ったままの剛直でゆっくりと月海の中を掻き混ぜる。

「あ……」

甘い声が月海の口から出てくると、鷹宮はどこまでも満ち足りた顔で笑った。

「愛している。俺の……ハニーラビット」

蜂蜜みたいに、蕩けるような愛に包まれたウサギは、鷹との幸せのために走り続ける。

いつまでも、愛する彼のためだけに――

書き下ろし番外編

ハニーラビットは、今日も愛される

鷹宮榊が愛してやまない婚約者――宇佐木月海が、養女となった東城家は、都内の閑静な場所にある。石垣に囲まれた純和風の大きな屋敷だ。

月海は週に二度、定時で仕事を終えると、東城家で団欒のひとときを過ごしている。

そこには、月海が愛されている子供だと実感しながら、結婚式に臨んでほしいという、榊の配慮があった。彼は家族で苦労してきた月海のために〝実家で三ヶ月の花嫁修業〟という名目で思い出を作らせてやり、式を先延ばしにしたのだ。

東城家の家族は、月海をとても大事にして可愛がってくれているらしく、月海が自信を持って鷹宮家に嫁げるよう、本当に花嫁修業もスタートさせたらしい。

月海の新たな祖母となった月乃は裁縫が得意な他、華道や茶道など日本の伝統文化にも造詣が深く、各種団体の理事も務めている。

月海の養母となった久枝は、子供に恵まれなかった分、多彩な趣味を極めていた。特に料理やフラワーアレンジメントなどは、講座を開くほどの腕前だとか。

『わたしが幸せを感じるのも、すべては榊さんのおかげよ。本当にありがとう。月乃おばあちゃんからも、お義母さんやお義父さんからも、素敵な人と結婚できて幸せねって言われるの。理解してくれるのが嬉しくて、今日もまた榊さんの自慢をしながら、お稽古を頑張ってきたわ。上達しているって褒められちゃった』

屈託のない笑顔を見ていると、今すぐにでも結婚して独占したくなる。

榊はその気持ちをぐっと堪えていた。

当初、月海との結婚に難色を示していた榊の両親も、榊の説得と月海の人柄で結婚に賛同してくれてから、花嫁としても頑張る月海を快く見守っているらしい。

月海の奮闘が鷹宮家に筒抜けなのは、久枝から榊の母に情報が流れるからである。

不思議なことに、正式に両家顔合わせの場を設けた際に、閉鎖的思考で厳格な性格の母が、社交的な久枝となぜかウマが合ったようなのだ。今では久枝のフラワー教室に通い、久枝から月海のことを聞くのが楽しいのだと、母から連絡がくる。

険悪になるよりはいいのだが、この母に色々と迷惑を被ってきた息子としては、なんとも複雑な心境だ。


「式がいよいよ今週末となりましたが、鷹宮専務、今の心境はいかがですか？」

専務室の応接ソファに座る、榊の同期で総務部長の鷲塚千颯が尋ねた。

「頗る気分がいい」

榊は向かい側で、満悦している表情を見せる。

すると鷲塚は、それはよかったと声をたてて笑った。

「しかし、健気な鷹だよな。子ウサギちゃんのために、三ヶ月も結婚を我慢するなんて。我慢解禁日は、さぞかしスケールの大きい式をすると思いきや、都内で……というのは正直意外だった。僕はてっきり、例のラビットフッドのリベンジで、イギリスの大きな教会で、ウサギまみれの式でも挙げると思っていたんだけどなぁ」

「月乃さんの体調を考慮して、イギリスは新婚旅行にした。式当日はお前たちを招待した教会で式を終えたら、東城家に縁がある神社にも行き、披露宴までに戻ってくる」

「忙しいな。そういや、月乃さんは子ウサギちゃんに、白い打ち掛けを贈ったとか？」

「……なんだ、もう猪狩から情報が伝わったのか」

もうひとりの同期で、総務課長の猪狩結衣は、月海から直接聞いたのだろう。

「裁縫のプロが、亡き姉に代わってひと針ひと針愛を込めて作った手作りの打ち掛けは、見事なものだった。それを羽織った月海があまりにも綺麗で……惚れ直してしまったくらいだ。月海の花嫁姿は、どれだけ美しいことだろうな。今からやばい、色々と」

「今日も安定の鷹の惚気話だな」

苦笑する鷲塚の呟きをスルーして、榊は続けた。

「耳敏い千颯でも、さすがにこれは知らないだろう。月海に内緒で、久枝さんが俺の母と一緒に、披露宴に至るまでのすべてのフラワーアレンジメントやブーケを手がけていることは。式当日、月海が泣いて喜ぶ姿が、今から目に浮かぶよ」

榊は顔を綻ばせ、鷲塚はひゅうと口笛を吹いた。

「愛されているなあ、子ウサギちゃん。久枝さんも、お前の母親を懐柔して娘を送り出すなんて、相当のやり手だよな。……なぁ、榊。もし東城家の家族が、子ウサギちゃんに愛着ができてしまって、嫁には出したくないと言い出したら、どうする？」

「どうするもなにも、俺が東城家の入り婿になって、東城家に住めば即解決だ」

問題ない──そう事もなげに言う榊に、鷲塚はぎょっとした顔を向けた。

「問題ありだ！　お前、鷹宮の御曹司だろうが。お前の家族が怒り狂うぞ」

「元々鷹宮家は長男が継ぐことになっているし、俺は兄弟とは疎遠だ。俺がどこでなにをしようと、向こうも興味はないだろう。両親も格上の東城家なら反対もできまい」

きっぱりと言い切る榊に、鷲塚は頭を抱えてため息をついた。

「これが長年、子ウサギを捕まえ損ねていたヘタレ鷹かよ。信じられない気分になる」

榊は、月海に気持ちが通じなくて、悶々としていた頃を思い出す。

警戒心が強い子ウサギを狩ろうとすればするほど空振り、優しく接しているはずなのに怖がられて逃げられ、どうすれば捕まえられるかと、いつも頭を抱えていた。

　この専務室にほんの十分間も引き留められず、鷲塚にも結衣にも、賭けの対象にされて笑われた——今では懐かしい思い出だ。

「そうだ、千颯。現時点で、猪狩との賭けの結果は、どうなっているんだ？」

「僅差であいつの勝ち。次こそは、狡猾でがめついイノシシをガツンとやりこめたい」

　鷲塚はカップを手に取り、珈琲を口に含んだ。

「そうだな。早く決着をつけろ。お前の長い恋に」

「——っ!?」

　途端、鷲塚は珈琲を噴いて、咽せ込んだ。

　榊は慌てる鷲塚にティッシュの箱を手渡し、ゆったりとした口調で言う。

「気づいていないとでも思っていたのか？　甘いな、千颯。俺をダシにしながら、少しずつ猪狩と仲を深めてきたんだろう？」

「な、な……」

　鷲塚は首まで真っ赤だ。いつものように平然としていられないらしい。

　榊は薄々、勘づいていた。

　鷲塚は自分の気持ちを抑えて、榊の恋が成就するまではと、見守り役に徹してくれていたのだ。苦労している榊より先に、自分が幸せにならぬようにと。

　鷲塚は、そういう気遣いをする、優しい男だ。

「ま、それを言い訳に、お前も大概、ヘタレなのかもしれないがな。今度は俺がお前の背中を押してやる。今までの礼だ」

「い、いいよ。お前はお前のことだけを……」

「遠慮するなって。俺も笑い転げてみたいんだ。猪に踏み潰される哀れな鷲を見て」

「い、今……背中を押してやるって言ったばかりじゃないか」

「同じことだ。お前だってそうだったろう？　楽しませろよ」

榊は悪びれた様子もない。すると鷲塚は髪を掻きながらぼやく。

「ああ、くそ！　一番知られたくない奴に知られてしまったよ……。慧眼の鷹の王様に、言い返す気も起きやしない」

そしてふたりは同時に声をたてて笑うと、突き出した拳をぶつけ合った。

「榊。お前だけ幸せにさせないからな」

「ああ。よぼよぼの鷹と鷲になっても、ふたりで惚気ていような」

肉食猛禽類たちは、狙いを定めた獲物を、生涯逃がす気はなさそうだ。

「え、ウサギカフェ⁉」

月海は、結衣の言葉を反芻する。

「そ。都内にできたばかりの人気の癒やしスポット。ウサギだらけの部屋で、ウサギを抱っこしながら、食事ができるみたい。今日の帰り、寄ってみない？　私の奢りよ」

「お、奢りって……週末には式の受付とか、お手伝いをお願いしているのに……」

「それはそれ。独身最後のデートよ。結婚式まであと四日。直前は慌ただしいだろうし、東城家にも顔を出したりするでしょう？　それとも私との女子会デートはいや？」

「行きたいです！　榊さんに知らせてきますね。専務室へ行ってきます！」

今日も月海のダッシュは、新記録ものだ。

そして終業後――

「幸せの真っ只中にいる、過保護な鷹さんは仕方がないとして、なんで鷲さんまでいるのかしら。最近は活きのいいおサルさんを愛でているのは知っているけど、ウサギを愛でる趣味があったなんて初耳だわ」

結衣が疑わしげな目で、当然のようにしてついてくる鷲塚を見る。

鷲塚が異分子のように思えてしまうのは、月海も同じだった。

月海は、専務室に行った時のことを思い出す。

『月海は、結婚前に浮気をする気か』

気軽に了承してくれると思いきや、榊は両腕を組み、実に重々しく尋ねてきた。

別に合コンに行くのではない。結衣とウサギカフェに行くだけだ。

もしや結衣と一緒に行くことに、気を悪くしたのかと思ったが……

『猪狩が原因ではない。カフェには……オスのウサギがいるだろう。オスの体を撫でまくり、キスをしたり舐められたりするんだろう？』

ぎろりと、妬心を宿した鷹の鋭い目を向けてきたのである。

『どうしても行きたいのなら、俺と千颯を連れていけ』

独身最後の女子会デートのはずが、なぜか鷹・鷲・猪のプラチナ同期に、子ウサギのおまけつきというような、謎のデートプランを押し切られてしまったのだ。

「べ、別にいいだろう、僕がウサギを可愛がっても」

「そのセリフに鷹が反応しないなんて、おかしいわ。ふたりでなにを企んでいるの？」

月海も結衣と一緒に榊を見るが、榊は肩を竦めてみせただけだ。

「ま、まあいいじゃないですか、課長。仲良しなプラチナ同期なんだし！」

（だけど課長って、榊さんより部長とふたりでいることが多いわよね。仕事柄だと思っていたけど、いつも賭けをしてはふたりで飲んでいるし）

喧嘩腰の会話は多いが、互いのことを理解しあっている。

もしかして榊が、この場に鷲塚を呼んだのは――

「どうした？」

榊は甘やかな顔で尋ねた。月海しか知らない、優しい微笑みを浮かべている。

それだけできゅんとしてしまう月海は、はにかんだ表情を作りながら、差し出された手をなんの躊躇いもなく握った。すると榊も、普通に指を絡めてくる。

それは慣れきった日常の一幕だったが、今は観客がいることを思い出す。

案の定、繋いだ手には鷲塚と結衣の視線が注がれており、月海は慌てて手を外そうとするが、榊はそれを許さない。

「当てつけるわね、鷹は」

「ああ、本当に。なにが背中を押すだよ……。煽っているだけじゃないか」

「背中を押す？　煽る？　なにそれ」

結衣にぼやきを聞かれた鷲塚は慌てた。それを見た榊は愉快そうに笑う。

「猪狩。いつも高みの見物をしている鷲の背中を押して地上に落としてやるから、煮るなり焼くなり好きに調理してくれ」

「へぇ。私が、好きに調理して食べてもいいんだ」

結衣が舌舐めずりをしているかのように笑うため、月海の小動物センサーが警鐘を鳴らしているが、鷲塚は余裕顔である。その上――

「ああ、いいよ、お前なら。僕を脱がして、お好きなところからどうぞ？」

食べられる立場なのに、結衣を食べるかのような肉食めいた笑みを見せた。

そこにはいつもの爽やかさはなく、誘惑のような妖しげな色気を漂わせている。

見てはいけないものを覗き見たかのようで、月海の鼓動が速まる中、結衣は警戒心を強めて鷲塚と距離を作り、はっきりと狼狽していた。

「な、なに言っているのよ！　ねぇ、なんなの。こっち来ないでよ！」

「つれないな。僕を食べないのなら、僕がお前を食ってしまうけど？」

地上に落とされた無防備な鷲の方が主導権を握り、猪に迫っている。

鷲と猪、どちらが捕食者なのかはわからないが、どう見ても結衣の方が劣勢だった。

榊は結衣を救うことなく、逆に無言で月海を急かして、先に行こうと促す。

(やっぱり榊さん……。ふたりをくっつけようとしているんだわ。ふふ、課長、真っ赤になって可愛い。ツンデレタイプなのね。きっとふたりは両想いよ)

月海はにやけつつ、早くふたりがカップルになれるように願いながら、榊と先を歩いた。


結衣が置き去りにされた状況を悟り、全速力で走ってきてから十五分後――

煉瓦造りの洒落たウサギカフェ『ウサギーランド』に四人はいた。

結衣が予約していた個室は、壁紙も絨毯もウサギ柄でファンシーだ。

本物のウサギは三十羽ほどおり、部屋にあるテーブルで食事もとれるようだが、人間様の食事など後回しだ。

「可愛い～。よしよし、良い子だね～」

月海は、愛らしいウサギたちに囲まれていた。

元来ウサギは警戒心が強い動物で、初めて会う人間にこんなに懐かない。

しかしなぜか月海には、色々な種類のウサギがやってくるのだ。

鼻をひくひくとさせながら無防備に体を擦り寄せてきて、月海に撫でられるのを待っているかのよう。そして月海が撫でると、うっとりとした表情を見せる。

「ああ、もう……幸せ～！　癒やされる～！」

しかし――

「月海。それはオスだ、放り出せ。それもオスだ！　……おい、そこの黒。どこに顔を埋めているんだ、月海は俺のものだぞ。なんだこの店は、オスしかいないのか」

苛立つ榊の周囲には、ウサギはいない。

「あら～、鷹さん、ぼっちで寂しいわね～。私には三羽も懐いてくれているのに」

「僕のところには二羽。どうだ、榊。一羽、撫でてみたら？」

鷲塚は、茶色いウサギを抱き上げて榊に差し出した。

するとウサギは、榊を見るなり鼻を忙しくぴくぴく動かせて、身を震わせる。

そしてカッと目を見開いたと思ったら、鷲塚の手を蹴り飛ばして一目散に走り去り、部屋の隅にある切り株型のクッションの影に逃げてしまった。

「すごい既視感だな……」

「ウサギからしたら、鷹は本当に怖いものなのね」

鷲塚と結衣の呟きを受け、榊は肩を落としながらぼやく。

「俺のどこが怖いんだ。どうしてウサギは皆、俺との交流をいやがるんだ……」

月海はなんだか申し訳ない気分になり、ウサギ代表として謝った。

そんな時、鷲塚の背に隠れるようにして、小さな白い子ウサギが、赤い目でじっと榊を見ていることに気づいた。

榊と目が合うと走って逃げるのだが、時間が経つとまた恐る恐る近寄ってくる。

「……なんだか、宇佐木みたいね。逃げ足も速いし」

「ああ、子ウサギだしな。ほら、怖がらないで鷹の王様に近づいてみてごらん」

そう鷲塚が優しく声をかけ、月海も結衣も、子ウサギを励ました。

「大丈夫よ、榊さんは怖くないから、頑張……ああ、逃げちゃった」

「この鷹のお兄さんが食べるのは、このウサギのお姉さんだけだから、安心してこっちに……ああ、また逃げちゃったわ」

やがて子ウサギは、榊が危害を加えないとわかったのか、少しずつ距離を詰めた。

そして榊の足元にちょこんと座り、ヒゲをひくひくと動かしながら彼を見上げた。

榊も見つめ返し、視線を交わすこと数分。

榊が恐る恐る手を伸ばすと、子ウサギは一瞬逃げかけた――が、踏みとどまり、榊の指先に鼻を近づけて匂いを嗅ぐと、彼の手の下で丸くなった。

「榊さん、撫でて貰いたがっています、そのウサちゃん！」

榊が僅かに震える手で、小さな頭を撫でる。

子ウサギは一瞬ふるりと震えたが、気持ちよさそうな顔をしてリラックスしている。

「やったぁ、ＧＥＴ！」

たかが一羽、されど一羽で、場は盛り上がる。

なにより榊が喜んでくれたことが、月海は嬉しくてたまらなかった。

思う存分にウサギと戯れた月海は、榊とともにマンションへの帰途についた。

鷲塚と結衣は、ふたりで飲みに行くらしい。月海たちも誘われたが遠慮した。

「月海、拗ねていただろう。どうした？」

終始笑顔でいたはずなのに、榊は月海の変化に目敏く気づいてしまったようだ。

「別に拗ねていませんよ」

（な、なんでわかったんだろう。でも、言えるわけがないわ。榊さんがあの白い子ウサギを膝におき、ずっと撫でて可愛がっていたことが面白くなかっただなんて）

「もしかして、妬いてるとか？　俺があの子ウサギに構っていたから」

「そ、そんなはずないじゃないですか」

図星をさされて動揺してしまい、声が必要以上に裏返ってしまった。

「妬いているんだな？　可愛いな、俺のハニーラビットは」

「や、妬いてませんったら！」

「はは。あれはオスだから安心しろ」

「違います、あれはメスです！　だから榊さんに触られにきたんです！」

ムキになって語気を強めてから、月海は白状したも同然だということに気づく。

「嫉妬だろう？　きみも俺と同じようにウサギに妬いたんだ。正直に言えよ」

月が淡く光る空の下、かつて月海を怯ませた鷹の目は、妖艶さをまとう。

それにぞくぞくするのは、小動物の本能か。

それとも、体に刻まれた愛の記憶ゆえか。

自然と重ね合った唇は、次第に濃厚さを増していき、月海の甘い声が漏れる。

そして唇が離れると同時に、観念して月海は言った。

「……嫉妬です、榊さん。この子ウサギは、榊さんが他のメスを可愛がっているだけで、悲しみに死んでしまいそうになります」

すると榊は嬉しそうに微笑んで、月海を抱きしめた。

「俺が生涯愛でるのは月海だけだ。だから月海も、他のオスに可愛がられるなよ」

この独占欲が愛おしい。過剰すぎるほどの愛ゆえのものだと、月海にはわかるから。

「ああ、早く結婚したいな。千颯と猪狩が、羨むような式にしような」

「はい。ふたりを大いに刺激しましょうね」

　その返答に、榊は声をたてて笑う。そしてこう告げた。

「あいつら、最後の賭けをしたらしい。教会でのブーケトス、どちらが受け取るか。千颯は、受け取ったらその場で告白するそうだ。だから自分に投げろと言ってきた」

　月海は、別れ際の結衣の言葉を思い出す。

『ねぇ、宇佐木。ブーケを私に投げてくれない？　もし私がブーケを貰えたら、長年のけじめをつけたいの。なんだか、宇佐木と鷹宮見ていたら、羨（うらや）ましくなっちゃって』

（ふふ、部長と同じことを考えていたのね）

「ふたりにとって最後の賭けは、どちらに転んでも敗者なし。それを知らない鷲と猪が、ブーケを争う姿は、微笑ましい……のを通り越して、熾烈（サバイバル）だろうがな」

　蒼天（そうてん）の真下で、ブーケを必死に取り合う、年頃の男女の姿はシュールだ。

　それでも――

「わたしの幸せを、ふたりにも分けてあげたい」

「ふふ。俺もそう思った」

　さあ、どちらにブーケを投げようか。

　月海は微笑みながら、榊と至福に満ちたキスをするのだった。

本書は、2019年9月当社より単行本「ハニーラビットは、今日もつかまらない」として刊行されたものに、書き下ろしを加えて文庫化したものです。


この作品に対する皆様のご意見・ご感想をお待ちしております。

おハガキ・お手紙は以下の宛先にお送りください。

【宛先】

〒150-6008 東京都渋谷区恵比寿4-20-3 恵比寿ガーデンプレイスタワー 8F
(株) アルファポリス　書籍感想係

メールフォームでのご意見・ご感想は右のＱＲコードから、
あるいは以下のワードで検索をかけてください。

ご感想はこちらから

エタニティ文庫

不器用専務はハニーラビットを捕らえたい

奏多

2022年11月15日初版発行

文庫編集－熊澤菜々子
編集長－倉持真理
発行者－梶本雄介
発行所－株式会社アルファポリス
〒150-6008 東京都渋谷区恵比寿4-20-3 恵比寿ガーデンプレイスタワー8F
TEL 03-6277-1601（営業） 03-6277-1602（編集）
URL https://www.alphapolis.co.jp/
発売元－株式会社星雲社（共同出版社・流通責任出版社）
〒112-0005 東京都文京区水道1-3-30
TEL 03-3868-3275
装丁イラスト－若菜光流
装丁デザイン－AFTERGLOW
（レーベルフォーマットデザイン－ansyyqdesign）
印刷－中央精版印刷株式会社

価格はカバーに表示されてあります。

落丁乱丁の場合はアルファポリスまでご連絡ください。

送料は小社負担でお取り替えします。


ISBN978-4-434-31136-9 C0193